RAINER MARIA RILKE

WERKE

IN SECHS BÄNDEN

RAINER MARIA RILKE
WERKE

BAND III · 2
PROSA

INSEL VERLAG

Ausgewählt und herausgegeben vom Insel Verlag
Textfassung nach der Ausgabe
»Rainer Maria Rilke ›Sämtliche Werke‹
Herausgegeben vom Rilke-Archiv.
In Verbindung mit Ruth Sieber-Rilke
besorgt durch Ernst Zinn«

Ausgabe 1980

AUGUSTE RODIN

ERSTER TEIL
(1902)

Einer jungen Bildhauerin
Paris, im Dezember 1902

»Die Schriftsteller wirken durch Worte....
die Bildhauer aber durch Taten«
Pomponius Gauricus, in seiner Schrift
»De sculptura.« (Um 1504.)

The hero is he who is immovably centred.
(Emerson)

RODIN war einsam vor seinem Ruhme. Und der Ruhm, der kam, hat ihn vielleicht noch einsamer gemacht. Denn Ruhm ist schließlich nur der Inbegriff aller Mißverständnisse, die sich um einen neuen Namen sammeln.

Es sind ihrer sehr viele um Rodin, und es wäre eine lange und mühsame Aufgabe, sie aufzuklären. Es ist auch nicht nötig; sie stehen um den Namen, nicht um das Werk, das weit über dieses Namens Klang und Rand hinausgewachsen und namenlos geworden ist, wie eine Ebene namenlos ist, oder ein Meer, das nur auf der Karte einen Namen hat, in den Büchern und bei den Menschen, in Wirklichkeit aber nur Weite ist, Bewegung und Tiefe.

Dieses Werk, von dem hier zu reden ist, ist gewachsen seit Jahren und wächst an jedem Tage wie ein Wald und verliert keine Stunde. Man geht unter seinen tausend Dingen umher, überwältigt von der Fülle der Funde und Erfindungen, die es umfaßt, und man sieht sich unwillkürlich nach den zwei Händen um, aus denen diese Welt erwachsen ist. Man erinnert sich, wie klein Menschenhände sind, wie bald sie müde werden und wie wenig Zeit ihnen gegeben ist, sich zu regen. Und man verlangt die Hände zu sehen, die gelebt haben wie hundert Hände, wie ein Volk von Händen, das vor Sonnenaufgang sich erhob zum weiten Wege dieses Werkes. Man fragt nach dem, der diese Hände beherrscht. Wer ist dieser Mann?

Es ist ein Greis. Und sein Leben ist eines von denen, die sich nicht erzählen lassen. Dieses Leben hat begonnen und es geht, es geht tief in ein großes Alter hinein, und es ist für uns, als ob es vor vielen hundert Jahren vergangen wäre. Wir wissen nichts davon. Es wird eine Kindheit gehabt haben, irgendeine, eine Kindheit in Armut, dunkel, suchend und ungewiß. Und es hat diese Kindheit vielleicht noch, denn –, sagt der heilige Augustinus einmal, wohin sollte sie gegangen sein? Es hat vielleicht alle seine vergangenen Stunden, die Stunden der Erwartung und der Verlassenheit, die Stunden des Zweifels und die langen Stunden der Not, es ist ein Leben, das nichts verloren und vergessen hat, ein Leben, das sich versammelte, da es verging. Vielleicht, wir wissen nichts davon. Aber nur aus einem solchen Leben, glauben wir, kann eines solchen Wirkens Fülle und Überfluß entstanden sein, nur ein solches Leben, in dem alles gleichzeitig ist und wach und nichts vergangen, kann jung und stark bleiben und sich immer wieder zu hohen Werken erheben. Es wird vielleicht eine Zeit kommen, da man diesem Leben seine Geschichte erfinden wird, seine Verwickelungen, seine Episoden und Einzelheiten. Sie werden erfunden sein. Man wird von einem Kinde erzählen, das oft zu essen vergaß, weil es ihm wichtiger schien, mit einem schlechten Messer Dinge in geringes Holz zu schneiden, und man wird in die Tage des jungen Menschen irgend eine Begegnung setzen, die eine Verheißung zukünftiger Größe, eine von jenen nachträglichen Prophezeiungen enthält, die so volkstümlich und rührend sind. Es könnten ganz gut die Worte sein, die irgend ein Mönch vor fast fünfhundert Jahren dem jungen Michel

Colombe gesagt haben soll, diese Worte: »Travaille, petit, regarde tout ton saoul et le clocher à jour de Saint-Pol, et les belles œuvres des compaignons, regarde, aime le bon Dieu, et tu auras la grâce des grandes choses.« »Und du wirst die Gnade der großen Dinge haben.« Vielleicht hat ein inneres Gefühl so, nur unendlich viel leiser als der Mund des Mönches, zu dem jungen Menschen gesprochen an einem der Kreuzwege seines Anbeginns. Denn gerade das suchte er: die Gnade der großen Dinge. Da war das Louvre mit den vielen lichten Dingen der Antike, die an südliche Himmel erinnerten und an die Nähe des Meeres, und dahinter erhoben sich andere, schwere steinerne Dinge, aus undenklichen Kulturen hinüberdauernd in noch nicht gekommene Zeiten. Da waren Steine, die schliefen, und man fühlte, daß sie erwachen würden bei irgend einem Jüngsten Gericht, Steine, an denen nichts Sterbliches war, und andere, die eine Bewegung trugen, eine Gebärde, die so frisch geblieben war, als sollte sie hier nur aufbewahrt und eines Tages irgend einem Kinde gegeben werden, das vorüberkam. Und nicht allein in den berühmten Werken und den weithinsichtbaren war dieses Lebendigsein; das Unbeachtete, Kleine, das Namenlose und Überzählige war nicht weniger erfüllt von dieser tiefen, innerlichen Erregtheit, von dieser reichen und überraschenden Unruhe des Lebendigen. Auch die Stille, wo Stille war, bestand aus hundert und hundert Bewegungsmomenten, die sich im Gleichgewicht hielten. Es gab kleine Figuren da, Tiere besonders, die sich bewegten, streckten oder zusammenzogen, und wenn ein Vogel saß, so wußte man doch, daß es ein Vogel war, ein Himmel wuchs aus ihm heraus und blieb um ihn stehen, eine Weite war zusammengefaltet auf jede seiner Federn gelegt und man konnte sie aufspannen und ganz groß machen. Und ganz ähnlich war es mit den Tieren, die auf den Kathedralen standen und saßen oder unter den Konsolen kauerten, verkümmert und gekrümmt und zu träge zum Tragen. Da waren Hunde und Eichhörnchen, Spechte und Eidechsen, Schildkröten, Ratten und Schlangen. Wenigstens eines von jeder Art. Diese Tiere schienen draußen eingefangen worden zu sein in den Wäldern und auf den Wegen, und der Zwang, unter steinernen Ranken, Blumen und Blättern zu leben, mußte sie selbst langsam verwandelt haben zu dem was sie nun waren und immer bleiben sollten. Aber es fanden sich auch Tiere, die schon in dieser versteinten Umgebung geboren waren, ohne Erinnerung an ein anderes Dasein. Sie waren schon ganz die Bewohner dieser aufrechten, ragenden, steil steigenden Welt. Unter ihrer fanatischen Magerkeit standen spitzbogige Skelette. Ihre Münder waren weit und schreiend wie bei Tauben, denn die Nähe der Glocken hatte ihr Gehör zerstört. Sie trugen nicht, sie streckten sich und halfen so den Steinen steigen. Die Vogelhaften hockten oben auf den Balustraden, als wären sie eigentlich unterwegs und wollten nur ein paar Jahrhunderte lang ausruhen und hinunterstarren auf die wachsende Stadt. Andere, die von Hunden abstammten, stemmten sich waagrecht vom Rand der Traufen in die Luft, bereit, das Wasser der Regen aus ihren vom

Speien angeschwollenen Rachen zu werfen. Alle hatten sich umgebildet und angepaßt, aber sie hatten nichts an Leben verloren, im Gegenteil, sie lebten stärker und heftiger, lebten für ewig das inbrünstige und ungestüme Leben jener Zeit, die sie hatte erstehen lassen.
Und wer diese Gebilde sah, der empfand, daß sie nicht aus einer Laune geboren waren, nicht aus einem spielerischen Versuch, neue, unerhörte Formen zu finden. Die Not hatte sie geschaffen. Aus der Angst vor den unsichtbaren Gerichten eines schweren Glaubens hatte man sich zu diesem Sichtbaren gerettet, vor dem Ungewissen flüchtete man zu dieser Verwirklichung. Noch suchte man sie in Gott, nichtmehr indem man ihm Bilder erfand und versuchte, sich den Vielzufernen vorzustellen: indem man alle Angst und Armut, alles Bangsein und die Gebärden der Geringen in sein Haus trug, in seine Hand legte, auf sein Herz stellte, war man fromm. Das war besser als malen; denn die Malerei war auch eine Täuschung, ein schöner und geschickter Betrug; man sehnte sich nach Wirklicherem und Einfachem. So entstand die seltsame Skulptur der Kathedralen, dieser Kreuzzug der Beladenen und der Tiere.
Und wenn man von der Plastik des Mittelalters zurücksah zur Antike und wieder über die Antike hinaus in den Anfang unsagbarer Vergangenheiten, schien es da nicht, als verlangte die menschliche Seele immer wieder an lichten oder bangen Wendepunkten nach dieser Kunst, die mehr giebt als Wort und Bild, mehr als Gleichnis und Schein: nach dieser schlichten Dingwerdung ihrer Sehnsüchte oder Ängste? Zuletzt in der Renaissance gab

es eine große plastische Kunst; damals als das Leben sich erneut hatte, als man das Geheimnis der Gesichter fand und die große Gebärde, die im Wachsen war. Und jetzt? War nicht wieder eine Zeit gekommen, die nach diesem Ausdruck drängte, nach dieser starken und eindringlichen Auslegung dessen, was in ihr unsagbar war, wirr und rätselhaft? Die Künste hatten sich irgendwie erneut, Eifer und Erwartung erfüllte und belebte sie; aber vielleicht sollte gerade diese Kunst, die Plastik, die noch in der Furcht einer großen Vergangenheit zögerte, berufen sein zu finden, wonach die andern tastend und sehnsüchtig suchten? Sie mußte einer Zeit helfen können, deren Qual es war, daß fast alle ihre Konflikte im Unsichtbaren lagen. Ihre Sprache war der Körper. Und diesen Körper, wann hatte man ihn zuletzt gesehen? Schichte um Schichte hatten sich die Trachten darüber gelegt, wie ein immer erneuter Anstrich, aber unter dem Schutz dieser Krusten hatte die wachsende Seele ihn verändert, während sie atemlos an den Gesichtern arbeitete. Er war ein anderer geworden. Wenn man ihn jetzt aufdeckte, vielleicht enthielt er tausend Ausdrücke für alles Namenlose und Neue, das inzwischen entstanden war, und für jene alten Geheimnisse, die, aufgestiegen aus dem Unbewußten, wie fremde Flußgötter ihre triefenden Gesichter aus dem Rauschen des Blutes hoben. Und dieser Körper konnte nicht weniger schön sein als der der Antike, er mußte von noch größerer Schönheit sein. Zwei Jahrtausende länger hatte das Leben ihn in den Händen behalten und hatte an ihm gearbeitet, gehorcht und gehämmert Tag und Nacht. Die Malerei träumte von diesem Körper, sie schmückte ihn mit Licht und durchdrang ihn mit Dämmerung, sie umgab ihn mit aller Zärtlichkeit und allem Entzücken, sie befühlte ihn wie ein Blumenblatt und ließ sich tragen von ihm wie von einer Welle, – aber die Plastik, der er gehörte, kannte ihn noch nicht.

Hier war eine Aufgabe, groß wie die Welt. Und der vor ihr stand und sie sah, war ein Unbekannter, dessen Hände nach Brot gingen, in Dunkelheit. Er war ganz allein, und wenn er ein richtiger Träumer gewesen wäre, so hätte er einen schönen und tiefen Traum träumen dürfen, einen Traum, den niemand verstanden hätte, einen von jenen langen, langen Träumen, über denen ein Leben hingehen kann wie ein Tag. Aber dieser junge Mensch, der in der Manufaktur von Sèvres seinen Verdienst hatte, war ein Träumer, dem der Traum in die Hände stieg, und er begann gleich mit seiner Verwirklichung. Er fühlte, wo man anfangen mußte; eine Ruhe, die in ihm war, zeigte ihm den weisen Weg. An dieser Stelle offenbart sich schon Rodins tiefe Übereinstimmung mit der Natur, von der der Dichter Georges Rodenbach, der ihn geradezu eine Naturkraft nennt, so schöne Worte zu sagen wußte. Und in der Tat, es ist eine dunkle Geduld in Rodin, die ihn beinahe namenlos macht, eine stille, überlegene Langmut, etwas von der großen Geduld und Güte der Natur, die mit einem Nichts beginnt, um still und ernst den weiten Weg zum Überfluß zu gehen. Auch Rodin vermaß sich nicht, Bäume machen zu wollen. Er fing mit dem Keim an, unter der Erde gleichsam. Und dieser Keim wuchs nach unten, senkte Wurzel um Wurzel abwärts, verankerte sich, ehe er anfing einen kleinen Trieb nach oben zu tun. Das brauchte Zeit und Zeit. »Man muß sich nicht eilen«, sagte Rodin den wenigen Freunden, die um ihn waren, wenn sie ihn drängten.

Damals kam der Krieg, und Rodin ging nach Brüssel und arbeitete, wie der Tag es befahl. Er führte einige Figuren an Privathäusern aus und mehrere von den Gruppen auf dem Börsengebäude und schuf die vier großen Eckfiguren bei dem Denkmal des Bürgermeisters Loos im Parc d'Anvers. Das waren Aufträge, die er gewissenhaft ausführte, ohne seine wachsende Persönlichkeit zu Worte kommen zu lassen. Seine eigentliche Entwickelung ging nebenher, zusammengedrängt in die Pausen, in die Abendstunden, ausgebreitet in der einsamen Stille der Nächte, vor sich, und er mußte diese Teilung seiner Energie jahrelang ertragen. Er besaß die Kraft derjenigen, auf die ein großes Werk wartet, die schweigsame Ausdauer derer, die notwendig sind.

Während er an der Börse von Brüssel beschäftigt war, mochte er fühlen, daß es keine Gebäude mehr gab, die die Werke der Skulptur um sich versammelten, wie es die Kathedralen getan hatten, diese großen Magnete der Plastik einer vergangenen Zeit. Das Bildwerk war allein, wie das Bild allein war, das Staffelei-Bild, aber es bedurfte ja auch keiner Wand wie dieses. Es brauchte nicht einmal ein Dach. Es war ein Ding, das für sich allein bestehen konnte, und es war gut, ihm ganz das Wesen eines Dinges zu geben, um das man herumgehen und das man von allen Seiten betrachten konnte.

Und doch mußte es sich irgendwie von den anderen Dingen unterscheiden, den gewöhnlichen Dingen, denen jeder ins Gesicht greifen konnte. Es mußte irgendwie unantastbar werden, sakrosankt, getrennt vom Zufall und von der Zeit, in der es einsam und wunderbar wie das Gesicht eines Hellsehers aufstand. Es mußte seinen eigenen, sicheren Platz erhalten, an den nicht Willkür es gestellt hatte, und es mußte eingeschaltet werden in die stille Dauer des Raumes und in seine großen Gesetze. In die Luft, die es umgab, mußte man es wie in eine Nische hineinpassen und ihm so eine Sicherheit geben, einen Halt und eine Hoheit, die aus seinem einfachen Dasein, nicht aus seiner Bedeutung kam.

Rodin wußte, daß es zunächst auf eine unfehlbare Kenntnis des menschlichen Körpers ankam. Langsam, forschend war er bis zu seiner Oberfläche vorgeschritten, und nun streckte sich von Außen eine Hand entgegen, welche diese Oberfläche von der anderen Seite ebenso genau bestimmte und begrenzte, wie sie es von Innen war. Je weiter er ging auf seinem entlegenen Wege, desto mehr blieb der Zufall zurück, und ein Gesetz führte ihn dem anderen zu. Und schließlich war es diese Oberfläche, auf die seine Forschung sich wandte. Sie bestand aus unendlich vielen Begegnungen des Lichtes mit dem Dinge, und es zeigte sich, daß jede dieser Begegnungen anders war und jede merkwürdig. An dieser Stelle schienen sie einander aufzunehmen, an jener sich zögernd zu begrüßen, an einer dritten fremd an einander vorbeizugehen; und es gab Stellen ohne Ende und keine, auf der nicht etwas geschah. Es gab keine Leere.

In diesem Augenblick hatte Rodin das Grundelement seiner Kunst entdeckt, gleichsam die Zelle seiner Welt. Das war die Fläche, diese verschieden große, verschieden betonte, genau bestimmte Fläche, aus der alles gemacht werden mußte. Von da ab war sie der Stoff seiner Kunst, das, worum er sich mühte, wofür er wachte und litt. Seine Kunst baute sich nicht auf eine große Idee auf, sondern auf eine kleine gewissenhafte Verwirklichung, auf das Erreichbare, auf ein Können. Es war kein Hochmut in ihm. Er schloß sich an diese unscheinbare und schwere Schönheit an, an die, die er noch überschauen, rufen und richten konnte. Die andere, die große, mußte kommen, wenn alles fertig war, so wie die Tiere zur Tränke kommen, wenn die Nacht sich vollendet hat und nichts Fremdes mehr an dem Walde haftet.

Mit dieser Entdeckung begann Rodins eigenste Arbeit. Nun erst waren alle die herkömmlichen Begriffe der Plastik für ihn wertlos geworden. Es gab weder Pose, noch Gruppe, noch Komposition. Es gab nur unzählbar viele lebendige Flächen, es gab nur Leben, und das Ausdrucksmittel, das er sich gefunden hatte, ging gerade auf dieses Leben zu. Nun hieß es seiner und seiner Fülle mächtig zu werden. Rodin erfaßte das Leben, das überall war, wohin er sah. Er erfaßte es an den kleinsten Stellen, er beobachtete es, er ging ihm nach. Er erwartete es an den Übergängen, wo es zögerte, er holte es ein, wo es lief, und er fand es an allen Orten gleich groß, gleich mächtig und hinreißend. Da war kein Teil des Körpers unbedeutend oder gering: er lebte. Das Leben, das in den Gesichtern wie auf Zifferblättern stand, leicht ablesbar und voll Bezug auf die Zeit, – in den Körpern war es zerstreuter, größer, geheimnisvoller und ewiger. Hier verstellte es sich nicht, hier ging es nachlässig, wo es nachlässig war, und stolz bei den Stolzen; zurücktretend von der Bühne des Angesichtes, hatte es die Maske abgenommen und stand, wie es war, hinter den Kulissen der Kleider. Hier fand er die Welt seiner Zeit, wie er jene des Mittelalters an den Kathedralen erkannt hatte: versammelt um ein geheimnisvolles Dunkel, zusammengehalten von einem Organismus, an ihn angepaßt und ihm dienstbar gemacht. Der Mensch war zur Kirche geworden und es gab tausend und tausend Kirchen, keine der anderen gleich und jede lebendig. Aber es galt zu zeigen, daß sie alle eines Gottes waren.

Jahre und Jahre ging Rodin auf den Wegen dieses Lebens als ein Lernender und Demütiger, der sich als Anfänger fühlte. Niemand wußte von seinen Versuchen, er hatte keinen Vertrauten und wenig Freunde. Hinter der Arbeit, die ihn nährte, verbarg sich sein werdendes Werk und erwartete seine Zeit. Er las viel. Man war gewohnt, ihn in Brüssels Straßen immer mit einem Buche in der Hand zu sehen, aber vielleicht war dieses Buch oft nur ein Vorwand für das Vertieftsein in sich selbst, in die ungeheuere Aufgabe, die ihm bevorstand. Wie allen Tätigen war auch ihm das Gefühl, eine unabsehbare Arbeit vor sich zu haben, ein Antrieb, etwas was seine Kräfte vermehrte und versammelte. Und kamen Zweifel, kamen Ungewißheiten, kam die große Ungeduld der Werdenden zu ihm, die Furcht eines frühen Todes oder die Drohung der täglichen Not, so fand das alles in ihm schon einen stillen, aufrechten Widerstand, einen Trotz, eine Stärke und Zuversicht, alle die noch nicht entfalteten Fahnen eines großen Sieges. Vielleicht war es die Vergangenheit, die in solchen Momenten auf seine Seite trat, die Stimme der Kathedralen, die er immer wieder hören ging. Auch aus den Büchern kam vieles was ihm zustimmte. Er las zum ersten Male Dantes Divina Comedia. Es war eine Offenbarung. Er sah die leidenden Leiber eines anderen Geschlechtes vor sich, sah, über alle Tage fort, ein Jahrhundert, dem die Kleider abgerissen waren, sah das große und unvergeßliche Gericht eines Dichters über seine Zeit. Da waren Bilder, die ihm recht gaben, und wenn er von den weinenden Füßen Nikolaus des Dritten las, so wußte er schon, daß es weinende Füße gab, daß es ein Weinen gab, das überall war, über einem ganzen Menschen, und Tränen, die aus allen Poren traten. Und von Dante kam er zu Baudelaire. Hier war kein Gericht, kein Dichter, der an der Hand eines Schattens zu den Himmeln stieg, ein Mensch, einer von den Leidenden hatte seine Stimme erhoben und hielt sie hoch über die Häupter der anderen empor, wie um sie zu retten vor einem Untergang. Und in diesen Versen gab es Stellen, die heraustraten aus der Schrift, die nicht geschrieben, sondern geformt schienen, Worte und Gruppen von Worten, die geschmolzen waren in den heißen Händen des Dichters, Zeilen, die sich wie Reliefs anfühlten, und Sonette, die wie Säulen mit verworrenen Kapitälen die Last eines bangen Gedankens trugen. Er fühlte dunkel, daß diese

Kunst, wo sie jäh aufhörte, an den Anfang einer anderen stieß, und daß sie sich nach dieser anderen gesehnt hatte; er fühlte in Baudelaire einen, der ihm vorangegangen war, einen, der sich nicht von den Gesichtern hatte beirren lassen und der nach den Leibern suchte, in denen das Leben größer war, grausamer und ruheloser.
Seit jenen Tagen blieben diese beiden Dichter ihm immer nah, er dachte über sie hinaus und kehrte zu ihnen zurück. In jener Zeit, wo seine Kunst sich formte und vorbereitete, wo alles Leben, das sie lernte, namenlos war und nichts bedeutete, gingen Rodins Gedanken in den Büchern der Dichter umher und holten sich dort eine Vergangenheit. Später, als er als Schaffender diese Stoffkreise wieder berührte, da stiegen ihre Gestalten wie Erinnerungen aus seinem eigenen Leben, weh und wirklich, in ihm auf und gingen in sein Werk wie in eine Heimat ein.

Endlich, nach Jahren einsamer Arbeit machte er den Versuch, mit einem Werke hervorzutreten. Es war eine Frage an die Öffentlichkeit. Die Öffentlichkeit antwortete verneinend. Und Rodin verschloß sich abermals für dreizehn Jahre. Es waren die Jahre, in denen er, immer noch als Unbekannter, zum Meister ausreifte, zum unumschränkten Beherrscher seiner eigenen Mittel, immerfort arbeitend, denkend, versuchend, unbeeinflußt von der Zeit, die an ihm nicht teilnahm. Vielleicht gab ihm der Umstand, daß seine ganze Entwickelung in dieser ungestörten Stille vor sich gegangen war, später, als man um ihn stritt, als man seinem Werk widersprach, jene gewaltige Sicherheit. Da, als man anfing an ihm zu zweifeln, hatte er keinen Zweifel mehr an sich selbst. Das alles lag hinter ihm. Nicht mehr von dem Zuruf und dem Urteil der Menge hing sein Schicksal ab, es war schon entschieden, als man meinte, es mit Spott und Feindseligkeit vernichten zu können. In der Zeit, als er wurde, klang keine fremde Stimme zu ihm, kein Lob, das ihn hätte irremachen, kein Tadel, der ihn hätte verwirren können. Wie Parzifal heranwächst, so wuchs sein Werk in Reinheit heran, allein mit sich und mit einer großen ewigen Natur. Nur seine Arbeit sprach zu ihm. Sie sprach zu ihm des Morgens beim Erwachen, und des Abends klang sie lange in seinen Händen nach wie in einem fortgelegten Instrumente. Darum war sein Werk so unüberwindlich: weil es erwachsen zur Welt kam; nicht mehr als werdendes erschien es, das um seine Berechtigung bat, sondern als Wirklichkeit, die sich durchgesetzt hat, die da ist, mit der man rechnen muß. Wie ein König, der hört, daß in seinem Reiche eine Stadt gebaut werden soll, überlegt, ob es gut sei, das Privileg zu gewähren, zögert und endlich aufbricht, die Stelle zu besehen; er kommt hin und findet eine große gewaltige Stadt, die fertig ist, steht, steht wie von Ewigkeit her mit Mauern, Türmen und Toren: so kam die Menge, als man sie schließlich rief, zu dem Werke Rodins, das fertig war.

Diese Periode des Reifwerdens ist begrenzt durch zwei Werke. An ihrem Anfang steht der Kopf des *Mannes mit der gebrochenen Nase*, an ihrem Ende die Gestalt des jungen Mannes, des *Mannes der ersten Zeiten*, wie

Rodin ihn genannt hat. Der *Homme au nez cassé* wurde im Jahre 1864 vom ›Salon‹ zurückgewiesen. Man begreift das sehr gut, denn man fühlt, daß in diesem Werke Rodins Art schon ganz ausgereift war, ganz vollendet und sicher; mit der Rücksichtslosigkeit eines großen Bekenntnisses widersprach es den Anforderungen der akademischen Schönheit, die noch immer die allein herrschende war. Umsonst hatte Rude seiner Göttin des Aufruhrs auf dem Triumphtor der place de l'Étoile die wilde Gebärde gegeben und den weiten Schrei, umsonst hatte Barye seine geschmeidigen Tiere geschaffen, und den ›Tanz‹ Carpeaux' hatte man nur verhöhnt, um sich schließlich so weit an ihn zu gewöhnen, daß man ihn nichtmehr sah. Es war alles beim alten geblieben. Die Plastik, die betrieben wurde, war immer noch die der Modelle, der Posen und der Allegorieen, das leichte, billige und gemächliche Metier, das mit der mehr oder weniger geschickten Wiederholung von einigen sanktionierten Gebärden auskam. In dieser Umgebung hätte schon der Kopf des Mannes mit der gebrochenen Nase jenen Sturm erregen müssen, der erst bei späteren Werken Rodins losbrach. Aber wahrscheinlich hat man ihn, als die Arbeit eines Unbekannten, fast unbesehen wieder zurückgeschickt.

Man fühlt, was Rodin anregte, diesen Kopf zu formen, den Kopf eines alternden, häßlichen Mannes, dessen gebrochene Nase den gequälten Ausdruck des Gesichtes noch verstärken half; es war die Fülle von Leben, die in diesen Zügen versammelt war; es war der Umstand, daß es auf diesem Gesichte gar keine symmetrischen Flächen gab, daß nichts sich wiederholte, daß keine Stelle leer geblieben war, stumm oder gleichgültig. Dieses Gesicht war nicht vom Leben berührt worden, es war um und um davon angetan, als hätte eine unerbittliche Hand es in das Schicksal hineingehalten wie in die Wirbel eines waschenden, nagenden Wassers. Wenn man diese Maske in Händen hält und dreht, ist man überrascht über den fortwährenden Wechsel der Profile, von denen keines zufällig ist, ratend oder unbestimmt. Es giebt an diesem Kopf keine Linie, keine Überschneidung, keinen Kontur, den Rodin nicht gesehen und gewollt hat. Man glaubt zu fühlen, wie einige von diesen Furchen früher kamen, andere später, wie zwischen dem und jenem Riß, der durch die Züge geht, Jahre liegen, bange Jahre, man weiß, daß von den Zeichen dieses Gesichtes einige langsam eingeschrieben wurden, gleichsam zögernd, daß andere erst leise vorgezeichnet waren und von einer Gewohnheit oder einem Gedanken, der immer wiederkam, nachgezogen wurden, und man erkennt jene scharfen Scharten, die in einer Nacht entstanden sein mußten, wie vom Schnabel eines Vogels hineingehackt in die überwache Stirne eines Schlaflosen. Man muß sich mühsam erinnern, daß alles das auf dem Raume eines Gesichtes steht, so viel schweres, namenloses Leben erhebt sich aus diesem Werke. Legt man die Maske vor sich nieder, so meint man auf der Höhe eines Turmes zu stehen und auf ein unebenes Land herabzusehen, über dessen wirre Wege viele Völker gezogen sind. Und hebt man sie wieder auf, so hält man ein Ding, das man schön nennen muß um seiner Vollendung willen. Aber nicht aus der unvergleichlichen Durchbildung allein ergiebt sich diese Schönheit. Sie entsteht aus der Empfindung des Gleichgewichts, des Ausgleichs aller dieser bewegten Flächen untereinander, aus der Erkenntnis dessen, daß alle diese Erregungsmomente in dem Dinge selbst ausschwingen und zu Ende gehen. War man eben noch ergriffen von der vielstimmigen Qual dieses Angesichtes, so fühlt man gleich darauf, daß keine Anklage davon ausgeht. Es wendet sich nicht an die Welt; es scheint seine Gerechtigkeit in sich zu tragen, die Aussöhnung aller seiner Widersprüche und eine Geduld, groß genug für alle seine Schwere.

Als Rodin diese Maske schuf, hatte er einen ruhig sitzenden Menschen vor sich und ein ruhiges Gesicht. Aber es war das Gesicht eines Lebendigen und als er es durchforschte, da zeigte sich, daß es voll von Bewegung war, voll von Unruhe und Wellenschlag. In dem Verlauf der Linien war Bewegung, Bewegung war in der Neigung der Flächen, die Schatten rührten sich wie im Schlafe, und leise schien das Licht an der Stirne vorbeizugehen. Es gab also keine Ruhe, nicht einmal im Tode; denn mit dem Verfall, der auch Bewegung ist, war selbst das Tote dem Leben noch untergeordnet. Es gab nur Bewegung in der Natur; und eine Kunst, die eine gewissenhafte und gläubige Auslegung des Lebens geben wollte, durfte nicht jene Ruhe, die es nirgends gab, zu ihrem Ideale machen. In Wirklichkeit hat auch die Antike nichts von einem solchen Ideal gewußt. Man mußte nur an die *Nike* denken. Diese

Skulptur hat uns nicht nur die Bewegung eines schönen Mädchens überliefert, das seinem Geliebten entgegengeht, sie ist zugleich ein ewiges Bildnis griechischen Windes, seiner Weite und Herrlichkeit. Und sogar die Steine älterer Kulturen waren nicht ruhig. In die hieratisch verhaltene Gebärde uralter Kulte war die Unruhe lebendiger Flächen eingeschlossen, wie Wasser in die Wände des Gefäßes. Es waren Strömungen in den verschlossenen Göttern, welche saßen, und in den stehenden war eine Gebärde, die wie eine Fontäne aus dem Steine stieg und wieder in denselben zurückfiel, ihn mit vielen Wellen erfüllend. Nicht die Bewegung war es, die dem Sinne der Skulptur (und das heißt einfach dem Wesen des Dinges) widerstrebte; es war nur die Bewegung, die nicht zu Ende geht, die nicht von anderen im Gleichgewicht gehalten wird, die hinausweist über die Grenzen des Dinges. Das plastische Ding gleicht jenen Städten der alten Zeit, die ganz in ihren Mauern lebten: die Bewohner hielten deshalb nicht ihren Atem an und die Gebärden ihres Lebens brachen nicht ab. Aber nichts drang über die Grenzen des Kreises, der sie umgab, nichts war jenseits davon, nichts zeigte aus den Toren hinaus und keine Erwartung war offen nach außen. Wie groß auch die Bewegung eines Bildwerkes sein mag, sie muß, und sei es aus unendlichen Weiten, sei es aus der Tiefe des Himmels, sie muß zu ihm zurückkehren, der große Kreis muß sich schließen, der Kreis der Einsamkeit, in der ein Kunst-Ding seine Tage verbringt. Das war das Gesetz, welches, ungeschrieben, lebte in den Skulpturen vergangener Zeiten. Rodin erkannte es. Was die Dinge auszeichnet, dieses Ganz-mit-sich-Beschäftigtsein, das war es, was einer Plastik ihre Ruhe gab; sie durfte nichts von außen verlangen oder erwarten, sich auf nichts beziehen, was draußen lag, nichts sehen, was nicht in ihr war. Ihre Umgebung mußte *in* ihr liegen. Es war der *Bildhauer* Lionardo, der der Gioconda die Unnahbarkeit gegeben hat, diese Bewegung, die nach innen geht, dieses Schauen, dem man nicht begegnen kann. Wahrscheinlich wird sein Francesco Sforza ebenso gewesen sein, von einer Gebärde bewegt, die, gleich einem stolzen Gesandten seines Staates nach vollbrachtem Auftrag, zu ihm zurückkehrte.

In den langen Jahren, die zwischen der Maske des *Homme au nez cassé* und jener Figur des *Mannes der ersten Zeiten* vergingen, vollzogen sich viele stille Entwickelungen in Rodin. Neue Beziehungen verbanden ihn fester mit der Vergangenheit seiner Kunst. Diese Vergangenheit und ihre Größe, an der so viele wie an einer Last getragen hatten, ihm wurde sie der Flügel, der ihn trug. Denn wenn er in jener Zeit je eine Zustimmung empfangen hat, eine Bestärkung dessen, was er wollte und suchte, so kam sie von den Dingen der Antike und aus dem faltigen Dunkel der Kathedralen. Menschen redeten nicht zu ihm. Steine sprachen.

DER *Homme au nez cassé* hatte geoffenbart, wie Rodin den Weg durch ein Gesicht zu gehen wußte, der *Mann der ersten Zeiten* bewies seine unumschränkte Herrschaft über den Körper. ›Souverain tailleur d'ymaiges‹, dieser Titel, den die Meister des Mittelalters einander in neidloser ernster Wertung gaben, kam ihm zu. Hier war ein lebensgroßer Akt, auf dessen allen Stellen das Leben nicht nur gleich mächtig war, es schien auch überall zur Höhe desselben Ausdrucks erhoben zu sein. Was im Gesichte stand, dieselbe Schmerzhaftigkeit eines schweren Erwachens und zugleich diese Sehnsucht nach dem Schweren, war auf dem kleinsten Teil dieses Körpers geschrieben; jede Stelle war ein Mund, der es sagte, in seiner Art. Das strengste Auge konnte an dieser Figur keinen Platz entdecken, der weniger lebendig, weniger bestimmt und klar gewesen wäre. Es war, als stiege in die Adern dieses Mannes Kraft aus den Tiefen der Erde. Das war die Silhouette eines Baumes, der die Märzstürme noch vor sich hat und bange ist, weil die Frucht und Fülle seines Sommers nicht mehr in den Wurzeln wohnt, sondern schon, langsam steigend, im Stamme steht, um den die großen Winde jagen werden.

Diese Gestalt ist auch noch in anderem Sinne bedeutsam. Sie bezeichnet im Werke Rodins die Geburt der Gebärde. Jene Gebärde, die wuchs und sich allmählich zu solcher Größe und Gewalt entwickelte, hier entsprang sie wie eine Quelle, welche leise an diesem Leibe niederrann. Sie erwachte im Dunkel der ersten Zeiten und sie scheint, in ihrem Wachsen, durch die Weite dieses Werkes wie durch alle Jahrtausende zu gehen, weit über uns hinaus zu denen, die kommen werden. Zögernd entfaltet sie sich in den erhobenen Armen; und diese Arme sind noch so schwer, daß die Hand des einen schon wieder ausruht auf der Höhe des Hauptes. Aber sie schläft nichtmehr, sie sammelt sich; ganz hoch oben auf dem

Gipfel des Gehirnes, wo es einsam ist, bereitet sie sich vor auf die Arbeit, auf die Arbeit der Jahrhunderte, die nicht Absehn noch Ende hat. Und in dem rechten Fuße steht wartend ein erster Schritt.

Man könnte von dieser Gebärde sagen, daß sie wie in einer harten Knospe eingeschlossen ruht. Eines Gedankens Glut und ein Sturm im Willen: sie öffnet sich und es entsteht jener *Johannes* mit den redenden, erregten Armen, mit dem großen Gehen dessen, der einen Anderen hinter sich kommen fühlt. Der Körper dieses Mannes ist nichtmehr unerprobt: die Wüsten haben ihn durchglüht, der Hunger hat ihm weh getan, und alle Dürste haben ihn geprüft. Er hat bestanden und ist hart geworden. Sein hagerer Asketenleib ist wie ein Holzgriff, in dem die weite Gabel seines Schrittes steckt. Er geht. Er geht, als wären alle Weiten der Welt in ihm und als teilte er sie aus mit seinem Gehen. Er geht. Seine Arme sagen von diesem Gang und seine Finger spreizen sich und scheinen in der Luft das Zeichen des Schreitens zu machen.

Dieser *Johannes* ist der erste Gehende im Werke Rodins. Es kommen viele nach. Es kommen die *Bürger von Calais*, die ihren schweren Gang beginnen, und alles Gehen scheint vorzubereiten auf den großen herausfordernden Schritt des *Balzac*.

Aber auch die Gebärde des Stehenden entwickelt sich weiter, sie schließt sich, sie rollt sich zusammen wie brennendes Papier, sie wird stärker, geschlossener, erregter. So ist jene Figur der *Eva*, die ursprünglich bestimmt war, über dem *Höllentor* zu stehen. Der Kopf senkt sich tief in das Dunkel der Arme, die sich über der Brust zusammenziehen wie bei einer Frierenden. Der Rücken ist gerundet, der Nacken fast horizontal, die Haltung vorgebogen wie zu einem Lauschen über dem eigenen Leibe, in dem eine fremde Zukunft sich zu rühren beginnt. Und es ist, als wirkte die Schwerkraft dieser Zukunft auf die Sinne des Weibes und zöge sie herab aus dem zerstreuten Leben in den tiefen demütigen Knechtdienst der Mutterschaft.

Immer und immer wieder kam Rodin bei seinen Akten auf dieses Sich-nach-innen-Biegen zurück, auf dieses angestrengte Horchen in die eigene Tiefe; so ist die wundervolle Gestalt, die er *La Méditation* genannt hat, so ist jene unvergeßliche *Voix intérieure*, die leiseste Stimme Victor Hugo'scher Gesänge, die auf dem Denkmal des Dichters fast verborgen unter der Stimme des Zornes steht. Niemals ist ein menschlicher Körper so um sein Inneres versammelt gewesen, so gebogen von seiner eigenen Seele und wieder zurückgehalten von seines Blutes elastischer Kraft. Und wie auf dem tief seitwärts gesenkten Leibe der Hals sich ein wenig aufrichtet und streckt und den horchenden Kopf über das ferne Rauschen des Lebens hält, das ist so eindringlich und groß empfunden, daß man sich keiner ergreifenderen und verinnerlichteren Gebärde zu erinnern weiß. Es fällt auf, daß die Arme fehlen. Rodin empfand sie in diesem Fall als eine zu leichte Lösung seiner Aufgabe, als etwas, was nicht zu dem Körper gehört, der sich in sich selber hüllen wollte, ohne fremde Hülfe. Man kann an die Duse denken, wie sie in einem Drama d'Annunzio's, schmerzhaft verlassen, ohne Arme zu umarmen versucht und zu halten ohne Hände. Diese Szene, in der ihr Körper eine Liebkosung lernte, die weit über ihn hinausging, gehört zu den Unvergeßlichkeiten ihres Spieles. Es vermittelte den Eindruck, daß die Arme ein Überfluß waren, ein Schmuck, eine Sache der Reichen und der Unmäßigen, die man von sich werfen konnte, um ganz arm zu sein. Nicht als hätte sie Wichtiges eingebüßt, wirkte sie in diesem Augenblick; eher wie einer, der seinen Becher verschenkt, um aus dem Bache zu trinken, wie ein Mensch, der nackt ist und noch ein wenig hülflos in seiner tiefen Blöße. So ist es auch bei den armlosen Bildsäulen Rodins; es fehlt nichts Notwendiges. Man steht vor ihnen als vor etwas Ganzem, Vollendetem, das keine Ergänzung zuläßt. Nicht aus dem einfachen Schauen kommt das Gefühl des Unfertigen, sondern aus der umständlichen Überlegung, aus der kleinlichen Pedanterie, welche sagt, daß zu einem Körper Arme gehören und daß ein Körper ohne Arme nicht ganz sein könne, auf keinen Fall. Es ist nicht lange her, da lehnte man sich in derselben Weise gegen die vom Bildrande abgeschnittenen Bäume der Impressionisten auf; man hat sich sehr rasch an diesen Eindruck gewöhnt, man hat, für den Maler wenigstens, einsehen und glauben gelernt, daß ein künstlerisches Ganzes nicht notwendig mit dem gewöhnlichen Ding-Ganzen zusammenfallen muß, daß, unabhängig davon, innerhalb des Bildes neue Einheiten entstehen, neue Zusammenschlüsse, Verhältnisse und Gleichgewichte. Es ist in der Skulptur nicht anders. Dem Künstler steht es zu, aus vielen Dingen eines zu machen und aus dem kleinsten Teil eines Dinges eine Welt. Es giebt im Werke Rodins Hände, selbständige, kleine Hände, die, ohne zu irgend einem Körper zu gehören, lebendig sind. Hände, die sich aufrichten, gereizt und böse, Hände, deren fünf gesträubte Finger zu bellen scheinen wie die fünf Hälse eines Höllenhundes. Hände, die gehen, schlafende Hände, und Hände, welche erwachen; verbrecherische, erblich belastete Hände und solche, die müde sind, die nichts mehr wollen, die sich niedergelegt haben in irgend einen Winkel, wie kranke Tiere, welche wissen, daß ihnen niemand helfen kann. Aber Hände sind schon ein komplizierter Organismus, ein Delta, in dem viel fernherkommendes Leben zusammenfließt, um sich in den großen Strom der Tat zu ergießen. Es giebt eine Geschichte der Hände, sie haben tatsächlich ihre eigene Kultur, ihre besondere Schönheit; man gesteht ihnen das Recht zu, eine eigene Entwickelung zu haben, eigene Wünsche, Gefühle, Launen und Liebhabereien. Rodin aber, der durch die Erziehung, die er sich gegeben hat, weiß, daß der Körper aus lauter Schauplätzen des Lebens besteht, eines Lebens, das auf jeder Stelle individuell und groß werden kann, hat die Macht, irgendeinem Teil dieser weiten schwingenden Fläche die Selbständigkeit und Fülle eines Ganzen zu geben. Wie der menschliche Körper für Rodin nur so lange ein Ganzes ist, als eine gemeinsame (innere oder äußere) Aktion alle seine Glieder und Kräfte im Aufgebot hält, so ordnen sich ihm andererseits auch Teile verschiedener Leiber, die aus innerer Notwendigkeit aneinander haften, zu einem Organismus ein. Eine Hand, die sich auf eines anderen Schulter oder Schenkel legt, gehört nicht mehr ganz zu dem Körper, von dem sie kam: aus ihr und dem Gegenstand, den sie berührt oder packt, entsteht ein neues Ding, ein Ding mehr, das keinen Namen hat und niemandem gehört; und um dieses Ding, das seine bestimmten Grenzen hat, handelt es sich nun. Diese Erkenntnis ist die Grundlage für die Gruppierung der Gestalten bei Rodin; aus ihr kommt jenes unerhörte Aneinander-Gebunden-Sein der Figuren, jenes Zusammenhalten der Formen, jenes Sich-Nicht-Loslassen, um keinen Preis. Er geht nicht von den Figuren aus, die sich umfassen, er hat keine Modelle, die er anordnet und zusammenstellt. Er fängt bei den Stellen der stärksten Berührung als bei den Höhepunkten des Werkes an; dort, wo etwas Neues entsteht, setzt er ein und widmet alles Wissen seines Werkzeugs den geheimnisvollen Erscheinungen, die das Werden eines neuen Dinges begleiten. Er arbeitet gleichsam beim Schein der Blitze, die an diesen Punkten entstehen, und sieht nur diejenigen Teile der ganzen Körper, die beschienen sind. Der Zauber der großen Gruppe des Mädchens und des Mannes, die *Der Kuß* genannt wird, liegt in dieser weisen und gerechten Verteilung des Lebens; man hat das Gefühl, als gingen hier von allen Berührungsflächen Wellen in die Körper hinein, Schauer von Schönheit, Ahnung und Kraft. Daher kommt es, daß man die Seligkeit dieses Kusses überall auf diesen Leibern zu schauen glaubt; er ist wie eine Sonne, die aufgeht, und sein Licht liegt überall. Aber noch wunderbarer ist jener andere Kuß, um den sich, wie die Mauer um einen Garten, jenes Werk erhebt, welches *Éternelle Idole* heißt. Eine der Wiederholungen dieses Marmors ist im Besitze Eugène Carrières, und in der stillen Dämmerung seines Hauses lebt dieser klare Stein wie ein Quell, in dem immer dieselbe Bewegung ist, derselbe Aufstieg und Niederfall verzauberter Kraft. Ein Mädchen kniet. Ihr schöner Leib hat sich sanft zurückgelehnt. Ihr rechter Arm hat sich nach hinten gestreckt, und ihre Hand hat tastend ihren Fuß gefunden. In diese drei Linien, aus denen kein Weg hinausführt in die Welt, schließt sich ihr Leben mit seinem Geheimnis ein. Der Stein unter ihr hebt sie empor, wie sie so kniet. Und man glaubt plötzlich in der Haltung, in die dieses junge Mädchen aus Trägheit, aus Träumerei oder aus Einsamkeit verfiel, eine uralte heilige Gebärde zu erkennen, in welche die Göttin ferner, grausamer Kulte versunken war. Der Kopf dieses Weibes neigt sich ein wenig vor; mit einem Ausdruck von Nachsicht, Hoheit und Geduld, sieht sie, wie aus der Höhe einer stillen Nacht, auf den Mann hinab, der sein Gesicht in ihre Brust versenkt wie in viele Blüten. Auch er kniet, aber tiefer, tief im Stein. Seine Hände liegen hinter ihm, wie wertlose und leere Dinge. Die Rechte ist offen; man sieht hinein. Von dieser Gruppe geht eine geheimnisvolle Größe aus. Man wagt (wie so oft bei Rodin) nicht, ihr eine Bedeutung zu geben. Sie hat tausende. Wie Schatten gehn die Gedanken über sie und hinter jedem steigt sie neu und rätselhaft auf in ihrer Klarheit und Namenlosigkeit.

Etwas von der Stimmung eines Purgatorio lebt in diesem Werke. Ein Himmel ist nah, aber er ist noch nicht erreicht; eine Hölle ist nah, aber sie ist noch nicht vergessen. Auch hier strahlt aller Glanz von der Berührung aus; von der Berührung der beiden Körper und von der Berührung des Weibes mit sich selbst.

Und nichts anderes als eine immer neue Ausgestaltung des Themas von der Berührung lebendiger und bewegter Flächen, ist jene gewaltige *Porte de l'Enfer*, an der Rodin seit zwanzig Jahren einsam gearbeitet hat und deren Guß nun bevorsteht. Gleichzeitig im Erforschen der Bewegung von Flächen und ihrer Vereinigung fortschreitend, kam Rodin dazu, Körper zu suchen, die sich mit vielen Stellen berührten, Körper, deren Berührungen heftiger waren, stärker, ungestümer. Je mehr Berührungspunkte zwei Körper einander boten, je ungeduldiger sie aufeinander zustürzten, gleich chemischen Stoffen von großer Verwandtschaft, desto fester und organischer hielt das neue Ganze, das sie bildeten, zusammen. Erinnerungen aus Dante tauchten auf. Ugolino, und die Wandernden selbst, Dante und Virgil aneinandergedrängt, das Gewühl der Wollüstigen, aus dem, wie ein verdorrter Baum, die greifende Gebärde des Geizigen ragte. Die Zentauren, die Riesen und Ungeheuer, Sirenen, Faune und Weiber von Faunen, alle die wilden und reißenden Gott-Tiere des vorchristlichen Waldes kamen auf ihn zu. Und er schuf. Er verwirklichte alle die Gestalten und Formen des Dantischen Traumes, hob sie empor, wie aus der bewegten Tiefe eigener Erinnerungen und gab ihnen, einem nach dem anderen, des Dingseins leise Erlösung. Hunderte von Figuren und Gruppen entstanden auf diese Art. Aber die Bewegungen, die er in den Worten des Dichters fand, gehörten einer anderen Zeit; sie erweckten in dem Schaffenden, der sie auferstehen ließ, das Wissen von tausend anderen Gebärden, Gebärden des Greifens, Verlierens, Leidens und Lassens, die inzwischen entstanden waren, und seine Hände, die keine Ermüdung kannten, gingen weiter und weiter, über die Welt des Florentiners hinaus zu immer neuen Gesten und Gestalten.

Dieser ernste, gesammelte Arbeiter, der nie nach Stoffen gesucht hatte und keine andere Erfüllung wollte, als die, welche seinem immer reiferen Werkzeug erreichbar war, kam auf diesem Wege durch alle Dramen des Lebens: jetzt tat sich ihm die Tiefe der Liebesnächte auf, die dunkle lust- und kummervolle Weite, in der es, wie in einer noch immer heroischen Welt, keine Kleider gab, in der die Gesichter verlöscht waren und die Leiber galten. Er kam mit weißglühenden Sinnen, als ein Suchender des Lebens, in die große Wirrnis dieses Ringens und was er sah war: Leben. Es wurde nicht eng um ihn, klein und schwül. Es wurde weit. Die Atmosphäre der Alkoven war fern. Hier war das Leben, war tausendmal in jeder Minute, war in Sehnsucht und Weh, in Wahnsinn und Angst, in Verlust und Gewinn. Hier war ein Verlangen, das unermeßlich war, ein Durst so groß, daß alle Wasser der Welt in ihm wie ein Tropfen vertrockneten, hier war kein Lügen und Verleugnen, und die Gebärden von Geben und Nehmen, hier waren sie echt und groß. Hier waren die Laster und die Lästerungen, die Verdammnisse und die Seligkeiten, und man begriff auf einmal, daß eine Welt arm sein mußte, die das alles verbarg und vergrub und tat, als ob es nicht wäre. Es war. Neben der ganzen Geschichte der Menschheit ging diese andere Historie her, die keine Verkleidungen kannte, keine Konventionen, keine Unterschiede und Stände, – nur Kampf. Auch sie hatte ihre Entwickelung gehabt. Sie war aus einem Trieb eine Sehnsucht geworden, aus einer Begierde zwischen Mann und Weib ein Begehren von Mensch zu Mensch. Und so erscheint sie im Werke Rodins. Noch ist es die ewige Schlacht der Geschlechter, aber das Weib ist nichtmehr das überwältigte oder das willige Tier. Sie ist sehnsüchtig und wach wie der Mann, und es ist, als hätten sie sich zusammengetan, um beide nach ihrer Seele zu suchen. Der Mensch, der nachts aufsteht und leise zu einem anderen geht, ist wie ein Schatzgräber, der das große Glück, das so notwendig ist, ergraben will am Kreuzweg des Geschlechts. Und in allen Lastern, in allen Lüsten wider die Natur, in allen diesen verzweifelten und verlorenen Versuchen, dem Dasein einen unendlichen Sinn zu finden, ist etwas von jener Sehnsucht, die die großen Dichter macht. Hier hungert die Menschheit über sich hinaus. Hier strecken sich Hände aus nach der Ewigkeit. Hier öffnen sich Augen, schauen den Tod und fürchten ihn nicht; hier entfaltet sich ein hoffnungsloses Heldentum, dessen

Ruhm wie ein Lächeln kommt und geht und wie eine Rose blüht und bricht. Hier sind die Stürme des Wunsches und die Windstillen der Erwartung; hier sind Träume, die zu Taten werden, und Taten, die in Träumen vergehen. Hier wird, wie in einer Riesenspielbank, ein Vermögen von Kraft gewonnen oder verloren. Das alles steht in dem Werke Rodins. Er, der schon durch soviel Leben gegangen war, hier fand er des Lebens Fülle und Überfluß. Die Körper, an denen jede Stelle Wille war, die Munde, die die Form von Schreien hatten, welche aus den Tiefen der Erde zu steigen schienen. Er fand die Gebärden der Urgötter, die Schönheit und Geschmeidigkeit der Tiere, den Taumel alter Tänze und die Bewegungen vergessener Gottesdienste seltsam verbunden mit den neuen Gebärden, die entstanden waren in der langen Zeit, während welcher die Kunst abgewendet war und allen diesen Offenbarungen blind. Diese neuen Gebärden waren ihm besonders interessant. Sie waren ungeduldig. Wie einer, der lange nach einem Gegenstand sucht, immer ratloser wird, zerstreuter und eiliger, und um sich herum eine Zerstörung schafft, eine Anhäufung von Dingen, die er aus ihrer Ordnung zieht, als wollte er sie zwingen mitzusuchen, so sind die Gebärden der Menschheit, die ihren Sinn nicht finden kann, ungeduldiger geworden, nervöser, rascher und hastiger. Und alle die durchwühlten Fragen des Daseins liegen um sie her. Aber ihre Bewegungen sind zugleich auch wieder zögernder geworden. Sie haben nichtmehr die gymnastische und entschlossene Gradheit, mit der frühere Menschen nach allem gegriffen haben. Sie gleichen nicht jenen Bewegungen, die in den alten Bildwerken aufbewahrt sind, den Gesten, bei denen nur der Ausgangspunkt und der Endpunkt wichtig war. Zwischen diese beiden einfachen Momente haben sich unzählige Übergänge eingeschoben, und es zeigte sich, daß gerade in diesen Zwischen-Zuständen das Leben des heutigen Menschen verging, sein Handeln und sein Nicht-handeln-Können. Das Ergreifen war anders geworden, das Winken, das Loslassen und das Halten. In allem war viel mehr Erfahrung und zugleich auch wieder mehr Unwissenheit; viel mehr Mutlosigkeit und ein fortwährendes Angehen gegen Widerstände; viel mehr Trauer um Verlorenes, viel mehr Abschätzung, Urteil, Erwägung und weniger Willkür. Rodin schuf diese Gebärden. Er machte sie aus einer oder aus mehreren Gestalten, formte sie zu Dingen in seiner Art. Er gab Hunderten und Hunderten von Figuren, die nur ein wenig größer waren als seine Hände, das Leben aller Leidenschaften zu tragen, das Blühen aller Lüste und aller Laster Last. Er schuf Körper, die sich überall berührten und zusammenhielten wie ineinander verbissene Tiere, die als ein Ding in die Tiefe fallen; Leiber, die horchten wie Gesichter und ausholten wie Arme; Ketten von Leibern, Gewinde und Ranken, und schwere Trauben von Gestalten, in welche der Sünde Süße stieg aus den Wurzeln des Schmerzes. Gleich machtvoll und überlegen hat nur Lionardo Menschen zusammengefügt in seiner grandiosen Beschreibung des Weltuntergangs. Wie dort, gab es auch hier solche, die sich in den Abgrund warfen, um das große Weh vergessen zu können, und solche, die ihren Kindern die Köpfe zerschlugen, damit sie nicht hineinwüchsen in das große Weh. – Das Heer dieser Figuren war viel zu zahlreich geworden, um in den Rahmen und die Türflügel des *Höllen-Tores* hineinzupassen. Rodin wählte und wählte. Er schied alles aus, was zu einsam war, um sich der großen Gesamtheit zu unterwerfen, alles was nicht ganz notwendig war in diesem Zusammenhang. Er ließ die Gestalten und Gruppen selbst sich ihren Platz finden; er beobachtete das Leben des Volkes, das er geschaffen hatte, belauschte es und tat jedem seinen Willen. So erwuchs allmählich die Welt dieses Tores. Seine Fläche, an welche die plastischen Formen angefügt wurden, begann sich zu beleben; mit immer leiser werdenden Reliefs verhallte die Erregung der Figuren in die Fläche hinein. Im Rahmen ist von beiden Seiten ein Aufsteigen, ein Sich-empor-Ziehen und Hoch-Heben, in den Flügeln des Tores ein Fallen, Gleiten und Stürzen die herrschende Bewegung. Die Flügel treten ein wenig zurück, und ihr oberer Rand ist von dem vorspringenden Rand des Querrahmens noch durch eine ziemlich große Fläche getrennt. Vor diese, in den still geschlossenen Raum, ist die Gestalt des *Denkers* gesetzt, des Mannes, der die ganze Größe und alle Schrecken dieses Schauspieles sieht, weil er es denkt. Er sitzt versunken und stumm, schwer von Bildern und Gedanken, und alle seine Kraft (die die Kraft eines Handelnden ist) denkt. Sein ganzer Leib ist Schädel geworden und alles Blut in seinen Adern Gehirn. Er ist der Mittelpunkt des Tores, obwohl noch über ihm auf der Höhe des Rahmens drei Männer stehen. Die Tiefe wirkt auf sie und formt sie aus der Ferne. Sie haben ihre Köpfe zusammengebogen, ihre drei Arme sind vorgestreckt, laufen zusammen und zeigen hinunter auf dieselbe Stelle, in denselben Abgrund, welcher sie niederzieht mit seiner Schwere. Der Denker aber muß sie in sich tragen.

UNTER den Gruppen und Bildwerken, die aus Anlaß dieses Tores entstanden sind, giebt es viele von großer Schönheit. Es ist unmöglich, sie alle aufzuzählen, wie es unmöglich ist, sie zu beschreiben. Rodin selbst hat einmal gesagt, er müßte ein Jahr reden, um eines seiner Werke mit Worten zu wiederholen. Man kann nur sagen, daß diese kleinen Bildwerke, welche in Gips, Bronze und Stein erhalten sind, ähnlich wie manche von den kleinen Tierfiguren der Antike den Eindruck ganz großer Dinge machen. Es giebt in Rodins Atelier den Abguß eines kaum handgroßen Panthers griechischer Arbeit (das Original befindet sich im Medaillen-Kabinett der Pariser National-Bibliothek); wenn man unter seinem Leibe durch von vorn in den Raum blickt, der von den vier geschmeidigstarken Tatzen gebildet wird, kann man glauben, in die Tiefe eines indischen Felsentempels zu sehen; so wächst dieses Werk und weitet sich zur Größe seiner Maße. Ähnlich ist es bei den kleinen Plastiken Rodins. Indem er ihnen viele Stellen giebt, unzählbar viele, vollkommene und bestimmte Flächen, macht er sie groß. Die Luft ist um sie wie um Felsen. Wenn in ihnen ein Aufstehn ist, dann scheint es, als hüben sie die Himmel empor, und die Flucht ihres Falles reißt die Sterne mit.

Vielleicht ist damals auch die *Danaïde* entstanden, die sich aus dem Knieen niedergeworfen hat in ihr fließendes Haar. Es ist wunderbar, um diesen Marmor langsam herumzugehen: den langen, langen Weg um die reichentfaltete Rundung dieses Rückens, zu dem sich im Stein wie in einem großen Weinen verlierenden Gesicht, zu der Hand, die, wie eine letzte Blume, noch einmal leise vom Leben spricht, tief im ewigen Eise des Blockes. Und die *Illusion, die Tochter des Ikarus*, diese blendende Dingwerdung eines langen hülflosen Falles. Und die schöne Gruppe, die *L'homme et sa pensée* genannt worden ist. Die Darstellung eines Mannes der kniet und, mit seiner Stirne Berührung, aus dem Stein vor ihm die leisen Formen eines Weibes weckt, die an den Stein gebunden bleiben; wenn man hier auslegen will, so mag man sich freuen über den Ausdruck dieser Untrennbarkeit, mit der der Gedanke an des Mannes Stirne haftet: denn es ist immer nur sein Gedanke, der lebt und vor ihm steht; gleich dahinter ist Stein. Verwandt damit ist auch der Kopf, der sich sinnend und still bis zum Kinn aus einem großen Steine löst, der *Gedanke*, dieses Stück Klarheit, Sein und Gesicht, das sich langsam aus dem schweren Schlafe des dumpf Dauernden erhebt. Und dann die *Karyatide:* Nichtmehr die aufrechte Figur, die leicht oder schwer das Tragen eines Steines erträgt, unter den sie sich doch nur gestellt hat, als er schon hielt; ein weiblicher Akt, knieend, gebeugt, in sich hineingedrückt und ganz geformt von der Hand der Last, deren Schwere wie ein fortwährender Fall in alle Glieder sinkt. Auf jedem kleinsten Teile dieses Leibes liegt der ganze Stein wie ein Wille, der größer war, älter und mächtiger, und doch hat seines Tragens Schicksal nicht aufgehört. Er trägt, wie man im Traum das Unmögliche trägt, und findet keinen Ausweg. Und sein Zusammengesunkensein und Versagen ist immer noch Tragen geblieben, und wenn die nächste Müdigkeit kommt und den Körper ganz niederzwingt ins Liegen, so wird auch das Liegen noch Tragen sein, Tragen ohne Ende. So ist die *Karyatide*.

Man kann, wenn man will, die meisten Werke Rodins mit Gedanken begleiten, erklären und umgeben. Für alle, denen das einfache Schauen ein zu ungewohnter und schwerer Weg zur Schönheit ist, giebt es andere Wege, Umwege über Bedeutungen, die edel sind, groß und voll Gestalt. Es ist, als ob das unendliche Gut- und Richtigsein dieser Akte, das vollkommene Gleichgewicht aller ihrer Bewegungen, die wunderbare innere Gerechtigkeit ihrer Verhältnisse, ihr Vom-Leben-Durchdrungensein, als ob alles das, was sie zu schönen Dingen macht, ihnen auch die Kraft verliehe, unübertreffliche Verwirklichungen der Stoffe zu sein, die der Meister in die Nähe rief, da er sie benannte. Nie ist ein Stoff bei Rodin an ein Kunst-Ding gebunden, wie ein Tier an einen Baum. Er lebt irgendwo in der Nähe des Dinges und lebt von ihm, etwa wie der Kustos einer Sammlung. Man erfährt manches, wenn man ihn ruft; wenn man es aber versteht, ohne ihn auszukommen, ist man mehr allein und ungestört und erfährt noch mehr.

Wo die erste Anregung vom Stofflichen ausging, wo eine antike Sage, die Stelle eines Gedichtes, eine historische Szene oder eine wirkliche Person Schaffens-Anlaß war, da übersetzt sich, wenn Rodin beginnt, während der Arbeit das Stoffliche immer mehr in Sachliches und Namenloses: in die Sprache der Hände übertragen, haben die Anforderungen, die sich ergeben, alle einen neuen, ganz auf die plastische Erfüllung bezüglichen Sinn.

In den Zeichnungen Rodins geht, vorbereitend, dieses Vergessen und Verwandeln der stofflichen Anregung vor sich. Er hat auch in dieser Kunst seine eigenen Ausdrucksmittel sich erzogen, und das macht diese Blätter (es sind viele Hunderte) zu einer selbständigen und originellen Offenbarung seiner Persönlichkeit.

Da sind zunächst, aus früherer Zeit, Tuschzeichnungen mit überraschend starken Licht- und Schattenwirkungen, wie der berühmte *Homme au Taureau*, bei dem man an Rembrandt denken möchte, wie der Kopf des jungen Saint Jean-Baptiste oder die schreiende Maske für den Genius des Krieges; lauter Notizen und Studien, welche dem Künstler das Leben der Flächen erkennen halfen und ihr Verhältnis zur Atmosphäre. Dann kommen Akte, die mit jagender Sicherheit gezeichnet sind, Formen, ausgefüllt von allen ihren Konturen, modelliert mit vielen schnellen Federstri-

chen, und andere, eingeschlossen in die Melodie eines einzigen vibrierenden Umrisses, aus dem sich mit unvergeßlicher Reinheit eine Gebärde erhebt. So sind die Zeichnungen, mit denen Rodin, auf den Wunsch eines feinsinnigen Sammlers hin, ein Exemplar der ›*Fleurs du Mal*‹ begleitet hat. Man sagt nichts, wenn man da von einem sehr tiefen Verständnis Baudelaire'scher Verse spricht; man versucht mehr zu sagen, wenn man sich erinnert, wie diese Gedichte in ihrem Mit-sich-Gesättigtsein keine Ergänzung zulassen und keine Steigerung über sich hinaus: und daß man doch beides empfindet, Ergänzung und Steigerung, wo Rodin'sche Linien sich diesem Werke anschmiegen, das ist ein Maßstab für die hinreißende Schönheit dieser Blätter. Die Federzeichnung, die neben das Gedicht *La mort des pauvres* gestellt ist, reicht mit einer Gebärde von so einfacher, fortwährend wachsender Großheit über diese großen Verse hinaus, daß man meint, sie erfülle die Welt von Aufgang nach Untergang.
Und so sind auch die Radierungen mit der kalten Nadel, in denen der Lauf unendlich zarter Linien wie der äußerste Umriß eines schönen gläsernen Dinges erscheint, der, in jedem Augenblicke genau bestimmt, hinfließt über das Wesen einer Wirklichkeit.
Endlich aber entstanden auch jene seltsamen Dokumente des Momentanen, des unmerklich Vorübergehenden. Rodin vermutete, daß unscheinbare Bewegungen, die das Modell tut, wenn es sich unbeobachtet glaubt, rasch zusammengefaßt, eine Stärke des Ausdrucks enthalten könnten, die wir nicht ahnen, weil

wir nicht gewohnt sind, sie mit gespannter und tätiger Aufmerksamkeit zu begleiten. Indem er das Modell nicht aus dem Auge verlor und seiner erfahrenen und raschen Hand ganz das Papier überließ, zeichnete er eine Unmenge niegesehener, immer versäumter Gebärden auf, und es ergab sich, daß die Kraft des Ausdrucks, die von ihnen ausging, ungeheuer war. Bewegungszusammenhänge, die noch nie als Ganzes überschaut und erkannt worden waren, stellten sich dar, und sie enthielten alle Unmittelbarkeit, Wucht und Wärme eines geradezu animalischen Lebens. Ein Pinsel voll Ocker, schnell, mit wechselnder Betonung durch diesen Kontur geführt, modellierte so unglaublich stark die eingeschlossene Fläche, daß man meinte, plastische Figuren aus gebrannter Erde zu sehen. Und wieder war eine ganz neue Weite entdeckt, namenlosen Lebens voll; eine Tiefe, über die alle hallenden Schrittes gegangen waren, gab ihre Wasser dem, in dessen Händen die Weidenrute gewahrsagt hatte.

Auch wo es galt, Porträts zu geben, gehörte der zeichnerische Ausdruck des Themas zu den Vorbereitungen, über welche Rodin, langsam und sich sammelnd, zu dem fernen Werke geht. Denn, so unrecht man hat, in seiner plastischen Kunst eine Art von Impressionismus zu sehen, so ist doch die Menge präzis und kühn erfaßter Impressionen immer der große Reichtum, aus welchem er schließlich das Wichtige und Notwendige auswählt, um es in reifer Synthese zusammenzufassen. Wenn er von den Körpern, die er erforscht und bildet, zu den Gesichtern kommt, muß es ihm manchmal sein, als träte er aus einer windigen, bewegten Weite in eine Stube, in welcher viele beisammen sind: hier ist alles gedrängt und dunkel, und die Stimmung eines Interieurs herrscht unter den Bogen der Brauen und im Schatten des Mundes. Während über den Leibern immer Wechsel und Wellenschlag ist, Ebbe und Flut, steht in den Gesichtern die Luft. Es ist wie in Zimmern, in denen sich viel ereignet hat, Freudiges und Banges, Schweres und Erwartungsvolles. Und kein Ereignis ist ganz vergangen, keins hat das andere ersetzt; eines ist neben das andere gestellt worden und stehn geblieben und welk geworden wie eine Blume im Glase. Wer aber von draußen kommt, aus dem großen Wind, der bringt Weite herein in die Stuben.

DIE Maske des *Mannes mit der gebrochenen Nase* war das erste Porträt, das Rodin geschaffen hat. In diesem Werke ist seine Art, durch ein Gesicht zu gehen, schon ganz ausgebildet, man fühlt seine unbegrenzte Hingabe an das Vorhandene, seine Ehrfurcht vor jeder Linie, die das Schicksal gezogen hat, sein Vertrauen zu dem Leben, das schafft, auch wo es entstellt. In einer Art von blindem Glauben hatte er den *Homme au nez cassé* geschaffen, ohne zu fragen, wer der Mann war, dessen Leben in seinen Händen noch einmal verging. Er hatte ihn gemacht, wie Gott den ersten Menschen gemacht hat, ohne die Absicht, etwas anderes zu wirken als das Leben selbst, namenloses Leben. Aber immer wissender, immer erfahrener und größer kam er zu den Gesichtern der Menschen zurück. Er konnte ihre

Züge nichtmehr sehen, ohne an die Tage zu denken, die daran gearbeitet hatten, an dieses ganze Heer von Handwerkern, die fortwährend um ein Gesicht herumgehen, als könnte es niemals fertig werden. Aus einer stillen und gewissenhaften Wiederholung des Lebens wurde so in dem reifen Manne eine erst tastende und versuchende, immer sicherer und kühner werdende Auslegung der Schrift, mit der die Gesichter über und über bedeckt waren. Er gab seiner Phantasie nicht Raum; er erfand nicht. Er verachtete nicht einen Augenblick den schweren Gang seines Werkzeugs. Es wäre ja so leicht gewesen, es auf irgend welchen Flügeln zu überholen. Wie früher ging er neben ihm einher, ging die ganzen weiten Strecken, die gegangen sein mußten, ging wie der Pflüger hinter seinem Pflug. Aber während er seine Furchen zog, dachte er über sein Land nach und über die Tiefe seines Landes, über den Himmel, der darüber war, über den Gang der Winde und über der Regen Fall, über alles das, was war und wehe tat und verging und wiederkam und nicht aufhörte zu sein. Und er glaubte in alledem jetzt, besser und weniger verwirrt von dem Vielen, das Ewige zu erkennen, das, um dessenwillen auch das Leid gut und die Schwere Mutterschaft war und der Schmerz schön.

Diese Auslegung, die bei den Porträts begann, wuchs von da immer weiter in sein Werk hinein. Sie ist die letzte Stufe, der äußerste Kreis seiner weiten Entwickelung. Sie fing langsam an. Mit unendlicher Vorsicht betrat Rodin diesen neuen Weg. Wieder drang er von Fläche zu Fläche vor, ging der Natur nach und hörte auf sie. Sie selbst bezeichnete ihm gleichsam die Stellen, von denen er mehr wußte, als zu sehen war. Wenn er dort einsetzte und aus kleinen Verworrenheiten eine große Vereinfachung schuf, so tat er, was Christus den Leuten tat, wenn er die unklar Fragenden mit einem erhabenen Gleichnis reinigte von ihrer Schuld. Er erfüllte eine Intention der Natur. Er vollendete etwas, was im Werden hülflos war, er deckte die Zusammenhänge auf, wie der Abend eines Nebeltages die Berge aufdeckt, die in großen Wellen sich fortpflanzen in die Ferne.

Voll von seines ganzen Wissens lebendiger Last, sah er wie ein Zukünftiger in die Gesichter derer hinein, die um ihn lebten. Das giebt seinen Porträts die ungemein klare Bestimmtheit, aber auch jene prophetische Größe, die in den Bildern des *Victor Hugo* oder des *Balzac* sich zu einer unbeschreiblichen Vollendung erhob. Ein Bildnis schaffen hieß für ihn, in einem gegebenen Gesichte Ewigkeit suchen, jenes Stück Ewigkeit, mit dem es teilnahm an dem großen Gange ewiger Dinge. Er hat keinen gebildet, den er nicht ein wenig aus den Angeln gehoben hätte in die Zukunft hinein; wie man ein Ding vor den Himmel hält, um seine Formen reiner und einfacher zu verstehen. Das ist nicht, was man verschönern heißt, und auch charakteristisch machen ist kein passender Ausdruck dafür. Es ist mehr; es ist: das Dauernde vom Vergänglichen scheiden, Gericht halten, gerecht sein.

Sein Porträt-Werk umfaßt, auch wenn man von den Radierungen absieht, eine sehr große Zahl vollendeter und meisterhafter Bildnisse. Es giebt da Büsten in Gips, in Bronze, in Marmor und Sandstein, Köpfe in gebranntem Ton und Masken, die man einfach hat eintrocknen lassen. Frauenbildnisse kehren immer wieder zu allen Zeiten seines Werkes. Die berühmte Büste des Luxembourg-Museums ist eines der frühesten. Sie ist voll eigentümlichen Lebens, schön, von einem gewissen frauenhaften Zauber, aber sie wird von vielen späteren Werken an Einfachheit und Zusammenfassung der Flächen übertroffen. Sie ist vielleicht das einzige unter Rodins Werken, dem nicht nur die diesem Bildhauer eigentümlichen Tugenden seine Schönheit gegeben haben; dieses Porträt lebt zum Teil auch durch die Gnade jener Grazie, die in der französischen Plastik seit Jahrhunderten erblich ist. Es glänzt ein wenig mit der Eleganz, die auch die schlechte Skulptur französischer Tradition immer noch aufweist; es ist nicht ganz frei von jener galanten Auffassung der belle femme, über welche der Ernst und die tief einsetzende Arbeit Rodins so rasch hinauswuchs. Aber man tut gut, sich an dieser Stelle zu erinnern, daß er auch dieses angestammte Gefühl zu überwinden hatte; er mußte ein angeborenes Können unterdrücken, um ganz arm zu beginnen. Er mußte deshalb nicht aufhören, Franzose zu sein: auch die Meister der Kathedralen waren es.

Die späteren Frauen-Bildnisse haben eine andere, tiefer begründete und weniger geläufige Schönheit. Dabei ist vielleicht zu sagen, daß es meistens Ausländerinnen waren, Amerikanerinnen, deren Porträts Rodin ausgeführt hat. Es giebt darunter solche von wunderbarer Arbeit, Steine, die wie antike Kameen rein und unberührbar sind. Gesichter, deren Lächeln nirgends befestigt ist und so schleierleise über den Zügen spielt, daß es sich zu heben scheint bei jedem Atemholen. Rätselhaft verschlossene Lippen und Augen, die, über alles fort, in eine ewige Mondnacht schauen, traumhaft weit aufgetan. Und doch ist es, als empfände Rodin das Angesicht des Weibes am liebsten als einen Teil seines schönen Körpers, als wollte er, daß seine Augen Augen des Leibes seien und der Mund seines Leibes Mund. Wo er es so im Ganzen erschafft und schaut, da erhält auch das Gesicht einen so starken und ergreifenden Ausdruck nieverkündeten Lebens, daß die Porträts von Frauen (obwohl sie scheinbar ›ausgeführter‹ sind) weit übertroffen werden.

Anders ist es bei den Männer-Bildnissen. Das Wesen eines Mannes kann man sich leichter im Raume seines Gesichtes versammelt denken. Man kann sich sogar vorstellen, daß es Augenblicke giebt (solche der Ruhe und solche der inneren Erregung), in welchen alles Leben in sein Gesicht eingetreten ist. Solche Augenblicke wählt Rodin, wo er ein männliches Porträt geben will; oder besser: er schafft sie. Er holt weit aus. Er giebt nicht dem ersten Eindruck recht und nicht dem zweiten und von allen nächsten keinem. Er beobachtet und notiert. Er notiert Bewegungen, die keines Wortes wert sind, Wendungen und Halb-Wendungen, vierzig Verkürzungen und achtzig Profile. Er überrascht sein Modell in seinen Gewohnheiten und Zufälligkeiten, bei Ausdrücken, die erst im Entstehen sind, bei Müdigkeiten und Anstrengungen. Er kennt alle Übergänge in seinen Zügen, weiß, woher das Lächeln kommt und wohin es zurückfällt. Er erlebt das Gesicht des Menschen wie eine Szene, an der er selbst teilnimmt, er steht mitten drin und nichts was passiert ist ihm gleichgültig oder entgeht ihm. Er läßt sich nichts von dem Betreffenden erzählen, er will nichts wissen als was er sieht. Aber er sieht alles.

So vergeht über jeder Büste viel Zeit. Das Material wächst, zum Teil in Zeichnungen, in ein paar Federstrichen und Tuschflecken festgehalten, zum Teil im Gedächtnisse angesammelt; denn dieses hat Rodin sich zu einem ebenso verläßlichen als bereiten Hülfsmittel ausgebildet. Sein Auge sieht während der Sitzungs-Stunden viel mehr, als er in dieser Zeit ausführen kann. Er vergißt nichts davon und oft, wenn das Modell ihn verlassen hat, beginnt für ihn das eigentliche Arbeiten aus der Fülle seiner Erinnerung. Seine Erinnerung ist weit und geräumig; die Eindrücke verändern sich nicht in ihr, aber sie gewöhnen sich an ihre Wohnung, und wenn sie von da in seine Hände steigen, so ist es, als wären sie natürliche Gebärden dieser Hände.

Diese Arbeitsweise führt zu gewaltigen Zusammenfassungen von hundert und hundert Lebensmomenten: und so ist auch der Eindruck, den diese Büsten machen. Die vielen fernen Kontraste und die unerwarteten Übergänge, die einen Menschen bilden und eines Menschen fortwährende Entwickelung, treffen einander hier in glücklichen Begegnungen und halten aneinander mit einer inneren Adhäsionskraft fest. Aus allen Weiten ihres Wesens sind diese Menschen zusammengeholt, alle

Klimaten ihres Temperamentes entfalten sich auf den Hemisphären ihres Hauptes. Da ist der Bildhauer *Dalou*, in dem neben einer ausdauernden und geizigen Energie eine nervöse Müdigkeit vibriert, da ist *Henri Rocheforts* abenteuernde Maske, da ist *Octave Mirbeau*, bei dem hinter einem Tatmenschen eines Dichters Traum und Sehnsucht dämmert, und *Puvis de Chavannes* und *Victor Hugo*, den Rodin so genau kennt, und da ist vor allem die unbeschreiblich schöne Bronze, das Bildnis des Malers *Jean-Paul Laurens*, von dem eine gute Abbildung diesem Buch beigegeben wurde. Diese Büste ist vielleicht die schönste Sache im Luxembourg-Museum. Sie ist von einer so tiefen und zugleich so groß empfundenen Durchbildung der Oberfläche, so geschlossen in der Haltung, so stark im Ausdruck, so bewegt und wach, daß man das Gefühl nicht verliert, die Natur selbst habe dieses Werk aus den Händen des Bildhauers genommen, um es zu halten wie eines ihrer liebsten Dinge. Die prachtvolle Patina, deren rauch-schwarzen Belag das Metall wie Feuer, flammend und sprühend, durchbricht, trägt viel dazu bei, die unheimliche Schönheit dieses Bildwerkes zu vollenden.

Auch eine Büste von *Bastien-Lepage* existiert, schön und melancholisch, mit dem Ausdruck des Leidenden, dessen Arbeit ein fortwährender Abschied von seinem Werke ist. Sie ist für Damvillers, das kleine Heimatdorf des Malers, gemacht worden und ist dort auf dem Kirchhofe aufgestellt. Sie ist also eigentlich ein Denkmal. Und die Büsten Rodins in ihrer Vollständigkeit und ihrer ins Große gehenden Zusammenfassung haben alle etwas vom Denkmal an sich. Es kommt bei diesem nur eine weitere Vereinfachung der Flächen, eine noch strengere Auswahl des Notwendigen und die Bedingung des Weithinsichtbaren dazu. Die Denkmäler, die Rodin geschaffen hat, näherten sich immer mehr diesen Ansprüchen. Er begann mit dem Denkmal des *Claude Gelée* für Nancy; und es ist ein steiler Aufstieg von diesem ersten, interessanten Versuch bis zu dem grandiosen Gelingen des Balzac.

Mehrere von den Denkmälern Rodins sind nach Amerika gegangen, und das reifste von diesen ist bei den Unruhen in Chile zerstört worden, noch ehe es an seinen Platz gebracht worden war. Es war das Reiter-Standbild des Generals *Lynch.* Gleich dem verlorenen Meisterwerke Lionardos, dem es sich vielleicht durch die Macht des Ausdrucks und durch die wundervoll beseelte Einheit von Mann und Roß näherte, sollte auch diese Statue nicht erhalten bleiben. Nach einem kleinen Gips-Modell im Musée Rodin in Meudon muß man schließen, daß sie das plastische Bild eines mageren Mannes war, der sich gebietend im Sattel aufrichtete, nicht in der brutalen Herren-Art eines Condottiere, sondern nervöser und erregter, mehr wie einer, der die Macht zu befehlen nur ausübt als Amt und sie nicht als Leben lebt. Hier schon erhob sich übrigens die vorwärtsweisende Hand des Generals aus der ganzen Masse des Standbildes, aus Mensch und Tier; und dieser Umstand ist es auch, welcher der Gebärde *Victor Hugo's* ihre unvergeßliche Hoheit, dieses Weit-Herkommende giebt, diese Macht, an die man glaubt auf den ersten Blick. Die große, lebendige Greisenhand, die mit dem Meere redet, kommt nicht aus dem Dichter allein; sie steigt herab von dem Gipfel der ganzen Gruppe wie von einem Berge, auf dem sie betete, ehe sie sprach. Victor Hugo ist hier der Verbannte, der Einsame von Guernesey, und es ist eines von den Wundern dieses Denkmales, daß die Musen, die ihn umgeben, nicht wie Gestalten wirken, die den Verlassenen heimsuchen: sie sind, im Gegenteil, seine sichtbar gewordene Einsamkeit. Durch die Verinnerlichung der einzelnen Figuren und ihre Konzentration, man möchte sagen: um das Innere des Dichters, hat Rodin diesen Eindruck erreicht; indem er auch hier wieder von einer Individualisierung der Berührungsstellen ausging, ist es ihm gelungen, die wundervoll bewegten Akte gleichsam zu Organen des sitzenden Mannes zu machen. Sie sind um ihn wie große Gebärden, die er einmal getan hat, Gebärden, die so schön und jung waren, daß ihnen eine Göttin die Gnade verlieh, nicht zu vergehen und in der Gestalt schöner Frauen immer zu dauern.

Für die Figur des Dichters selbst hat Rodin viele Studien gemacht. Während der Empfänge im Hôtel Lusignan beobachtete und notierte er, von einer Fensternische aus, hundert und hundert Bewegungen des Greises und alle Ausdrücke seines belebten Gesichtes. Aus diesen Vorbereitungen entstanden die Porträts Hugos, die Rodin geschaffen hat. Für das Denkmal bedurfte es einer noch weiteren Vertiefung. Er drängte alle die Einzeleindrücke zurück, faßte sie in der Ferne zusammen, und, wie man vielleicht aus einer Reihe von Rhapsoden eine Gestalt gebildet hat: Homer, so schuf er aus allen Bildern seiner Erinnerung dieses Eine. Und diesem einen, letzten Bilde gab er die Größe des Sagenhaften; als könnte das alles am Ende nur ein Mythos gewesen sein und zurückgehen auf einen phantastisch ragenden Felsen am Meer, in dessen seltsamen Formen entfernte Völker eine Gebärde schlafen sahen.

DIESE Macht, Vergangenes zum Unvergänglichen zu erheben, offenbarte Rodin immer, wenn historische Stoffe oder Gestalten in seiner Kunst aufzuleben verlangten; am überlegensten vielleicht in den *Bürgern von Calais*. Was hier Stoff war, beschränkte sich auf einige Spalten in der Chronik des Froissart. Es war die Geschichte, wie die Stadt Calais von Eduard III., dem englischen Könige, belagert wird; wie der König der in der Furcht des Hungers verzagenden Stadt nicht Gnade geben will; wie derselbe König endlich einwilligt, von der Stadt abzulassen, wenn sechs ihrer vornehmsten Bürger sich in seine Hände geben, »damit er mit ihnen tue nach seinem Willen«. Und er verlangt, daß sie die Stadt verlassen sollen, barhaupt, nur mit dem Hemde bekleidet, einen Strick um den Hals und die Schlüssel von Stadt und Kastell in der Hand. Der Chronist erzählt nun die Szene in der Stadt; er berichtet, wie der Bürgermeister, Messire Jean de Vienne, die Glocken läuten läßt und wie die Bürger sich auf dem Marktplatze versammeln. Sie haben die bange Botschaft gehört und warten und schweigen. Aber schon stehen unter ihnen die Helden auf, die Auserwählten, die den Beruf in sich fühlen zu sterben. Hier drängt sich durch die Worte des Chronisten das Schreien und Weinen der Menge. Er selbst scheint eine Weile ergriffen zu sein und mit zitternder Feder zu schreiben. Aber er sammelt sich wieder. Er nennt vier von den Helden beim Namen, zwei vergißt er. Er sagt von dem einen, daß er der reichste Bürger der Stadt war, von dem zweiten, daß er Ansehen und Vermögen besaß und »zwei schöne Fräulein zu Töchtern hatte«, von dem dritten weiß er nur, daß er reich an Besitz und Erbschaft war, und von dem vierten, daß er des dritten Bruder gewesen ist. Er berichtet, daß sie sich bis auf das Hemde entkleideten, daß sie Stricke um ihren Hals banden und daß sie so aufbrachen, mit den Schlüsseln von Stadt und Kastell. Er erzählt, wie sie in das Lager des Königs kamen; er schildert, wie hart sie der König empfing und wie der Henker schon neben ihnen stand, als der Fürst, auf die Bitten der Königin hin, ihnen das Leben schenkte. »Er hörte auf seine Gemahlin« – sagt Froissart, »weil sie sehr schwanger war.« Mehr enthält die Chronik nicht.

Für Rodin aber war das Stoff genug. Er fühlte sofort, daß es in dieser Geschichte einen Augenblick gab, wo etwas Großes geschah, etwas, was von Zeit und Namen nicht wußte, etwas Unabhängiges und Einfaches. Er wandte alle Aufmerksamkeit dem Moment des Aufbruchs zu. Er sah, wie diese Männer ihren Gang begannen; er fühlte, wie in jedem noch einmal das ganze Leben war, das er gehabt hatte, wie jeder, beladen mit seiner Vergangenheit, dastand, bereit, sie hinauszutragen aus der alten Stadt. Sechs Männer tauchten vor ihm auf, von denen keiner dem anderen glich; nur zwei Brüder waren unter ihnen, zwischen denen vielleicht eine gewisse Ähnlichkeit bestand. Aber jeder einzelne hatte auf seine Art den Entschluß gefaßt und lebte diese letzte Stunde auf seine Weise, feierte sie mit seiner Seele und litt sie an seinem Leibe, der am Leben hing. Und dann sah er auch die Gestalten nicht mehr. In seiner Erinnerung stiegen Gebärden auf, Gebärden der Absage, des Abschiedes, des Verzichts. Gebärden über Gebärden. Er sammelte sie. Er bildete sie alle. Sie flossen ihm aus der Fülle seines Wissens zu. Es war, als stünden in seinem Gedächtnis hundert Helden auf und drängten sich zu dem Opfer. Und er nahm alle hundert an und machte aus ihnen sechs. Er bildete sie nackt, jeden für sich, in der ganzen Gesprächigkeit ihrer fröstelnden Leiber. Überlebensgroß: in der natürlichen Größe ihres Entschlusses.

Er schuf den alten Mann mit den hängenden Armen, die in den Gelenken gelockert sind; und er gab ihm den schweren, schleppenden Schritt, den abgenützten Gang der Greise, und einen Ausdruck von Müdigkeit, der über sein Gesicht fließt bis in den Bart.

Er schuf den Mann, welcher den Schlüssel trägt. In ihm ist Leben noch für viele Jahre und alles in die plötzliche letzte Stunde gedrängt. Er erträgt es kaum. Seine Lippen sind zusammengepreßt, seine Hände beißen in den Schlüssel. Er hat Feuer an seine Kraft gelegt und sie verbrennt in ihm, in seinem Trotze.

Er schuf den Mann, der den gesenkten Kopf mit beiden Händen hält, wie um sich zu sammeln, um noch einen Augenblick allein zu sein.

Er schuf die beiden Brüder, von denen der eine noch zurückschaut, während der andere mit einer Bewegung der Entschlossenheit und Ergebung das Haupt neigt, als hielte er's schon dem Henker hin.
Und er schuf die vage Gebärde jenes Mannes, der »durch das Leben geht«. »*Le Passant*« hat Gustave Geffroy ihn genannt. Er geht schon, aber er wendet sich noch einmal zurück, nicht zu der Stadt, nicht zu den Weinenden und nicht zu denen, die mit ihm gehen. Er wendet sich zurück zu sich selbst. Sein rechter Arm hebt sich, biegt sich, schwankt; seine Hand tut sich auf in der Luft und läßt etwas los, etwa so wie man einem Vogel die Freiheit giebt. Es ist ein Abschied von allem Ungewissen, von einem Glück, das noch nicht war, von einem Leid, das nun umsonst warten wird, von Menschen, die irgendwo leben und denen man vielleicht einmal begegnet wäre, von allen Möglichkeiten aus Morgen und Übermorgen, und auch von jenem Tod, den man sich fern dachte, milde und still, und am Ende einer langen, langen Zeit.
Diese Gestalt, allein in einen alten, dunklen Garten gestellt, könnte ein Denkmal sein für alle Jungverstorbenen.
Und so hat Rodin jedem dieser Männer ein Leben gegeben in dieses Lebens letzter Gebärde.
Die einzelnen Figuren wirken erhaben in ihrer einfachen Größe. Man denkt an Donatello und vielleicht noch mehr an Claux Sluter und seine Propheten in der Chartreuse von Dijon.
Es scheint zunächst, als hätte Rodin nichts weiter ge-

tan, sie zusammenzufassen. Er hat ihnen die gemeinsame Tracht gegeben, das Hemd und den Strick, und hat sie nebeneinandergestellt in zwei Reihen; die drei, welche schon im Schreiten begriffen sind, in die erste Reihe, die anderen, mit einer Wendung nach rechts, dahinter, als ob sie sich anschlössen. Der Platz, für den das Denkmal bestimmt war, war der Markt von Calais, dieselbe Stelle, auf der einst der schwere Gang begonnen hatte. Dort sollten jetzt die stillen Bilder stehen, von einer niedrigen Stufe nur wenig emporgehoben über den Alltag, so als stünde der bange Aufbruch immer bevor, mitten in jeder Zeit.

Man weigerte sich aber in Calais, einen niedrigen Sokkel zu nehmen, weil es der Gewohnheit widersprach. Und Rodin schlug eine andere Aufstellungsart vor. Man sollte, verlangte er, hart am Meer einen Turm bauen, viereckig, im Umfange der Basis, mit schlichten, behauenen Wänden und zwei Stockwerke hoch, und dort oben sollte man die sechs Bürger aufstellen in der Einsamkeit des Windes und des Himmels. Es war vorauszusehen, daß auch dieser Vorschlag abgelehnt wurde. Und doch lag er im Wesen des Werkes. Hätte man den Versuch gemacht, man hätte eine unvergleichliche Gelegenheit gehabt, die Geschlossenheit dieser Gruppe zu bewundern, die aus sechs Einzelfiguren bestand und doch so fest zusammenhielt, als wäre sie nur ein einziges Ding. Und dabei berührten die einzelnen Gestalten einander nicht, sie standen nebeneinander wie die letzten Bäume eines gefällten Waldes, und was sie vereinte, war nur die Luft, die an ihnen teilnahm in einer besonderen Art. Ging man um diese Gruppe herum, so war man überrascht zu sehen, wie aus dem Wellenschlag der Konturen rein und groß die Gebärden stiegen, sich erhoben, standen und zurückfielen in die Masse, wie Fahnen, die man einzieht. Da war alles klar und bestimmt. Für einen Zufall schien nirgends Raum zu sein. Wie alle Gruppen des Rodin'schen Werkes, war auch diese in sich selbst verschlossen, eine eigene Welt, ein Ganzes, erfüllt von einem Leben, das kreiste und sich nirgends ausströmend verlor. An Stelle der Berührungen waren hier die Überschneidungen getreten, die ja auch eine Art von Berührung waren, unendlich abgeschwächt durch das Medium der Luft, die dazwischen lag, beeinflußt von ihr und verändert. Berührungen aus der Ferne waren entstanden, Begegnungen, ein Übereinander-Hinziehen der Formen, wie man es manchmal bei Wolkenmassen sieht oder bei Bergen, wo auch die dazwischen gelagerte Luft kein Abgrund ist, der trennt, vielmehr eine Leitung, ein leise abgestufter Übergang.

Für Rodin war immer schon die Teilnahme der Luft von großer Bedeutung. Er hatte alle seine Dinge, Fläche für Fläche, in den Raum gepaßt, und das gab ihnen diese Größe und Selbständigkeit, dieses unbeschreibliche Erwachsensein, das sie von allen Dingen unterschied. Nun aber, da er, die Natur auslegend, allmählich dazu gekommen war, einen Ausdruck zu verstärken, zeigte es sich, daß er damit auch das Verhältnis der Atmosphäre zu seinem Werke steigerte, daß sie die zusammengefaßten Flächen bewegter, gleichsam leidenschaftlicher umgab. Hatten seine Dinge früher im Raume gestanden, so war es jetzt, als risse er sie zu sich her. Nur bei einzelnen Tieren auf den Kathedralen konnte man Ähnliches beobachten. Auch an ihnen nahm die Luft in eigentümlicher Weise teil: es schien als würde sie Stille oder Wind, jenachdem sie über betonte oder über leise Stellen ging. Und in der Tat, wenn Rodin die Oberfläche seiner Werke in Höhepunkten zusammenfaßte, wenn er Erhabenes erhöhte und einer Höhlung größere Tiefe gab, verfuhr er ähnlich mit seinem Werke, wie die Atmosphäre mit jenen Dingen verfahren war, die ihr preisgegeben waren seit Jahrhunderten. Auch sie hatte zusammengefaßt, vertieft und Staub abgesetzt, hatte mit Regen und Frost, mit Sonne und Sturm diese Dinge erzogen für ein Leben, das langsamer verging in Ragen, Dunkeln und Dauern.

Schon bei den *Bürgern von Calais* war Rodin auf seinem eigenen Wege zu dieser Wirkung gekommen; in ihr lag das monumentale Prinzip seiner Kunst. Mit solchen Mitteln konnte er weithinsichtbare Dinge schaffen, Dinge, die nicht nur von der allernächsten Luft umgeben waren, sondern von dem ganzen Himmel. Er konnte mit einer lebendigen Fläche, wie mit einem Spiegel, die Fernen fangen und bewegen, und er konnte eine Gebärde, die ihm groß schien, formen und den Raum zwingen, daran teilzunehmen.

So ist jener schmale Jüngling, der kniet und seine Arme empor wirft und zurück in einer Geste der Anrufung ohne Grenzen. Rodin hat diese Figur *Der verlorene*

Sohn genannt, aber sie hat, man weiß nicht woher, auf einmal den Namen: *Prière*. Und sie wächst auch über diesen hinaus. Das ist nicht ein Sohn, der vor dem Vater kniet. Diese Gebärde macht einen Gott notwendig, und in dem, der sie tut, sind alle, die ihn brauchen. Diesem Stein gehören alle Weiten; er ist allein auf der Welt.

Und so ist auch der *Balzac*. Rodin hat ihm eine Größe gegeben, die vielleicht die Gestalt dieses Schriftstellers überragt. Er hat ihn im Grunde seines Wesens erfaßt, aber er hat an den Grenzen dieses Wesens nicht Halt gemacht; um seine äußersten und fernsten Möglichkeiten, um sein Unerreichtes hat er diesen mächtigen Kontur gezogen, der in den Grabsteinen fernvergangener Völker vorgebildet scheint. Jahre und Jahre hat er ganz in dieser Gestalt gelebt. Er hat Balzacs Heimat besucht, die Landschaften der Touraine, die in seinen Büchern immer wieder aufsteigen, er hat Briefe von ihm gelesen, er hat die Bilder studiert, die von Balzac existieren, und er ist durch sein Werk gegangen, wieder und wieder; auf allen den verzweigten und verschlungenen Wegen dieses Werkes begegneten ihm die Balzac'schen Menschen, ganze Familien und Generationen, eine Welt, die immer noch an das Dasein ihres Schöpfers zu glauben, aus ihm zu leben und ihn zu schauen schien. Er sah, daß alle diese tausend Figuren, mochten sie tun was sie wollten, doch ganz mit dem Einen beschäftigt waren, der sie gemacht hatte. Und wie man vielleicht aus den vielen Mienen eines Zuschauerraumes das Drama erraten kann, das sich auf der Bühne vollzieht, so suchte er in allen diesen Gesichtern nach dem, der für sie noch nicht vergangen war. Er glaubte, wie Balzac, an die Wirklichkeit dieser Welt, und es gelang ihm eine Weile, sich ihr einzuordnen. Er lebte, als ob Balzac auch ihn geschaffen hätte, unauffällig gemischt unter die Menge seiner Existenzen. So kam er zu den besten Erfahrungen. Was sonst da war, schien bei weitem weniger beredt. Die Daguerreotypieen boten nur ganz allgemeine Anhaltspunkte und nichts Neues. Man kannte dieses Gesicht, das sie darstellten, schon von der Schulzeit her. Nur die eine, die im Besitze Stephan Mallarmé's gewesen war und Balzac ohne Rock mit Hosenträgern zeigte, war charakteristischer. Und dann mußten die Aufzeichnungen der Zeitgenossen helfen. Théophile Gautier's Worte, die Notizen der Goncourts und das schöne Porträt Balzac's, das Lamartine geschrieben hatte. Außerdem war nur noch die Büste von David da in der Comédie-Française und ein kleines Bildnis von Louis Boulanger. – Ganz vom Geiste Balzac's erfüllt, ging Rodin mit diesen Hülfsmitteln nun daran, seine äußere Erscheinung aufzurichten. Er benutzte lebende Modelle von ähnlichen Körperverhältnissen und bildete in verschiedenen Stellungen sieben, vollkommen ausgeführte Akte. Es waren dicke, gedrungene Männer mit schwerfälligen Gliedern und kurzen Armen, deren er sich bediente, und er schuf nach diesen Vorarbeiten einen Balzac, ungefähr in der Auffassung, wie die Nadar'sche Daguerreotypie ihn überlieferte. Aber er fühlte, daß damit noch nichts Endgültiges gegeben war. Er kehrte zu der Beschreibung Lamartine's zurück. Dort stand: »Er hatte das Gesicht eines Elementes« und: »Er besaß soviel Seele, daß sie seinen schweren Körper trug wie nichts.« Rodin fühlte, daß in diesen Sätzen ein großer Teil der Aufgabe lag. Er kam ihrer Lösung näher, indem er allen den sieben Akten Mönchskutten anzulegen versuchte, von der Art, wie Balzac sie bei der Arbeit zu tragen pflegte. Es entstand hierauf ein Balzac in Kapuze, viel zu intim, zu sehr zurückgezogen in die Stille seiner Verkleidung.

Aber langsam wuchs Rodin's Vision von Form zu Form. Und endlich sah er ihn. Er sah eine breite, ausschreitende Gestalt, die an des Mantels Fall alle ihre Schwere verlor. Auf den starken Nacken stemmte sich das Haar, und in das Haar zurückgelehnt lag ein Gesicht, schauend, im Rausche des Schauens, schäumend von Schaffen: das Gesicht eines Elementes. Das war Balzac in der Fruchtbarkeit seines Überflusses, der Gründer von Generationen, der Verschwender von Schicksalen. Das war der Mann, dessen Augen keiner Dinge bedurften; wäre die Welt leer gewesen: seine Blicke hätten sie eingerichtet. Das war der, der durch sagenhafte Silberminen reich werden wollte und glücklich durch eine Fremde. Das war das Schaffen selbst, das sich der Form Balzac's bediente, um zu erscheinen; des Schaffens Überhebung, Hochmut, Taumel und Trunkenheit. Der Kopf, der zurückgeworfen war, lebte auf dem Gipfel dieser Gestalt wie jene Kugeln, die auf den Strahlen von Fontänen tanzen. Alle Schwere war leicht geworden, stieg und fiel.

So hatte Rodin in einem Augenblick ungeheuerer Zusammenfassung und tragischer Übertreibung seinen Balzac gesehen, und so machte er ihn. Die Vision verging nicht; sie verwandelte sich.

Diese Entwickelung Rodin's, welche die großen und monumentalen Dinge seines Werkes mit Weite umgab, beschenkte auch die anderen mit einer neuen Schönheit. Sie gab ihnen eine eigene Nähe. Es giebt unter den neueren Werken kleine Gruppen, die durch ihre Geschlossenheit wirken und durch die wunderbar sanfte Behandlung des Marmors. Diese Steine behalten auch mitten im Tage jenes geheimnisvolle Schimmern, das weiße Dinge ausströmen, wenn es dämmert. Das kommt nicht allein von der Belebtheit der Berührungsstellen her; es zeigt sich, daß auch sonst zwischen den Figuren und zwischen ihren einzelnen Teilen hier und da flache Steinbänder stehen geblieben sind, Stege gleichsam, die in der Tiefe eine Form mit der anderen verbinden. Das ist kein Zufall. Diese Füllungen verhüten das Entstehen wertloser Durchblicke, die aus dem Dinge hinausführen in leere Luft; sie bewirken, daß die Ränder der Formen, die vor solchen Lücken immer scharf und abgeschliffen scheinen, ihre Rundung behalten, sie sammeln das Licht wie Schalen und fließen fortwährend leise über. Wenn Rodin das Bestreben hatte, die Luft so nahe als möglich an die Oberfläche seiner Dinge heranzuziehen, so ist es, als hätte er hier den Stein geradezu in ihr aufgelöst: der Marmor scheint nur der feste, fruchtbare Kern zu sein und sein letzter leisester Kontur schwingende Luft. Das Licht, welches zu diesem Steine kommt, verliert seinen Willen; es geht nicht über ihn hin zu anderen Dingen; es schmiegt sich ihm an, es zögert, es verweilt, es wohnt in ihm.

Dieses Verschlossenlassen unwesentlicher Durchblicke war eine Art von Annäherung an das Relief. Und in der Tat plant Rodin ein großes Relief-Werk, bei dem alle die Wirkungen des Lichtes, die er mit den kleinen Gruppen erreichte, zusammengefaßt werden sollen. Er denkt daran, eine hohe Säule zu schaffen, um die ein breites Relief-Band sich aufwärtswindet. Neben diesen Windungen wird eine gedeckte Treppe hergehen, die nach außen durch Arkaden abgeschlossen ist. In diesem Gange werden die Gestalten an den Wänden, wie in ihrer eigenen Atmosphäre, leben; eine Plastik wird entstehen, die das Geheimnis des Helldunkels kennt, eine Skulptur der Dämmerung, verwandt jenen Bildwerken, die in den Vorhallen alter Kathedralen stehen.

So wird das *Denkmal der Arbeit* sein. Auf diesen langsam aufsteigenden Reliefs wird eine Geschichte der Arbeit sich entwickeln. In einer Krypta wird das lange Band beginnen, mit den Bildern derer, die in den Bergwerken altern, und es wird sich in seinem weiten Weg durch alle Gewerbe ziehen, von den lärmenden und bewegten zu den immer leiseren Werken, von den Hochöfen zu den Herzen, von den Hämmern zu den Gehirnen. Am Eingang sollen zwei Gestalten aufragen: Tag und Nacht, und auf dem Gipfel werden zwei geflügelte Genien stehen, die Segnungen, die sich aus hellen Höhen zu diesem Turme niederließen. Denn dieses Denkmal der Arbeit wird ein Turm sein. Nicht in einer großen Gestalt oder Gebärde versuchte Rodin die Arbeit darzustellen; sie ist nicht das Weithinsichtbare. Sie geht in den Werkstätten vor sich, in den Stuben, in den Köpfen; im Dunkel.

Er weiß es, denn auch seine Arbeit ist so; und er arbeitet unaufhörlich. Sein Leben geht wie ein einziger Arbeitstag.

Er hat mehrere Ateliers; bekanntere, in denen ihn Besuche und Briefe finden, und andere, entlegene, von denen niemand weiß. Das sind Zellen, kahle, ärmliche Räume voll Staub und Grau. Aber ihre Armut ist wie jene große graue Armut Gottes, in der im März die Bäume aufwachen. Etwas von einem Frühlingsanfang ist darin: eine leise Verheißung und ein tiefer Ernst.

Vielleicht wächst in einer dieser Werkstätten schon der Turm der Arbeit auf. Jetzt, da seine Verwirklichung noch bevorsteht, mußte man von seiner Bedeutung reden; und sie schien im Stofflichen zu liegen. Wenn dieses Denkmal aber einmal erstanden sein wird, wird man fühlen, daß Rodin auch mit diesem Werke nichts gewollt hat über seine Kunst hinaus. Der arbeitende Körper hat sich ihm gezeigt, wie früher der liebende. Es war eine neue Offenbarung des Lebens. Aber dieser Schaffende lebt so sehr unter seinen Dingen, ganz in der Tiefe seines Werkes, daß er Offenbarungen gar nicht anders empfangen kann, als nur mit den schlichten Mitteln seiner Kunst. Neues Leben heißt für ihn letzten Sinnes nur: neue Oberflächen, neue Gebärden. So ist es einfach um ihn geworden. Er kann nicht mehr irren.

Mit dieser Entwickelung hat Rodin allen Künsten ein Zeichen gegeben in dieser ratlosen Zeit.
Man wird einmal erkennen, was diesen großen Künstler so groß gemacht hat: Daß er ein Arbeiter war, der nichts ersehnte, als ganz, mit allen seinen Kräften, in das niedrige und harte Dasein seines Werkzeugs einzugehen. Darin lag eine Art von Verzicht auf das Leben; aber gerade mit dieser Geduld gewann er es: denn zu seinem Werkzeug kam die Welt.

ZWEITER TEIL

EIN VORTRAG

(1907)

⟨VORREDE⟩

Es möchte manchen als eine sparsame Ausnutzung von Vorhandenem erscheinen, wenn hier die Wortfolge eines Vortrags (stellenweise so, wie er gesprochen worden ist, nur um mehr als die Hälfte erweitert) im Druck angeboten wird. Da aber die in jenem Zusammenhang enthaltenen Gedanken noch gültig sind, so mag ihnen auch die ursprüngliche Form der Äußerung nicht genommen werden; sie ist die natürlichste. Denn nicht in ihrer Verwendung allein, schon im Wesen dieser Gedanken liegt etwas Anredendes; sie wollen gehört sein. Sie wollen wirklich reden, und zu Vielen, und wollen versuchen, zwischen dem und jenem Leben und einer sehr großen Kunst zu vermitteln. Diese Absicht wird niemanden überraschen; sie hebt sich kaum ab von den vielen ähnlichen Absichten, die an der Arbeit sind und von denen die meisten zu Erfolg oder Ansehen kommen. Das Interesse für Kunst-Dinge hat zugenommen. Die Ateliers sind zugänglicher geworden und mitteilsamer gegen eine Kritik, der man nicht mehr vorwerfen kann, daß sie im Rückstande sei; der Kunsthandel selbst hat sich seiner Vorurteile begeben und sich, merkwürdig jung, an die Spitze der Entwickelung gestellt, an welcher sich das Publikum nun leicht beteiligen kann: mit seiner Kritik und mit seiner Kauflust. Diese Verfassung aber (so erfreulich und fortschrittlich sie sein mag) geht über ein Werk wie das Rodin's fort; sie überspringt es, sie berührt es kaum.

Die Einsicht, daß dieses ausgedehnte, noch so wenig aufgeklärte Werk dem bloßen Interesse nicht erreichbar ist, hat jenen Vortrag hervorgerufen. Sie wird vielleicht imstande sein, seine Veröffentlichung zu rechtfertigen.

Paris, im Juli 1907.

Es giebt ein paar große Namen, die, in diesem Augenblicke ausgesprochen, eine Freundschaft zwischen uns stiften würden, eine Wärme, eine Einigkeit, die es mit sich brächte, daß ich – nur scheinbar abgesondert – mitten unter Ihnen spräche: aus Ihnen heraus wie eine Ihrer Stimmen. Der Name, der weit, wie ein Sternbild aus fünf großen Sternen über diesem Abend steht, kann nicht ausgesprochen werden. Nicht jetzt. Er würde Unruhe über Sie bringen, Strömungen würden in Ihnen entstehen, Zuneigung und Abwehr, während ich Ihre Stille brauche und die ungetrübte Oberfläche Ihrer gutwilligen Erwartung.

Ich bitte die, die es noch können, den Namen zu vergessen, um den es sich handelt, und ich mache an Alle den Anspruch eines noch breiteren Vergessens. Sie sind es gewohnt, daß man Ihnen von Kunst spricht, und wer dürfte verschweigen, daß Ihre Geneigtheit immer williger den Worten entgegenkommt, die sich in solchem Sinne an Sie wenden? Eine gewisse schöne und starke Bewegung, die sich nicht länger verbergen ließ, hat, wie eines großen Vogels Flug, Ihre Blicke ergriffen –: nun aber mutet man Ihnen zu, Ihre Augen zu senken für die Weile eines Abends. Denn nicht dorthin, nicht in die Himmel ungewisser Entwickelungen will ich Ihre Aufmerksamkeit versammeln, nicht aus dem Vogel-Flug der neuen Kunst will ich Ihnen wahrsagen.

Mir ist zu Mute wie einem, der Sie an Ihre Kindheit erinnern soll. Nein, nicht nur an Ihre: an alles, was je Kindheit war. Denn es gilt, Erinnerungen in Ihnen aufzuwecken, die nicht die Ihren sind, die älter sind als

Sie; Beziehungen sind wiederherzustellen und Zusammenhänge zu erneuern, die weit vor Ihnen liegen.
Hätte ich Ihnen von Menschen zu sprechen, so könnte ich dort anfangen, wo Sie eben aufgehört haben, da Sie hier eintraten; in Ihre Gespräche einfallend, würde ich, wie von selbst, zu allem kommen –, getragen, mitgerissen von dieser bewegten Zeit, an deren Ufern alles Menschliche zu liegen scheint, überschwemmt von ihr und auf eine unerwartete Weise gespiegelt. Aber, da ich es versuche, meine Aufgabe zu überschauen, wird mir klar, daß ich Ihnen nicht von Menschen zu reden habe, sondern von Dingen.

Dinge.
Indem ich das ausspreche (hören Sie?) entsteht eine Stille; die Stille, die um die Dinge ist. Alle Bewegung legt sich, wird Kontur, und aus vergangener und künftiger Zeit schließt sich ein Dauerndes: der Raum, die große Beruhigung der zu nichts gedrängten Dinge.
Aber nein: so fühlen Sie die Stille noch nicht, die da entsteht. Das Wort: Dinge geht an Ihnen vorüber, es bedeutet Ihnen nichts: zu vieles und zu gleichgültiges. Und da bin ich froh, daß ich die Kindheit angerufen habe; vielleicht kann sie mir helfen, Ihnen dieses Wort ans Herz zu legen als ein liebes, das mit vielen Erinnerungen zusammenhängt.
Wenn es Ihnen möglich ist, kehren Sie mit einem Teile Ihres entwöhnten und erwachsenen Gefühls zu irgend einem Ihrer Kinder-Dinge zurück, mit dem Sie viel umgingen. Gedenken Sie, ob es irgend etwas gab, was Ihnen

näher, vertrauter und nötiger war, als so ein Ding. Ob nicht alles – außer ihm – imstande war, Ihnen weh oder unrecht zu tun, Sie mit einem Schmerz zu erschrecken oder mit einer Ungewißheit zu verwirren? Wenn Güte unter Ihren ersten Erfahrungen war und Zutraun und Nichtalleinsein – verdanken Sie es nicht ihm? War es nicht ein Ding, mit dem Sie zuerst Ihr kleines Herz geteilt haben wie ein Stück Brot, das reichen mußte für zwei?

In den Legenden der Heiligen haben Sie später eine fromme Freudigkeit gefunden, eine selige Demut, eine Bereitschaft, alles zu sein, die Sie schon kannten, weil irgend ein kleines Stück Holz alles das einmal für Sie getan und auf sich genommen und getragen hatte. Dieser kleine vergessene Gegenstand, der alles zu bedeuten bereit war, machte Sie mit Tausendem vertraut, indem er tausend Rollen spielte, Tier war und Baum und König und Kind, – und als er zurücktrat, war das alles da. Dieses Etwas, so wertlos es war, hat Ihre Beziehungen zur Welt vorbereitet, es hat Sie ins Geschehen und unter die Menschen geführt und mehr noch: Sie haben an ihm, an seinem Dasein, an seinem Irgendwie-Aussehn, an seinem endlichen Zerbrechen oder seinem rätselhaften Entgleiten alles Menschliche erlebt bis tief in den Tod hinein.

Sie erinnern sich dessen kaum mehr, und es wird Ihnen selten bewußt, daß Sie auch jetzt noch Dinge nötig haben, die, ähnlich wie jene Dinge aus der Kindheit, auf Ihr Vertrauen warten, auf Ihre Liebe, auf Ihre Hingabe. Wie kommen diese Dinge dazu? Wodurch sind überhaupt Dinge mit uns verwandt? Welches ist ihre Geschichte?

Sehr frühe schon hat man Dinge geformt, mühsam, nach dem Vorbild der vorgefundenen natürlichen Dinge; man hat Werkzeuge gemacht und Gefäße, und es muß eine seltsame Erfahrung gewesen sein, Selbstgemachtes so anerkannt zu sehen, so gleichberechtigt, so wirklich neben dem, was *war*. Da entstand etwas, blindlings, in wilder Arbeit und trug an sich die Spuren eines bedrohten offenen Lebens, war noch warm davon, – aber kaum war es fertig und fortgestellt, so ging es schon ein unter die Dinge, nahm ihre Gelassenheit an, ihre stille Würde und sah nur noch wie entrückt mit wehmütigem Einverstehen aus seinem Dauern herüber. Dieses Erlebnis war so merkwürdig und so stark, daß man begreift, wenn es auf einmal Dinge gab, die nur um seinetwillen gemacht waren. Denn vielleicht waren die frühesten Götterbilder Anwendungen dieser Erfahrung, Versuche, aus Menschlichem und Tierischem, das man sah, ein Nicht-Mitsterbendes zu formen, ein Dauerndes, ein Nächsthöheres: ein Ding.
Was für ein Ding? Ein schönes? Nein. Wer hätte gewußt was Schönheit ist? Ein ähnliches. Ein Ding, darin man das wiedererkannte was man liebte und das was man fürchtete und das Unbegreifliche in alledem.
Erinnern Sie sich solcher Dinge? Da ist vielleicht eines, das Ihnen lange nur lächerlich erschien. Aber eines Tages fiel Ihnen seine Inständigkeit auf, der eigentümliche, fast verzweifelte Ernst, den sie alle haben; und

merkten Sie da nicht, wie über dieses Bild, gegen seinen Willen beinah, eine Schönheit kam, die Sie nicht für möglich gehalten hätten?

Wenn es einen solchen Augenblick gegeben hat, so will ich mich jetzt auf ihn berufen. Es ist derjenige, mit dem die Dinge wieder in Ihr Leben eintreten. Denn es kann keines an Sie rühren, wenn Sie ihm nicht gestatten, Sie mit einer Schönheit zu überraschen, die nicht abzusehen war. Schönheit ist immer etwas Hinzugekommenes, und wir wissen nicht was.

Daß es eine ästhetische Meinung gab, die die Schönheit zu fassen glaubte, hat Sie irre gemacht und hat Künstler hervorgerufen, die ihre Aufgabe darin sahen, Schönheit zu schaffen. Und es ist immer noch nicht überflüssig geworden zu wiederholen, daß man Schönheit nicht ›machen‹ kann. Niemand hat je Schönheit gemacht. Man kann nur freundliche oder erhabene Umstände schaffen für Das, was manchmal bei uns verweilen mag: einen Altar und Früchte und eine Flamme –. Das Andere steht nicht in unserer Macht. Und das Ding selbst, das, ununterdrückbar, aus den Händen eines Menschen hervorgeht, ist wie der Eros des Sokrates, ist ein Daimon, ist zwischen Gott und Mensch, selber nicht schön, aber lauter Liebe zur Schönheit und lauter Sehnsucht nach ihr.

Nun stellen Sie sich vor, wie diese Einsicht, wenn sie einem Schaffenden kommt, alles verändern muß. Der Künstler, den diese Erkenntnis lenkt, hat nicht an die Schönheit zu denken; er weiß ebensowenig wie die Anderen, worin sie besteht. Gelenkt von dem Drang nach der Erfüllung über ihn hinausreichender Nützlichkeiten, weiß er nur, daß es gewisse Bedingungen giebt, unter denen sie vielleicht zu seinem Dinge zu kommen geruht. Und sein Beruf ist, diese Bedingungen kennen zu lernen und die Fähigkeit zu erwerben, sie herzustellen.

Wer aber diese Bedingungen aufmerksam bis an ihr Ende verfolgt, dem zeigt sich, daß sie nicht über die Oberfläche hinaus und nirgends in das Innere des Dinges hineingehn; daß alles, was man machen kann, ist: eine auf bestimmte Weise geschlossene, an keiner Stelle zufällige Oberfläche herzustellen, eine Oberfläche, die, wie diejenige der natürlichen Dinge, von der Atmosphäre umgeben, beschattet und beschienen ist, nur diese Oberfläche, – sonst nichts. Aus allen den großen anspruchsvollen und launenhaften Worten scheint die Kunst aufeinmal ins Geringe und Nüchterne gestellt, ins Alltägliche, ins Handwerk. Denn was heißt das: eine Oberfläche machen?

Aber lassen Sie uns einen Augenblick überlegen, ob nicht alles Oberfläche ist was wir vor uns haben und wahrnehmen und auslegen und deuten? Und was wir Geist und Seele und Liebe nennen: ist das nicht alles nur eine leise Veränderung auf der kleinen Oberfläche eines nahen Gesichts? Und wer uns das geformt geben will, muß er sich nicht an das Greifbare halten, das seinen Mitteln entspricht, an die Form, die er fassen und nachfühlen kann? Und wer alle Formen zu sehen und zu geben vermöchte, würde der uns nicht (fast ohne es zu wissen) alles Geistige geben? Alles, was je Sehnsucht oder Schmerz oder Seligkeit genannt war

oder gar keinen Namen haben kann in seiner unsagbaren Geistigkeit?
Denn alles Glück, von dem je Herzen gezittert haben; alle Größe, an die zu denken uns fast zerstört; jeder von den weiten umwandelnden Gedanken –: es gab einen Augenblick, da sie nichts waren als das Schürzen von Lippen, das Hochziehn von Augenbrauen, schattige Stellen auf Stirnen; und dieser Zug um den Mund, diese Linie über den Lidern, diese Dunkelheit auf einem Gesicht, – vielleicht waren sie genau so schon vorher da: als Zeichnung auf einem Tier, als Furche in einem Felsen, als Vertiefung auf einer Frucht...
Es giebt nur eine einzige, tausendfältig bewegte und abgewandelte Oberfläche. In diesem Gedanken konnte man einen Moment die ganze Welt denken, und sie wurde einfach und als Aufgabe dem in die Hände gelegt, der diesen Gedanken dachte. Denn ob etwas ein Leben werden kann, das hängt nicht von den großen Ideen ab, sondern davon, ob man sich aus ihnen ein Handwerk schafft, ein Tägliches, Etwas, was bei einem aushält bis ans Ende.

Ich wage es jetzt, Ihnen den Namen zu nennen, der sich nicht länger verschweigen läßt: Rodin. Sie wissen, es ist der Name unzähliger Dinge. Sie fragen nach ihnen, und es verwirrt mich, daß ich Ihnen keines zeigen kann.
Aber mir ist, als säh ich Eines und noch Eines in Ihrer Erinnerung und als könnt ich sie dort herausheben, um sie mitten unter uns zu stellen:

diesen *Mann mit der gebrochenen Nase*, unvergeßlich wie eine plötzlich erhobene Faust;
diesen *Jüngling*, dessen aufrechte dehnende Bewegung Ihnen so nahe ist wie das eigene Erwachen;
diesen *Gehenden*, der wie ein neues Wort für gehen in dem Wortschatz Ihres Gefühles steht;
und den, der sitzt, denkend mit dem ganzen Körper, sich einsaugend in sich selbst;
und den *Bürger* mit dem Schlüssel, wie ein großer Schrank, in dem lauter Schmerz eingeschlossen ist.
Und die *Eva*, wie von weit in die Arme hineingebogen, deren nach auswärts gewendete Hände alles abwehren möchten, auch den eigenen, sich verwandelnden Leib.
Und die süße leise *Innere Stimme*, armlos wie Inneres und wie ein Organ ausgelöst aus dem Kreislauf jener Gruppe.
Und irgend ein kleines Ding, dessen Namen Sie vergessen haben, gemacht aus einer weißen, schimmernden Umarmung, die wie ein Knoten zusammenhält; und jenes andere, das vielleicht *Paolo und Francesca* heißt, und kleinere noch, die Sie in sich finden wie Früchte mit ganz dünner Schale –
und: da werfen Ihre Augen, wie die Linsen einer Laterna magica, über mich fort, einen riesigen *Balzac* an die Wand. Das Bild eines Schöpfers in seinem Hochmut, stehend in seiner eigenen Bewegung wie in einem Sturmwirbel, der die ganze Welt hinaufreißt in dieses kreißende Haupt.
Soll ich neben die Dinge aus Ihrer Erinnerung, nun, da sie da sind, andere von diesen hundert und hundert

Dingen stellen? Diesen *Orpheus*, diesen *Ugolino*, diese heilige *Therese*, die die Wundenmale empfängt, diesen *Victor Hugo* mit seiner großen, schrägen, beherrschenden Gebärde und jenen anderen, ganz hingegeben an Einflüsterungen, und einen dritten noch, den drei Mädchenmunde von unten ansingen, wie eine um seinetwillen aus der Erde brechende Quelle? Und ich fühle schon, wie mir der Name im Munde zerfließt, wie das alles nurmehr der Dichter ist, derselbe Dichter, der *Orpheus* heißt, wenn sein Arm auf einem ungeheuern Umweg über alle Dinge zu den Saiten geht, derselbe, der krampfhaft schmerzvoll die Füße der fliehenden Muse faßt, die sich entzieht; derselbe, der endlich stirbt, das steil aufgestellte Gesicht im Schatten seiner in der Welt weitersingenden Stimmen, und *so* stirbt, daß dieselbe kleine Gruppe manchmal auch Auferstehung heißt –.

Wer aber vermag nun die Welle der Liebenden aufzuhalten, die sich draußen aufhebt auf dem Meere dieses Werkes? Mit diesen unerbittlich verbundenen Gestalten kommen Schicksale heran und süße und trostlose Namen –: aber auf einmal sind sie fort, wie ein Glanz der sich zurückzieht – und man sieht den Grund. Man sieht Männer und Frauen, Männer und Frauen, immer wieder Männer und Frauen. Und je länger man hinsieht, desto mehr vereinfacht sich auch dieser Inhalt, und man sieht: Dinge.

HIER werden meine Worte machtlos und kehren zu der großen Einsicht zurück, auf die ich Sie schon vorbereitet habe, zu dem Wissen von der *einen* Oberfläche, mit welchem dieser Kunst die ganze Welt angeboten war. Angeboten, noch nicht gegeben. Um sie zu nehmen bedurfte es (bedarf es immer noch) unendlicher Arbeit.

Bedenken Sie, wie der arbeiten mußte, der aller Oberfläche mächtig werden wollte; da doch kein Ding dem andern gleich ist. Einer, dem es nicht darum zu tun war, den Leib im Allgemeinen kennen zu lernen, das Gesicht, die Hand (das alles giebt es nicht); sondern *alle* Leiber, *alle* Gesichter, *alle* Hände. Was für eine Aufgabe erhebt sich da. Und wie schlicht und ernst ist sie; wie ganz ohne Anlockung und Versprechung; wie ganz ohne Phrase.

Ein Handwerk entsteht, aber es scheint ein Handwerk für einen Unsterblichen zu sein, so weit ist es, so ohne Absehn und Ende und so sehr auf Immer-noch-Lernen angelegt. Und wo war eine Geduld, die solchem Handwerk gewachsen war?

Sie war in der Liebe dieses Arbeitenden, sie erneute sich unaufhörlich aus ihr. Denn das ist vielleicht das Geheimnis dieses Meisters, daß er ein Liebender war, dem nichts widerstehen konnte. Sein Verlangen war so lang und leidenschaftlich und ununterbrochen, daß alle Dinge ihm nachgaben: die natürlichen Dinge und alle die rätselhaften Dinge aller Zeiten, in denen Menschliches sich sehnte, Natur zu sein. Er blieb nicht bei denen stehen, die leicht zu bewundern sind. Er wollte das Bewundern ganz erlernen bis ans Ende. Er nahm die schweren verschlossenen Dinge auf sich und trug sie, und sie drückten ihn mehr und mehr in sein Handwerk hinein mit ihrer Last. Unter ihrem Drucke muß ihm klar geworden sein, daß es bei den Kunst-Dingen, genau wie bei einer Waffe oder einer Waage, nicht darauf ankommt, irgendwie auszusehen und durch das Aussehn zu ›wirken‹, sondern daß es sich vielmehr darum handelt, *gut gemacht* zu sein.

Dieses Gut-Machen, dieses Arbeiten mit reinstem Gewissen, war Alles. Ein Ding nachformen, das hieß: über jede Stelle gegangen sein, nichts verschwiegen, nichts übersehen, nirgends betrogen haben; alle die hundert Profile kennen, alle die Aufsichten und Untersichten, jede Überschneidung. Erst dann war ein Ding da, erst dann war es Insel, überall abgelöst von dem Kontinent des Ungewissen.

Diese Arbeit (die Arbeit am Modelé) war die gleiche bei allem was man machte, und sie mußte so demütig, so dienend, so hingegeben getan sein, so ohne Wahl an Gesicht und Hand und Leib, daß nichts Benanntes mehr da war, daß man nur formte, ohne zu wissen, was gerade entstand, wie der Wurm, der seinen Gang macht im Dunkel von Stelle zu Stelle. Denn wer ist noch unbefangen Formen gegenüber, die einen Namen haben? Wer wählt nicht schon aus, wenn er etwas Gesicht nennt? Der Schaffende aber hat nicht das Recht, zu wählen. Seine Arbeit muß von gleichmäßigem Gehorsam durchdrungen sein. Uneröffnet gleichsam, wie Anvertrautes, müssen die Formen durch seine Finger gehn, um rein und heil in seinem Werke zu sein.

Und das sind die Formen in Rodin's Werk: rein und heil; ohne zu fragen hat er sie weitergegeben an seine Dinge, die wie nie berührt sind, wenn er sie verläßt. Licht und Schatten wird leiser über ihnen wie über ganz frischen Früchten und bewegter, wie vom Morgenwind darüber hingeführt.

Hier muß von der Bewegung gesprochen werden; nicht in dem Sinne allerdings, in dem es oft und vorwurfsvoll geschah; denn die Bewegtheit der Gebärden, die in dieser Skulptur viel bemerkt worden ist, geht innerhalb der Dinge vor sich, gleichsam als ein innerer Kreislauf, und stört niemals ihre Ruhe und die Stabilität ihrer Architektur. Es wäre auch keine Neuerung gewesen, Bewegtheit in die Plastik einzuführen. Neu ist die Art von Bewegung, zu der das Licht gezwungen wird durch die eigentümliche Beschaffenheit dieser Oberflächen, deren Gefälle so vielfach abgewandelt ist, daß es da langsam fließt und dort stürzt, bald seicht und bald tief erscheint, spiegelnd oder matt. Das Licht, das eines dieser Dinge berührt, ist nicht mehr irgend ein Licht, es hat keine zufälligen Wendungen mehr; das Ding nimmt von ihm Besitz und gebraucht es wie sein eigenes.

Diese Erwerbung und Aneignung des Lichts als Folge einer ganz klar bestimmten Oberfläche hat Rodin als eine wesentliche Eigenschaft plastischer Dinge wiedererkannt. Die Antike und die Gotik hatten, jede auf ihre Art, Lösungen dieser plastischen Aufgabe gesucht, und er hat sich in uralte Traditionen gestellt, indem er die Gewinnung des Lichtes zu einem Teil seiner Entwikkelung machte.

Es giebt da wirklich Steine mit eigenem Licht, wie das gesenkte Gesicht auf dem Block im Luxembourg-Museum, *La Pensée*, das, vorgeneigt bis zum Schattigsein, über das weiße Schimmern seines Steines gehalten ist, unter dessen Einfluß die Schatten sich auflösen und in ein durchsichtiges Helldunkel übergehn. Und wer denkt nicht mit Entzücken an eine der kleinen Gruppen, wo zwei Leiber eine Dämmerung schaffen, um sich darin leise, mit verhaltenem Licht zu begegnen? Und ist es nicht merkwürdig, das Licht über den liegenden Rücken der Danaïde gehen zu sehen: langsam, als ob es kaum vorwärts käme seit Stunden. Und wußte noch jemand von dieser ganzen Skala der Schatten bis hinauf zu jenem leicht verscheuchten dünnen Dunkel, wie es manchmal um den Nabel kleiner Antiken huscht und das wir nurmehr aus der Rundung hohler Rosenblätter kannten?

In solchen – kaum sagbaren – Fortschritten liegt die Steigerung in Rodin's Werk. Mit der Unterwerfung des Lichts begann auch schon die nächste große Überwindung, der seine Dinge ihre Gestalt verdanken, jene Art Großsein, die unabhängig ist von allen Maßen. Ich meine die Erwerbung des Raumes.
Wieder waren es die Dinge, die sich seiner annahmen, wie schon oft, die Dinge draußen in der Natur und einzelne Kunstdinge von erhabener Abstammung, die er immer wieder befragen kam. Sie wiederholten ihm jedesmal eine Gesetzmäßigkeit, von der sie erfüllt waren und die er nach und nach begriff. Sie gewährten

ihm einen Blick in eine geheimnisvolle Geometrie des Raumes, die ihn einsehen ließ, daß die Konturen eines Dinges in der Richtung einiger gegeneinander geneigter Ebenen sich ordnen müssen, damit dieses Ding vom Raume wirklich aufgenommen, gleichsam von ihm anerkannt sei in seiner kosmischen Selbständigkeit.

Es ist schwer, diese Erkenntnis präzise auszusprechen. Aber am Werke Rodin's läßt sich zeigen, wie er sie verwendet. Immer energischer und sicherer werden die vorhandenen Details in starken Flächen-Einheiten zusammengefaßt, und endlich stellen sie sich, wie unter dem Einfluß rotierender Kräfte, in einigen großen Ebenen auf, richten sich aus sozusagen, und man meint zu sehen wie diese Ebenen zum Himmels-Globus gehören und ins Unendliche sich fortsetzen lassen.

Da ist der *Jüngling des Âge d'airain*, der noch wie in einem Innenraum steht, um den *Johannes* weicht es schon auf allen Seiten zurück, um den *Balzac* ist die ganze Atmosphäre, – aber ein paar hauptlose Akte, der neue ungeheuere *Gehende* vor allem, sind wie über uns hinausgestellt, wie ins All, wie unter die Sterne in ein weites unbeirrbares Kreisen.

Aber wie in einem Märchen das Übergroße, wenn es einmal bewältigt ist, sich klein macht für seinen Überwinder, um ihm ganz zu gehören, so hat der Meister diesen von seinen Dingen gewonnenen Raum wirklich in Besitz nehmen dürfen, als sein Eigentum. Denn er ist ganz, mit aller Unermeßlichkeit, in den seltsamen Blättern, von denen man immer wieder meinen möchte, daß sie das Äußerste dieses Werkes sind. Diese Zeichnungen aus den letzten zehn Jahren sind nicht, wofür manche sie nehmen wollten, rasche Anmerkungen, Vorbereitendes, Vorläufiges; sie enthalten das Endgültigste einer langen ununterbrochenen Erfahrung. Und sie enthalten es, wie durch ein fortwährendes Wunder, in einem Nichts, in einem raschen Umriß, in einem atemlos der Natur abgenommenen Kontur, in dem Kontur eines Konturs, den sie selber abgelegt zu haben scheint, weil er ihr zu zart und zu kostbar war. Niemals sind Linien, auch in den seltensten japanischen Blättern nicht, von solcher Ausdrucksfähigkeit gewesen und zugleich so absichtslos. Denn hier ist nichts Dargestelltes, nichts Gemeintes, keine Spur von einem Namen. Und doch, was ist hier nicht? Welches Halten oder Loslassen oder Nicht-mehr-Haltenkönnen, welches Neigen und Strecken und Zusammenziehen, welches Fallen oder Fliegen sah oder ahnte man je, das hier nicht wieder vorkommt? Und wenn es irgendwo vorkam, so verlor man es: denn es war so flüchtig und fein, so wenig für einen bestimmt, daß man nicht fähig war, ihm einen Sinn zu geben. Jetzt erst, da man es unvermutet in diesen Blättern wiedersieht, weiß man seine Bedeutung: das Äußerste von Lieben und Leiden und Trostlos- und Seligsein geht von ihnen aus, man begreift nicht warum. Da sind Gestalten, die aufsteigen, und dieses Aufsteigen ist so hinreißend, wie nur ein Morgen es sein kann, wenn die Sonne ihn auseinanderdrängt. Und da sind leichte, sich rasch entfernende Gestalten, die, indem sie fortgehn, einen mit Bestürzung erfüllen, als könnte man sie nicht entbehren. Da sind Liegende, um die herum Schlaf entsteht und geballte Träume; und Träge, ganz schwer von Trägheit, die warten; und Lasterhafte, die nicht mehr warten wollen. Und man sieht ihr Laster, und es ist wie das Wachsen einer Pflanze, die im Wahnsinn wächst weil sie nicht anders kann; man begreift, wie viel vom Neigen einer Blume auch noch in dieser sich Neigenden ist, und daß alles das Welt ist, auch noch diese Figur, die, wie ein Sternbild im Tierkreis, für immer entrückt ist und festgehalten in ihrer leidenschaftlichen Vereinsamung.

Wenn aber eine von den bewegten Gestalten unter ein wenig grüner Farbe sichtbar wird, so ist es das Meer oder der Meeresgrund, und sie rührt sich anders, mühsamer, unter dem Wasser; und es genügt ein Wink mit Blau hinter einer fallenden Figur, so stürzt sich der Raum auf allen Seiten in das Blatt hinein und umgiebt sie mit soviel Nichts, daß einen der Schwindel nimmt und man unwillkürlich nach der Hand des Meisters greift, die, mit einer zärtlich gebenden Wendung, die Zeichnung hinhält.

Nun hab ich Sie, merk ich, eine Gebärde des Meisters sehen lassen. Sie verlangen andere. Sie fühlen sich vorbereitet genug, um Äußeres und Äußerliches sogar ergänzend einordnen zu können, daß es zum Zuge würde im persönlichen Bilde. Sie verlangen den Wortlaut eines Satzes zu hören, wie er gesprochen worden ist;

Sie wollen Orte und Daten eintragen in die Berg- und Flußkarte dieses Werkes.

Da ist eine nach einem Ölbild hergestellte Photographie. Sie zeigt undeutlich einen jungen Mann aus dem Ende der Sechzigerjahre. Die einfachen Linien in dem bartlosen Gesicht sind nahezu hart, aber die klar im Dunkel stehenden Augen verbinden das Einzelne zu einem milden, fast träumerischen Ausdruck, wie ihn junge Menschen unter dem Einfluß der Einsamkeit bekommen; es ist fast das Antlitz von einem, der gelesen hat bis zum Dunkelwerden.

Aber da ist ein anderes Bild; um 1880. Da sieht man einen Mann, geprägt von Tätigkeit. Das Gesicht ist abgemagert, der lange Bart läßt sich nachlässig hinabgleiten auf die breitschultrig angelegte Büste, über der der Rock zu weit geworden ist. In den aschblonden, verblaßten Tönen der Photographie meint man zu erkennen, daß die Lider gerötet sind, aber der Blick tritt sicher und entschlossen aus den überanstrengten Augen, und in der Haltung ist eine elastische Spannung, die nicht brechen wird.

Und mit einem Mal, nach ein paar Jahren, scheint das alles umgewandelt. Aus dem Vorläufigen und Unbestimmten ist ein Endgültiges geworden, das gemacht ist, lange zu dauern. Auf einmal ist diese Stirne da, ›felsig‹ und steil, aus der die gerade starke Nase entspringt, deren Flügel leicht und empfindlich sind. Wie unter alten steinernen Bogen liegen die Augen, weitsichtig nach Außen und Innen. Der Mund einer faunischen Maske, halb verborgen und vermehrt um das sinnliche Schweigen neuer Jahrhunderte, und darunter der Bart, wie zu lange zurückgehalten, hervorstürzend in einer einzigen weißen Welle. Und die Gestalt, die dieses Haupt trägt, wie nicht von der Stelle zu rücken.

Und soll man sagen, was von dieser Erscheinung ausgeht, so ist es dieses: daß sie zurückzureichen scheint wie ein Flußgott und vorauszuschauen wie ein Prophet. Sie ist nicht bezeichnet von unserer Zeit. Genau bestimmt in ihrer Einzigkeit, verliert sie sich doch in einer gewissen mittelalterlichen Anonymität, hat jene Demut der Größe, die an die Erbauer der großen Kathedralen denken macht. Ihre Einsamkeit ist keine Absonderung, denn sie beruht im Zusammenhang mit der Natur. Ihre Männlichkeit ist bei aller Hartnäckigkeit ohne Härte, so daß sogar ein Freund Rodin's, den er manchmal gegen Abend besuchte, schreiben konnte: »Es bleibt, wenn er geht, in der Dämmerung des Zimmers etwas Mildes zurück, als wäre eine Frau dagewesen.«

Und in der Tat, die wenigen, die in der Freundschaft des Meisters aufgenommen waren, haben seine Güte erfahren, die elementar wie die Güte einer Naturkraft ist, wie die Güte eines langen Sommertags, der alles wachsen läßt und spät dunkelt. Aber auch die flüchtigen Besucher der Sonnabend-Nachmittage haben Anteil daran gehabt, wenn sie in den beiden Stadt-Ateliers im Dépôt des Marbres zwischen vollendeten und halbfertigen Arbeiten immer wieder dem Meister begegneten. Man fühlt sich sicher in seiner Höflichkeit vom ersten Augenblick an, aber man erschrickt fast vor der

Intensität seines Interesses, wenn er sich einem zuwendet. Dann hat er jenen Blick konzentrierter Aufmerksamkeit, der kommt und geht wie das Licht eines Scheinwerfers, aber so stark ist, daß man es noch weit hinter sich hell werden fühlt.

Sie haben diese Werkstätten in der rue de l'Université oft beschreiben hören. Es sind Bauhütten, in denen die Bausteine dieses großen Werkes behauen werden. Fast steinbruchhaft unwirtlich, bieten sie dem Besucher keine Zerstreuung; nur für Arbeit eingerichtet, zwingen sie ihn, das Schauen als Arbeit auf sich zu nehmen, und viele haben an dieser Stelle zuerst empfunden, wie ungewohnt ihnen diese Arbeit ist. Andere, die es lernten, traten mit einem Fortschritt wieder heraus und merkten, daß sie gelernt hatten, an allem was draußen war. Am merkwürdigsten aber sind diese Räume sicher für die gewesen, die schauen konnten. Von einem Gefühl sanfter Notwendigkeit geführt, kamen sie hierher, manchmal von weit, und es war für sie das, was eines Tages kommen mußte, hier zu stehen, unter dem Schutz dieser Dinge. Es war ein Abschluß und ein Anfang und die stille Erfüllung des Wunsches, daß es irgendwo ein Beispiel geben möge unter all den Worten, eine einfache Wirklichkeit des Gelingens. Zu solchen trat dann wohl Rodin heran und bewunderte mit ihnen, was sie bewunderten. Denn der dunkle Weg seiner absichtslosen Arbeit, der durch das Handwerk führt, ermöglicht ihm, vor seinen vollendeten Dingen, die er nicht überwacht und bevormundet hat, selber bewundernd zu stehn, wenn sie erst da sind und ihn übertreffen. Und seine Bewunderung ist jedesmal besser, gründlicher, entzückter als die des Besuchers. Seine unbeschreibliche Konzentrierung kommt ihm überall zugute. Und wenn er im Gespräch die Zumutung der Inspiration nachsichtig und mit ironischem Lächeln abschüttelt und meint es gäbe keine –, keine Inspiration sondern nur Arbeit, so begreift man plötzlich, daß für diesen Schaffenden die Eingebung dauernd geworden ist, daß er sie nicht mehr kommen fühlt, weil sie nicht mehr aussetzt, und man ahnt den Grund seiner ununterbrochenen Fruchtbarkeit.

»Avez-vous bien travaillé?« – ist die Frage, mit der er jeden begrüßt, der ihm lieb ist; denn wenn *die* bejaht werden kann, so ist weiter nichts mehr zu fragen und man kann beruhigt sein: wer arbeitet, ist glücklich.

Für Rodin's einfache und einheitliche Natur, die über unglaubliche Kraftvorräte verfügt, war diese Lösung möglich; für sein Genie war sie notwendig; nur so konnte es sich der Welt bemächtigen. Zu arbeiten wie die Natur arbeitet, nicht wie Menschen, das war seine Bestimmung.

Vielleicht hat das Sebastian Melmoth empfunden, als er, einsam, an einem seiner traurigen Nachmittage hinausgegangen war, die *Porte de l'Enfer* zu sehen. Vielleicht hat die Hoffnung, neu anzufangen, noch einmal in seinem halbzerstörten Herzen gezuckt. Vielleicht hätte er, wenn es möglich gewesen wäre, den Mann, als er mit ihm allein war, fragen mögen: Wie ist Ihr Leben gewesen?

Und Rodin hätte geantwortet: Gut.
Haben Sie Feinde gehabt?
Sie haben mich nicht am Arbeiten hindern können.
Und der Ruhm?
Hat mich verpflichtet zu arbeiten.
Und die Freunde?
Haben Arbeit von mir verlangt.
Und die Frauen?
In der Arbeit hab ich sie bewundern gelernt.
Aber Sie sind jung gewesen?
Da war ich irgendeiner. Man begreift nichts wenn man jung ist; das kommt später, langsam.
Was Sebastian Melmoth nicht gefragt hat, vielleicht hat es mancher gedacht, wenn er zu dem Meister hinübersah, immer wieder, erstaunt über die dauerhafte Kraft des fast Siebzigjährigen, über diese Jugend in ihm, die nichts Konserviertes hat, die frisch ist, als käme sie ihm immer wieder aus der Erde zu.
Und Sie selbst fragen, ungeduldiger, nochmals: Wie ist sein Leben gewesen?

WENN ich zögere, es Ihnen zu erzählen, der Zeit nach, wie man Lebensläufe berichtet, so ist es, weil es mir scheint, als ob alle Daten, die man kennt (und es sind nur sehr vereinzelte), wenig persönlich und recht allgemein wären im Vergleich zu dem, was dieser Mann aus ihnen gemacht hat. Von allem was vorher war abgetrennt, durch das ungangbare Gebirge des gewaltigen Werkes, hat man es schwer, Vergangenes zu erkennen; man ist auf das angewiesen, was der Meister selbst gelegentlich erzählt hat und was von Anderen wiedererzählt worden ist.

Von der Kindheit hat man nur erfahren, daß der Knabe frühzeitig aus Paris in eine kleine Pension nach Beauvais gebracht worden ist, wo er das Haus entbehrt und, zart und empfindsam, unter denen leidet, die ihn mit Fremdheit und Rücksichtslosigkeit umgeben. Er kommt als Vierzehnjähriger zurück nach Paris und lernt in einer kleinen Zeichenschule zuerst den Ton kennen, den er am liebsten nicht wieder aus den Händen ließe: so sehr sagt dieses Material ihm zu. Wie überhaupt alles ihm gefällt, was Arbeit ist: er arbeitet sogar während des Essens, er liest, er zeichnet. Er zeichnet unterwegs auf der Straße und ganz früh am Morgen, im Jardin des Plantes, die verschlafenen Tiere. Und wozu ihn die Lust nicht verlockt, dazu treibt ihn die Armut. Die Armut, ohne die sein Leben nicht denkbar wäre, und der er es nie vergißt, daß sie ihn mit Tieren und Blumen gehalten hat, besitzlos unter all dem Besitzlosen, das von Gott abhängt und nur von ihm.

Mit siebzehn Jahren tritt er bei einem Dekorateur ein und arbeitet für ihn, wie später an der Manufaktur von Sèvres für Carrier-Belleuse und für van Rasbourg in Antwerpen und in Brüssel. Sein eigentliches, selbständiges Leben beginnt, der Öffentlichkeit gegenüber, etwa um das Jahr 1877. Es beginnt damit, daß man ihn anklagt, die damals ausgestellte Statue des *Âge d'airain* durch Naturabguß verfertigt zu haben. Es beginnt damit, daß man ihn anklagt. Er wüßte es jetzt vielleicht kaum mehr, wenn nicht die öffentliche Meinung so ausdauernd dabeigeblieben wäre, ihn anzuklagen und abzuwehren. Er beklagt sich nicht darüber; nur daß sich unter dem Einfluß der Feindsäligkeit, die nicht nachließ, ein gutes Gedächtnis für böse Erfahrungen in ihm ausgebildet hat, das er sonst, mit seinem Sinn für das Wesentliche, hätte verkümmern lassen. Sein Können war schon enorm zu jener Zeit, war es schon im Jahre 1864, als die Maske des *Mannes mit der gebrochenen Nase* entstand. Er hatte sehr viel in seiner Abhängigkeit gearbeitet, aber was da war, war von anderen Händen entstellt und trug nicht seinen Namen. Die Modelle, die er für Sèvres ausgeführt hatte, fand später Mr. Roger-Marx und erwarb sie; man hatte sie in der Fabrik als unbrauchbar zu Scherben geworfen. Zehn Masken, für eines der Bassins am Trocadéro bestimmt, verschwanden, gleich nachdem sie angebracht worden waren, von ihrem Platz und sind noch nicht wieder aufgefunden worden. Die *Bürger von Calais* bekamen nicht die Aufstellung, die der Meister vorgeschlagen hatte; niemand wollte sich an der Enthüllung dieses Denkmals beteiligen. In Nancy zwang man Rodin, am Sockel des Standbildes *Claude Lorrains* Veränderungen vorzunehmen, die gegen seine Überzeugung waren. Sie erinnern sich noch der unerhörten Ablehnung des *Balzac* von seiten seiner Besteller, mit der Begründung, die Statue wäre nicht ähnlich genug. Vielleicht haben Sie es in den Zeitungen übersehen, daß noch vor zwei Jahren der probeweise vor dem Panthéon aufgerichtete Gipsabguß des *Den-*

kers durch Axthiebe zertrümmert worden ist. Aber es ist möglich, daß Ihnen heut oder morgen eine ähnliche Notiz auffällt, falls es wieder zum öffentlichen Ankauf eines Rodinschen Werkes kommen sollte. Denn diese Liste, die nur eine Auswahl der Kränkungen enthält, die man unablässig zu vermehren bemüht war, wird wohl kaum abgeschlossen sein.
Es wäre denkbar, daß ein Künstler schließlich diesen immer wieder erklärten Krieg angenommen hätte; Unwillen und Ungeduld hätten den und jenen hinreißen können; aber wie sehr wäre er, auf den Kampfplatz tretend, von seinem Werke entfernt worden. Es ist Rodin's Sieg, daß er in dem seinen ausharrte und Zerstörung in der Art der Natur beantwortete: mit einem neuen Anfang und zehnfacher Fruchtbarkeit.

WER sich scheut, den Vorwurf der Übertreibung auf sich zu nehmen, hat überhaupt kein Mittel, Ihnen die Tätigkeit Rodin's nach seiner Rückkehr aus Belgien zu schildern. Der Tag begann für ihn mit der Sonne, aber er endete nicht mit ihr; denn da wurde noch ein langer Streifen Lampenlicht angefügt an die vielen hellen Stunden. Spät nachts, wenn kein Modell mehr zu haben war, war die Frau, die sein Leben schon lange mit rührender Hülfe und Hingabe teilte, immer bereit, die Arbeit in dem dürftigen Zimmer zu ermöglichen. Sie war unscheinbar als Gehülfin, ganz verschwindend in den vielen geringen Diensten, die ihr zufielen, aber daß sie auch schön sein konnte, das läßt die *La Bellone* genannte Büste nicht vergessen, und auch das schlichte spätere Bildnis spricht davon. War auch sie schließlich müde, so erwies sich, daß das Gedächtnis des Arbeitenden mit Form-Erinnerungen so sehr angefüllt war, daß er keinen Grund hatte die Arbeit zu unterbrechen.

Damals entstehen die Fundamente des ganzen unermeßlichen Werkes, fast alle Arbeiten, die man kennt, setzen in jenen Tagen mit einer verwirrenden Gleichzeitigkeit ein. Als wäre der Beginn der Verwirklichung die einzige Gewähr, daß es möglich sein wird, so Ungeheueres durchzuführen. Und Jahre und Jahre hielt diese überlegene Kraft unvermindert vor, und als endlich eine gewisse Erschöpfung eintrat, war es nicht die Arbeit, die sie verschuldete, sondern viel eher die ungesunden Verhältnisse der sonnenlosen Wohnung (in der rue des Grands-Augustins), die Rodin lange gar nicht beachtet hatte. Freilich die Natur hatte er oft entbehrt, und manchmal, an Sonntagnachmittagen, war man aufgebrochen; aber gewöhnlich war es Abend, ehe man, gehend unter den vielen Gehenden (denn an die Benutzung eines Omnibus war nicht zu denken jahrelang), an den Fortifications angekommen war, vor denen, ungewiß und schon dämmernd, das Land begann, nicht zu erreichen. Nun aber war es endlich möglich geworden, den alten Wunsch auszuführen und ganz aufs Land zu ziehen; zuerst nach Bellevue in das kleine Landhaus, in dem Scribe gewohnt hatte, und später auf die Höhen von Meudon.

Dort war das Leben um vieles geräumiger geworden; das Haus (die einstöckige Villa des Brillants mit dem hohen Louis-treize-Dach) war klein und ist seither nicht vergrößert worden. Aber nun war ein Garten da, der mit seinem heiteren Beschäftigtsein teilnahm an allem, was geschah, und die Ferne war vor den Fenstern. Was sich nun in den neuen Verhältnissen ausbreitete und immer wieder Zubauten beanspruchte, das war nicht der Herr dieses Hauses, das waren seine geliebten Dinge, die nun verwöhnt werden sollten. Für sie ist alles getan worden; noch vor sechs Jahren hat er – Sie werden sich dessen erinnern – den Ausstellungs-Pavillon vom Pont de l'Alma nach Meudon überführt und diesen hellen hohen Raum draußen den Dingen überlassen, die ihn nun zu Hunderten erfüllen.

Neben diesem ›Musée Rodin‹ ist nach und nach ein sehr persönlich ausgewähltes Museum antiker Statuen und Fragmente erwachsen, das Werke griechischer und ägyptischer Arbeit enthält, von denen einzelne in den Sälen des Louvre auffallen würden. In einem anderen Raum stehen hinter attischen Vasen Bilder, denen man, auch ohne die Signatur zu suchen, die richtigen Namen giebt: Ribot, Monet, Carrière, van Gogh, Zuloaga, und unter Bildern, die man nicht zu nennen weiß, ein paar, die auf Falguière zurückgehen, der ein großer Maler war. Es ist natürlich, daß es nicht an Widmungen fehlt: die Bücher allein bilden eine umfangreiche Bibliothek und eine seltsam selbständige, unabhängig von der Wahl ihres Besitzers und doch nicht zufällig um ihn gestellt. Alle diese Gegenstände sind von Sorgfalt umgeben und in Ehren gehalten, aber niemand erwartet von ihnen, daß sie Annehmlichkeit oder Stimmung verbreiten sollen. Fast hat man das Gefühl, Kunst-Dinge verschiedenster Art und Zeit nie in so starker, unverminderter Einzelwirkung erlebt zu haben, wie hier, wo sie nicht ehrgeizig aussehen wie in einer Sammlung und auch nicht gezwungen sind, aus dem Vermögen ihrer Schönheit zu einem allgemeinen, von ihnen absehenden Behagen beizutragen. Jemand hat einmal gesagt, daß sie gehalten wären wie schöne Tiere, und er hat damit wirklich Rodin's Beziehung zu den Dingen, die ihn umgeben, festgestellt; denn wenn er, oft nachts noch, unter ihnen herumgeht, vorsichtig, wie um nicht alle zu wecken, und mit einem kleinen Licht schließlich zu einem antiken Marmor tritt, der sich rührt, aufwacht und plötzlich aufsteht: so ist es das Leben, das er suchen gegangen ist und das er nun bewundert: »La vie, cette merveille«, wie er einmal schrieb.

Dieses Leben hat er hier in der ländlichen Einsamkeit seiner Wohnung mit noch gläubigerer Liebe umfassen gelernt. Es zeigt sich ihm jetzt wie einem Eingeweihten, es verbirgt sich ihm nirgends mehr, es hat kein Mißtrauen ihm gegenüber. Er erkennt es im Kleinen und im Großen; im kaum mehr Sichtbaren und im Unermeßlichen. Im Aufstehen und im Schlafengehen ist es, und es ist im Nachtwachen; die schlichten altmodischen Mahlzeiten sind erfüllt davon, das Brot, der Wein; in der Freude der Hunde ist es, in den Schwänen und im glänzenden Kreisen der Tauben. In jeder kleinen Blume ist es ganz, und hundertmal in jeder

Frucht. Irgend ein Kohlblatt aus dem Küchengarten brüstet sich damit und mit wieviel Recht. Wie gerne schimmert es im Wasser und wie glücklich ist es in den Bäumen. Und wie nimmt es, wo es kann, das Dasein der Menschen in Besitz, wenn sie sich nicht sträuben. Wie stehn da drüben die kleinen Häuser gut, genau wo sie stehen müssen, in den richtigen Ebenen. Und wie prachtvoll springt bei Sèvres die Brücke über den Fluß, absetzend, ruhend, ausholend und wieder springend, dreimal. Und ganz dahinter der Mont-Valérien mit seinen Befestigungen, wie eine große Plastik, wie eine Akropolis, wie ein antiker Altar. Und auch das hier haben Menschen gemacht, die dem Leben nahestanden: diesen Apollo, diesen ruhenden Buddha auf der offenen Blume, diesen Sperber und, hier, diesen knappen Knabentorso, an dem keine Lüge ist.

Auf solchen Einsichten, die Nahes und Entferntes ihm fortwährend bestätigt, ruhen die Arbeitstage des Meisters von Meudon. Arbeitstage sind es geblieben, einer wie der andere, nur daß jetzt auch Das mit zur Arbeit gehört: dieses Hinausschauen und Mitallemsein und Verstehen. Je commence à comprendre – sagt er manchmal nachdenklich und dankbar. »Und das kommt, weil ich mich um eine Sache ernstlich bemüht habe; wer Eines versteht, der versteht überhaupt; denn in allem sind dieselben Gesetze. Ich habe die Skulptur gelernt, und ich wußte wohl, daß das etwas Großes ist. Ich erinnere mich jetzt, daß ich einmal in der ›Nachfolge Christi‹, im dritten Buch besonders, überall statt Gott Skulptur gesetzt hatte, und es war richtig und stimmte –.«

Sie lächeln, und es ist ganz in der Ordnung, bei dieser Stelle zu lächeln; ihr Ernst ist so unbeschützt, daß man das Gefühl hat, ihn verbergen zu müssen. Aber Sie merken schon, daß Worte wie dieses nicht gemacht sind, um so laut gesprochen zu werden, wie ich hier sprechen muß. Sie erfüllen vielleicht auch ihre Mission, wenn die Einzelnen, die sie selbst empfangen haben, versuchen, ihr Leben danach einzurichten.

Übrigens ist Rodin schweigsam wie alle Handelnden. Er giebt sich auch selten das Recht, seine Einsichten in Worten zu verwenden, weil das des Dichters ist; und der Dichter steht seiner Bescheidenheit weit über dem Bildhauer, der, wie er einmal vor seiner schönen Gruppe *Le sculpteur et sa muse* mit verzichtendem Lächeln gesagt hat, »sich unbeschreiblich anstrengen muß, in seiner Schwerfälligkeit, die Muse zu verstehen«.

Trotzdem gilt, was von seiner Rede gesagt worden ist: »quelle impression de bon repas, de nourriture enrichissante –«; denn hinter jedem Wort seines Gesprächs steht, massiv und beruhigend, die schlichte Wirklichkeit seiner erfahrenen Tage.

Sie können jetzt begreifen, daß diese Tage ausgefüllt sind. Der Vormittag vergeht in Meudon; oft werden in den verschiedenen Ateliers mehrere begonnene Arbeiten nach einander vorgenommen und jede ein wenig gefördert; dazwischen drängt sich, lästig und unabweisbar, der ganze geschäftliche Verkehr, dessen Sorge und Mühsal dem Meister nicht erspart bleibt, da fast keines seiner Werke durch den Kunsthandel geht. Meistens schon um zwei Uhr wartet ein Modell in der Stadt, ein Porträtbesteller oder ein Berufsmodell, und nur im Sommer erreicht es Rodin, vor Einbruch der Dämmerung wieder in Meudon zu sein. Der Abend draußen ist kurz und immer derselbe; denn um neun Uhr begiebt man sich regelmäßig zu Ruhe.

Und fragen Sie nach den Zerstreuungen, den Ausnahmen: es giebt im Grunde keine; Renan's ›travailler, ça repose‹ hat vielleicht noch nie so tägliche Gültigkeit angenommen wie hier. Aber die Natur erweitert manchmal unversehens diese äußerlich so gleichen Tage und fügt Zeiten ein, ganze Ferien, die vor dem Tagwerk liegen; sie läßt ihren Freund nichts versäumen. Morgen, die sich glücklich fühlen, wecken ihn und er teilt mit ihnen. Er sieht seinem Garten zu, oder er kommt nach Versailles zu dem prunkvollen Aufstehn der Parke, wie man zum Lever des Königs kam. Er liebt die Unberührtheit dieser ersten Stunden. »On voit les animaux et les arbres chez eux«, sagt er heiter, und er bemerkt alles, was am Wege steht und sich freut. Er hebt einen Pilz auf, entzückt, und zeigt ihn Madame Rodin, die, gleich ihm, diese frühen Wege nicht aufgegeben hat: »Sieh«, sagt er angeregt, »und das braucht nur eine Nacht; in einer Nacht ist das gemacht, alle diese Lamellen. Das arbeitet gut.«

Am Rande des Parkes dehnt sich die ländliche Landschaft. Ein Viergespann pflügender Rinder wendet langsam und bewegt sich gewichtig in dem frischen Feld. Rodin bewundert die Langsamkeit, das Ausführliche im Langsamen, seine Fülle. Und dann: »C'est toute obéissance.« Seine Gedanken gehen ähnlich durch die Arbeit. Er versteht dieses Bild, wie er die Bilder bei den Dichtern begreift, mit denen er sich manchmal am Abend beschäftigt. (Das ist nicht mehr Baudelaire, Rousseau ist es noch ab und zu, sehr oft ist es Platon.) Aber als jetzt von den Übungsplätzen drüben aus Saint-Cyr über die ruhige Feldarbeit die Hörner herüberrufen, aufrührerisch und rasch –, da lächelt er: er sieht den Schild des Achill.

Und an der nächsten Biegung liegt die Landstraße vor ihm, ›la belle route‹, eben und lang und wie das Gehen selbst. Und auch das Gehen ist ein Glück. Das hat ihn die belgische Zeit gelehrt. Sehr gewandt im Arbeiten und von seinem damaligen Kompagnon aus verschiedenen Gründen nur halb in Anspruch genommen, gewann er ganze Tage, um sie draußen zu verbringen. Ein Malkasten war zwar mit, aber er wurde immer seltener gebraucht, weil Rodin einsah, daß die Beschäftigung mit *einer* Stelle ihn von der Freude an tausend anderen Dingen ablenkte, die er noch so wenig kannte. So wurde es eine Zeit des Schauens. Rodin nennt sie seine reichste. Die großen Buchenwälder von Soignes, die blanken langen Straßen, die aus ihnen hinaus dem weiten Wind der Ebenen entgegenlaufen, die klaren Estaminets, in denen Rast und Mahlzeit etwas Festliches hatten bei aller Schlichtheit (gewöhnlich nur Brot in Wein getaucht: ›une trempête‹): dieses war lange der Kreis seiner Eindrücke, in den jedes einfache Ereignis eintrat wie mit einem Engel; denn er erkannte hinter jedem die Flügel einer Herrlichkeit.

Er hat sicher Recht, wenn er an dieses jahrelange Gehen und Schauen mit einer Dankbarkeit ohnegleichen zurückdenkt. Es war seine Vorbereitung auf die kommende Arbeit; es war ihre Vorbedingung in jedem Sinn; denn damals nahm auch seine Gesundheit die endgültige dauernde Festigkeit an, mit der er später rücksichtslos rechnen mußte.
Wie er aus jenen Jahren unerschöpfliche Frische mitbrachte, so kehrt er jetzt noch jedesmal gestärkt und voll Arbeitslust von einem weiten morgendlichen Wege zurück. Glücklich, wie mit guten Nachrichten, tritt er bei seinen Dingen ein und geht auf eines zu, als hätte er ihm etwas Schönes mitgebracht. Und ist im nächsten Augenblick vertieft, als arbeite er seit Stunden. Und fängt an und ergänzt und verändert hier und dort, als ginge er, durch das Gedränge, dem Ruf der Dinge nach, die ihn nötig haben. Keines ist vergessen; die zurückgerückten warten auf ihre Stunde und haben Zeit. Auch in einem Garten wächst nicht alles zugleich. Blüten stehen neben Früchten, und irgend ein Baum ist noch bei den Blättern. Sagte ich nicht, daß es im Wesen dieses Gewaltigen liegt, Zeit zu haben wie die Natur und hervorzubringen wie sie?

Ich wiederhole es; und es scheint mir immer noch wunderbar, daß es einen Menschen giebt, dessen Arbeit zu solchen Maßen angewachsen ist. Aber ich kann doch nicht den erschreckten Blick vergessen, der mich einmal abwehrte, als ich in einem kleinen Kreise mich dieses Ausdrucks bediente, um die ganze Größe Rodinschen

Genies für einen Moment gleichzeitig heraufzurufen. Eines Tages begriff ich diesen Blick.
Ich ging in Gedanken durch die ungeheueren Werkstätten und ich sah, daß alles im Werden war und nichts eilte. Da stand, riesig zusammengeballt, der *Denker*, in Bronze, vollendet; aber er gehörte ja in den immer noch wachsenden Zusammenhang des *Höllentors*. Da wuchs das eine Denkmal für *Victor Hugo* heran, langsam, immerfort beobachtet, vielleicht noch Abänderungen ausgesetzt, und weiterhin standen die anderen Entwürfe, werdend. Da lag, wie ausgegrabenes Wurzelwerk einer uralten Eiche, die Gruppe des *Ugolino* und wartete. Da wartete das merkwürdige Denkmal für *Puvis de Chavannes* mit dem Tisch, dem Apfelbaum und dem herrlichen Genius der ewigen Ruhe. Das da drüben wird ein Denkmal für *Whistler* sein und hier diese ruhende Gestalt wird vielleicht einmal das Grab eines Unbekannten berühmt machen. Es ist kaum durchzukommen; aber schließlich bin ich wieder vor dem kleinen Gipsmodell der *Tour du Travail*, das nun in seiner endgültigen Anordnung nur des Bestellers harrt, der das riesige Beispiel seiner Bilder aufrichten hilft unter den Menschen.
Aber da ist neben mir ein anderes Ding, ein stilles Gesicht, zu dem eine leidende Hand gehört, und der Gips hat jene durchscheinende Weiße, die er nur unter Rodins Werkzeug annimmt. Auf dem Gestell steht, vorläufig vorgemerkt und schon wieder durchgestrichen: *Convalescente*. Und nun finde ich mich unter lauter namenlosen neuen werdenden Dingen; sie sind

gestern begonnen oder vorgestern oder vor Jahren; aber sie haben dieselbe Unbekümmertheit wie jene anderen. Sie rechnen nicht.

Und da fragte ich mich zum ersten Male: Wie ist es möglich, daß sie nicht rechnen? Warum ist dieses immense Werk immer noch im Ansteigen und wohin steigt es? Denkt es nichtmehr an seinen Meister? Glaubt es wirklich, in den Händen der Natur zu sein, wie die Felsen, an denen tausend Jahre hingehen wie ein Tag?

Und es war mir, in meiner Bestürzung, als müßte man alles Fertige hinausschaffen aus den Werkstätten, um übersehen zu können, was noch zu tun ist in den nächsten Jahren. Aber während ich das viele Vollendete zählte, die schimmernden Steine, die Bronzen, alle diese Büsten, da blieb mein Blick hoch an dem *Balzac* haften, dem Zurückgekommenen, Abgewiesenen, der dastand, hochmütig, als wollte er nicht wieder hinaus.

Und seither sehe ich die Tragik dieses Werkes auf dem Grunde seiner Größe. Ich fühle deutlicher als je, daß in diesen Dingen die Skulptur unaufhaltsam zu einer Macht angewachsen ist, wie niemals seit der Antike. Aber diese Plastik ist in eine Zeit geboren worden, die keine Dinge hat, keine Häuser, kein Äußeres. Denn das Innere, das diese Zeit ausmacht, ist ohne Form, unfaßbar: es fließt.

Dieser hier mußte es fassen; er war ein Former in seinem Herzen. Er hat alles das Vage, Sich-Verwandelnde, Werdende, das auch in ihm war, ergriffen und eingeschlossen und hingestellt wie einen Gott; denn auch die Verwandlung hat einen. Als ob einer ein dahinstürzendes Metall aufhielte und es erstarren ließe in seinen Händen.

Vielleicht erklärt es einen Teil des Widerstandes, der sich diesem Werke überall entgegenstemmte, daß hier Gewalt geschah. Das Genie ist immer ein Schrecken für seine Zeit; aber indem hier eines die unsere nicht nur im Geiste, sondern auch im Verwirklichen fortwährend überholt, wirkt es furchtbar, wie ein Zeichen am Himmel.

Fast möchte man einsehen: diese Dinge können nirgends hin. Wer wagt es, sie bei sich aufzunehmen?

Und gestehen sie nicht selbst ihre Tragik ein, die strahlenden, die den Himmel an sich gerissen haben in ihrer Verlassenheit? Und die nun dastehn, von keinem Gebäude mehr zu bändigen? Sie stehen im Raume. Was gehn sie uns an.

Denken Sie, daß ein Berg aufstünde im Lager von Nomaden. Sie würden ihn verlassen und weiterziehen um ihrer Herden willen.

Und wir sind ein Wandervolk, alle; nicht deshalb weil keiner ein Zuhause hat, bei dem er bleibt und an dem er baut, sondern weil wir kein *gemeinsames* Haus mehr haben. Weil wir auch unser Großes immer mit uns herumtragen müssen, statt es von Zeit zu Zeit hinzustellen, wo das Große steht.

Und doch wo immer Menschliches ganz groß wird, da verlangt es danach, sein Gesicht zu verbergen im Schooße allgemeiner namenloser Größe. Als es zuletzt, noch einmal nach der Antike, in Standbildern anwuchs aus Menschen heraus, die auch unterwegs waren in ihren Geistern und voller Verwandlung, – wie stürzte es da nach den Kathedralen hin und trat in die Vorhallen zurück und bestieg Tore und Türme wie bei einer Überschwemmung.

Wohin aber sollten die Dinge Rodin's?

Eugène Carrière hat einmal von ihm geschrieben: »Il n'a pas pu collaborer à la cathédrale absente.«

Er hat nirgends mitarbeiten können, und keiner hat mit ihm gearbeitet.

In den Häusern des achtzehnten Jahrhunderts und seinen gesetzvollen Parken sah er wehmütig das letzte Gesicht der Innenwelt einer Zeit. Und geduldig erkannte er in diesem Gesicht die Züge jenes Zusammenhangs mit der Natur, der seither verloren gegangen ist. Immer unbedingter wies er auf sie hin und riet, zurückzukehren »à l'œuvre même de Dieu, œuvre immortelle et redevenue inconnue«. Und es galt schon denen, die nach ihm kommen werden, wenn er vor der Landschaft sagte: »Voilà tous les styles futurs.«

Seine Dinge konnten nicht warten; sie mußten getan sein. Er hat ihre Obdachlosigkeit lange vorausgesehen. Ihm blieb nur die Wahl, sie in sich zu ersticken oder ihnen den Himmel zu gewinnen, der um die Berge ist.

Und das war seine Arbeit.

In einem ungeheueren Bogen hat er seine Welt über uns hingehoben und hat sie in die Natur gestellt.

ZWEITE ABTEILUNG

GEDICHTE IN PROSA

DIE AUSLAGE DES FISCHHÄNDLERS

(*Neapel*)

⟨Spätere Fassung⟩

Auf leicht geneigter Marmorplatte liegen sie in Gruppen, manche auf dem feuchten Stein, mit ein wenig schwärzlichem Moos unterlegt, andre in von Nässe dunkelgewordenen flachen Spankörben. Silbern beschuppte, darunter einer, rund nach oben gebogen, wie ein Schwertarm in einem Wappen, so daß das Silber an ihm sich spannt und schimmert. Silbern beschuppte, die quer-über liegen, wie aus altem Silber, schwärzlich beschlagen, und drüber einer, der das Maul voran, zurückzukommen scheint, entsetzt, aus dem Haufen hinter ihm. Hat man erst einmal sein Maul gemerkt, so sieht man, da und da, noch eines, ein anderes, rasch hergewendet, klagend. (Was man »klagend« nennen möchte, entsteht wohl, weil hier die Stelle, von der Stimme ausgeht, sofort Stummheit bedeutet, ein Bild des.........) Und nun sucht man, infolge einer Überlegung vielleicht, die Augen. Alle diese flachen, seitlich hingelegten, wie mit Uhrgläsern überdeckten Augen, an die die im Wasser schwimmenden Bilder herangetrieben sind, solange sie schauten. Nicht anders waren sie damals, ebenso blicklos gleichgültig: denn Blicke trüge das Wasser nicht. Ebenso seicht und untief, leer herausgewendet, wie Wagenlaternen bei Tag. Aber hingetragen durch Widerstand und Bewegung jener dichteren Welt, warfen sie, leicht und sicher, Zeichnung um Zeichnung, Wink und

Wendung einwärts in ein uns unbekanntes Bewußtsein. Still und sicher trieben sie her, vor dem glatten Entschluß, ohne ihn zu verraten; still und sicher standen sie tagelang der Strömung entgegen, überzogen von ihr, von Schattenfluchten verdunkelt. Nun aber sind sie ausgelöst aus den langen Strähnen ihres Schauens, flach hingelegt, ohne daß es deshalb möglich wäre, in sie einzudringen. Die Pupille wie mit schwarzem Stoff bezogen, der Umkreis um sie aufgelegt, wie dünnstes Blattgold. Mit einem Schrecken, ähnlich dem, den man beim Beißen auf etwas Hartes erfährt, entdeckt man die Undurchdringlichkeit dieser Augen –, und plötzlich meint man, vor lauter Stein und Metall zu stehen, wie man über ⟨den⟩ Tisch hinsieht. Alles Gebogene ist hart anzusehen, und der Haufen stahlglänzender, pfriemenförmiger Fische liegt kalt und schwer wie ein Haufen Werkzeuge da, mit denen andere, die das Aussehn von Steinen haben, geschliffen worden sind. Denn da nebenan liegen sie: runde glatte Achate, von braunen, blassen und goldenen Adern durchzogen, Streifen von rötlich-weißem Marmor, Jadestücke von vorsichtig gewölbtem Schliff, teilweise bearbeitete Topase, Bergkristall mit Spitzen von Amethyst, Opale aus Quallen. Und eine ganz dünne Schicht verweilenden Wassers ist noch über ihnen allen und trennt sie von diesem Licht, in dem sie fremd sind, verschlossen, Behälter, die man vergebens zu öffnen versucht hat.

DER LÖWENKÄFIG

SIE geht hin und her wie die Wachposten draußen am Rand der Wälle, wo nichts mehr ist. Und wie in den Wachposten, ist Heimweh in ihr, schweres Heimweh in Stücken.

Wie unten im Meer irgendwo Spiegel sein müssen, Spiegel aus den Kajüten gesunkener Schiffe, Stücke von Spiegeln, die ja natürlich nichts mehr enthalten: die Gesichter der Reisenden nicht, keine ihrer Gebärden; nicht die Art, wie sie sich umdrehten und so seltsam linkisch aussahen von hinten; nicht die Wand, nicht die Ecke, in der man schlief; noch weniger was von drüben und draußen schwankend hereinschien; nichts, nein. Aber wie doch eine Alge vielleicht, ein offen absinkender Pulp, das plötzliche Gesicht eines Fisches oder auch nur das Wasser selbst, das ziehende, geteilte, wieder zusammenkommende Wasser Ähnlichkeiten in jenen Spiegeln hervorruft, entfernte, schiefe, falsche, gleich wieder aufgegebene Ähnlichkeiten mit dem, was einmal war–:

so liegen Erinnerungen, Stücke von Erinnerungen, bruchflächig, im Dunkel auf dem Grund ihres Blutes.

Sie geht hin und her um ihn, den Löwen, der krank ist. Kranksein wird nicht besorgt in ihm und vermindert ihn nicht; es schließt ihn nur ein. Wie er so liegt, die weich abgebogenen Pranken ohne Absicht, das hochmütige Gesicht mit der abgetragenen Mähne überhäuft, die Augen nicht geladen, ist er errichtet auf sich selbst zum Gedächtnis seiner Trauer, wie er einst (immer über sich hinaus) seiner Kraft Übertreibung war.

Nun zuckt es noch da und dort in den Muskeln und spannt sich, da und dort bilden sich, zu weit von einander, kleine Stellen von Zorn; das Blut bricht sicher böse, mit einem Sprung, aus den Herzkammern aus und gewiß hat es noch die vorsichtigen erprobten Wendungen entschlossener Plötzlichkeit, wenn es in das Gehirn tritt.

Aber er läßt nur geschehn, weil es noch nicht zu Ende ist und verwendet nichts mehr und nimmt nicht mehr teil. Nur ganz fern, wie weit von sich fortgehalten, mit dem weichen Pinsel seines Schwanzes malt er immer wieder eine kleine halbrunde Geste unbeschreiblicher Verachtung. Und sie geht so bedeutend vor sich, daß die Löwin anhält und hinsieht: beunruhigt, aufgeregt, erwartungsvoll.

Dann aber nimmt sie ihren Gang wieder auf, den trostlosen lächerlichen Gang der Wachposten, der immer wieder in dieselben Fußtapfen zurückfällt. Sie geht und geht, und manchmal erscheint ihre zerstreute Maske, rund und voll, durchgestrichen vom Gitter.

Sie geht wie Uhren gehen. Und auf ihrem Gesicht steht wie auf einem Zifferblatt, das man nachts anleuchtet, eine fremde, merkwürdig kurz angezeigte Stunde: eine furchtbare, in der jemand stirbt.

⟨SALTIMBANQUES⟩

⟨Paris, Quatorze Juillet 1907⟩

VOR dem Luxembourg, nach dem Panthéon zu, hat wieder Père Rollin mit den Seinen sich ausgebreitet. Derselbe Teppich liegt da, dieselben abgelegten Mäntel, dicke Wintermäntel, sind über einen Stuhl gehäuft, auf dem gerade noch soviel Platz bleibt, daß der kleine Sohn, der Enkel des Alten, zwischendurch zu einem Viertel Hinsitzen kommt, ab und zu. Er braucht das noch, er ist ein Anfänger, heißt es, und die Füße tun ihm weh bei dem jähen Aufsprung mit dem er, aus den hohen Saltos heraus, auf die Erde kommt. Er hat ein großes Gesicht das eine Menge Tränen fassen kann, aber sie stehen doch manchmal bis an den Rand in den ausgeweiteten Augen. Dann muß er den Kopf ganz vorsichtig tragen, wie eine zu volle Tasse. Er ist nicht traurig dabei, garnicht, er würde gar nicht merken, wenn er es wäre, es ist einfach der Schmerz der weint und das muß man ihm lassen. Mit der Zeit wird das leichter und schließlich ist es fort. Der Vater weiß längst nichtmehr wie das war, und der Großvater, nein, der hat es schon vor sechzig Jahren vergessen, sonst wäre er nicht so berühmt geworden. Aber, sieh da, Père Rollin, der so berühmt geworden ist auf allen Jahrmärkten, »arbeitet« nicht mehr. Er schwenkt nicht mehr die ungeheuren Gewichte und er (der Beredteste von Allen) sagt kein Wort. Er ist aufs Trommeln gesetzt. Rührend geduldig steht er da mit dem zu weit gewordenen Athleten-Gesicht, in dem die

Züge locker durcheinanderhängen, als wäre aus jedem einzelnen das Gewicht ausgehängt worden, das ihn spannte. Bürgerlich angezogen, eine gestrickte himmelblaue Cravatte um den kolossalen Hals, hat er sich auf der Höhe seines ehrlichen Ruhms zurückgezogen in diesen Rock und in die bescheidene Stellung, auf die, sozusagen, kein Glanz mehr fällt. Aber wer, von diesen jungen Leuten, ihn mal gesehen hat, der weiß ja doch, daß in diesen Ärmeln die berühmten Muskeln stecken, deren leisestes Spiel die Gewichte zum Springen brachte. Der hat eine ganz bestimmte Erinnerung an ein solches Meisterstück und er sagt ein paar Worte zu seinem Nachbar und zeigt herüber und dann fühlt der Alte ihre Blicke auf sich, nachdenklich und unbestimmt und achtungsvoll. Sie ist schon noch da, diese Kraft, junge Leute, denkt er; sie ist nicht mehr so bei der Hand, das ist das Ganze; sie ist in die Wurzeln gegangen; da irgendwo ist sie noch, der ganze Klumpen. Und für das Trommeln überhaupt ist sie noch viel zu groß. Und er schlägelt los. Aber er trommelt viel zu oft. Dann pfeift ihm der Schwiegersohn von drüben und winkt ab; er war gerade mitten in einer Tirade. Und der Alte hört auf, erschrocken, und entschuldigt sich mit den schweren Schultern und tritt umständlich auf das andere Bein. Aber da muß schon wieder abgepfiffen werden. Diable. Père! Père Rollin! Er hat schon wieder getrommelt. Er weiß es kaum. Er könnte immerzu trommeln, sie sollen nur nicht meinen, daß er müde würde. Aber da, jetzt redet seine Tochter; schlagfertig und handfest und ohne Loch das Ganze und ein Witz über den andern. Sie hält überhaupt jetzt die Sache zusammen, es ist eine Freude zuzuschauen. Der Schwiegersohn arbeitet ja gut, da ist nichts zu sagen, und gerne, wie es sich gehört. Aber sie hat das Zeug im Blut, das merkt man. Damit muß man geboren werden. Sie ist fertig: Musique, schreit sie. Und der Alte trommelt los wie vierzehn Trommeln. Père Rollin, Heh, Père Rollin: ruft jemand aus den Zuschauern, der hinzutritt eben und ihn erkennt. Aber er nickt nur nebenbei; das Trommeln ist eine Ehrensache und er nimmt es ernst.

⟨KAVALLERIE-PARADE⟩

⟨*Paris*⟩

Es war eine kühne Bestürzung, zu sehen, wie leicht sich das lenken ließ. Der General, mit seinen beiden Adjutanten, hatte vor dem Invalidendom Stelle gefaßt, und rechts von der *gare* herüber, bog es beständig in ganzer Breite ein. Der Kommandant, vorreitend, nahm eine kurze Verständigung mit dem Oberbefehlshaber, oft aber genügte auch nur ein Wink, und das Bewegte, Vielfältige begriff und nahm leicht und schwingend eine neue, ihm hell-offene Bahn.

Die Lanciers flimmerten heran, rasch, hurtig, dicht aneinander, auf den kleinen herdenhaft verträglichen Pferden. Unten ging die frohe, frühlingliche Erregung der Tiere in der Masse auf, ununterscheidbar; ihr Feinstes aber kam, einzeln, oben in den kleinen

Wimpeln der Lanzen zu sich, schwang, schwebte, zitterte aus. Und was sie ausgaben, ward ihnen gleich ersetzt von der Frühlingsluft, die entzückt schien, mit hundert erhobenen freien lustigen Dingen umzugehn. Das trieb heran, schimmerte, wirbelte vorbei, alls würde ein Frühling, junge Wälder, Bänder, der Gang der Bäche, zu schnell gespielt, hätte nicht Zeit zu sein. Und kaum ließ mans los draußen in der davon aufgeblühten Avenue, – sieh: da drängte schon dort, als öffnete sich ein Bergwerk des Lichts, die Brüstung der Kürassiere vor, schwerer, verhaltener, mühsamer. Zögernd nahmen sie ihre Wendung und strömten stark in die Richtung des Winks. Ihnen voran das Trompeterkorps, wie der Mund aus dem dieses gewaltige Geschöpf seinen langen Atem ausstürmen würde; der Blitz der plötzlich erhobenen, in langsam entschlossenen Bogen angesetzten Trompeten zeichnete sich deutlich ab vor der Spannung; tausend zerstreute Geräusche, die sich nicht kannten, verstanden sich, traten zurück, waren nur noch Hintergrund für den bevorstehenden Ton. Immer ergriffener nahm man den Hut vor den Fahnen ab, die vorüberkamen; mir fiel später ein, daß ich an jenem Morgen nur zwei Tote gegrüßt hatte (Jungverstorbene unter weißen Bahrtüchern) und sieben Fahnen. Ich war stolz auf meine Bekanntschaften.

⟨SANDWICHES-MÄNNER⟩

⟨Paris, St-Etienne-du-Mont⟩

Mandarinenrot, köstlich vor dem nachmittägigen Wintergrau in der Mauerkreuzung des Pantheons sah ich sie stehn: abgestellte Tafeln von *hommes-sandwiches*, hochbeinig wie Mücken. Das Grau ließ mich nach der Façade von St. Etienne hinüberblicken, dort auf dem wundervollen Instrument dieses Bauwerks spielte es erst in allen seinen inneren Tönen weiter. Bettlerinnen auf den Stufen, eine sitzend ganz tief, eine mit einem kleinen Kind, auf halber Höh, oben am Eingang eine Alte auf ihren Krücken hängend. Ich trat ein. Und da waren sie das Erste, das ich sah, die Männer zu jenen Tafeln draußen. Ganz hinten angereiht, zu klein und zu groß, in den lichtblau gewesenen Röcken, fünf, sechs nicht mehr aufräumbare Köpfe, wie von unbeschäftigten Hunden aus Mülleimern wieder heraufgesucht und versuchsweise auf die krummen roten Tuchkragen dieser furchtbaren Uniformen aufgesetzt, damit sie bis auf die Knochen abgetragen würden. Die Musik nahm einen Anlauf und erschien oben irgendwo in den Wölbungen; hinter dem schönen schloßhaften steinernen Lettner glänzte es von Gold und Lichtern, bestrahlter Rauch verteilte sich langsam dazwischen hin, Priester bewegten sich umständlich in einer von der Architektur und den Schatten übertriebenen Entfernung, das Rot der Chorknaben erneute sich von Zeit zu Zeit, und wer, verwirrt von soviel Vorgang, den Blick weggehoben hatte, der fand sich, durch Bogen und Pfeiler hin, dem tiefleuchtenden Dunkel eines alten Glasfensters ausgeliefert. Und das alles und immer das Sich-oben-halten der Musik: wie sollte das nicht auch in diesen Herzen erregend sein, daß es aus ihnen aufstieg und Gefühle wärmte und Gedanken zu sich brachte...Gefühle wofür? Wasfür Gedanken? Erinnerungen. Aber was sind Erinnerungen ohne Zukunft? Der Eine, Große, sah gar nicht so schlecht aus, ein Charakterkopf, wie man früher gesagt haben würde, die Nase fuhr so schön unaufhörlich aus der Stirn heraus und wie sich Mund und Bart drunter zusammenordnete, wie auf einer römischen Büste. Man möchte fragen: Schicksal, kannst du dich noch erinnern, was du eigentlich da vorhattest? War's auf keine Weise mehr zu erreichen? Schäme dich, Schicksal, du müßtest am Ende doch Mittel haben –. Er fühlt, daß ihn jemand betrachtet, aber ich weiche aus, er findet mich nicht in der Menge und steht wieder da, zu groß, in seiner Uniform aus sauergewordenem Lichtblau. Lieber Gott und einer hat den staubigen Kopf hinuntergezogen, ein Kleiner, menschlich anzufühlen, in die dazugehörige Hand. Was mag in ihm vorgehen? Diese Fünf oder Sechs, wenn der Himmel es nur mit ihnen versuchen wollte, die Erde hats falsch gemacht, trotz aller Kirchenmusik und trotz des schönen Grau in ihrer Weihnachtsluft. Im Zurückgehen merke ich, daß draußen, bei den abgestellten Tafeln, einige andere Sandwiches-Männer stehn, die offenbar nichts auf Erinnerungen geben. Aber für Heilige, wenn sie einmal Lust hätten, sich ins Gedräng zu versuchen, wärs nicht eine herrliche Verkleidung? Ach ich wollte die sechs draußen wären zur selben Zeit die sechs drin in der Kirche gewesen, mittels einer solchen Herablassung; das war die Art zu sehen durch die das Mittelalter die Welt in Ordnung rückte.

⟨RICHTUNG ZUR ZUKUNFT⟩

DER Gedanke spielte mit seinen Möglichkeiten, leise verzichtend. Auf gestern, auf ehegestern fällt der Verdacht unserer Zukunft, der zögernden; schrecken wir sie nicht oft durch den abmunternden Aufblick? Die kommende möchte sie sein, unabsehlich, – ach und wir sollten ihr Weg sein, ihr Abstieg, in den sie alles beschleunigt. Wer aber ist bereit? Wer vertraut, sieht auch in der Drohung noch das Versprechen des Künftigen, das aus der klaffenden Maske dringt mit verstellbarer Stimme. Komm, o Schicksal, scheinbares, komm, du kannst nicht ohne die ganze unendliche Zukunft. Das Zerstörende selbst reißt die Überstehungen hinter sich herein, kein Tod kann kommen ohne das viele Lebendige in seinem Rücken. Offenheit eines Morgens sei in der Luft deines Herzens, nichts Erwehrendes, wollend jedes. Dein Wollen umarme halbenwegs das entschlossene Ereignis, trete mit ihm bei dir ein, schon befreundschaftet eines am anderen, einander schon wohlklingend, schon unzertrennlich. Daß dir des Fremden nichts zukomme, immer schon Deiniges tiefvertraulich dich anträte: Verwandtes, ein ver-

stoßener Sohn: so komme dein Tod dir in die endlichen Arme.
Denn ein Heiliger sollst du sein und nur Umgang kennen, nicht Zufall. Nicht anschreien soll dich eins können, als wärs der bestellte Wächter, du aber eingedrungen ins dir nicht Gehörige. Wo ist dein Eigenes nicht wenn du's erwirbst eh es ist, wenn du das Nähernde liebst im Schooße der Zukunft, wie sollte es dir nicht zur Welt kommen als dein wirkliches Kind? Herz, daß du doch nicht deine Grenzen zögest gegen gut und böse, und gegen das Unkenntliche. Wie du dich einschränkst.

⟨WIR HABEN EINE ERSCHEINUNG⟩

⟨Endgültige Fassung⟩

WIR haben eine Erscheinung. Sie steht in den Zimmern, und auf den leeren Plätzen steht sie um Mitternacht, und wenn es Morgen wird, so wird sie deutlicher mit dem Tag, und wir sehen die Häuser durch ihre durchscheinende Gestalt. Ein Revenant ist davon abhängig, wie viele ihn wahrnehmen. Diesen gewahren alle: er ist aus allen Gräbern gestiegen. Alle gewahren ihn. Aber wer erkennt ihn?
Nein. Ihr sollt nicht bekannt tun mit ihm. Ihr sollt ihm nicht das Zubehör und die Zunamen früherer Kriege anhängen, denn ob es gleich ein Krieg ist, so kennt ihr ihn doch nicht. Da man euch Bilder von Greco zeigte, so gabt ihr zu, daß da ein Erleben sei, das ihr nicht

kanntet. Und wenn dieser Krieg ein Gesicht hat, so sollt ihr es ansehn wie das Gesicht Amenophis des Vierten, das vorher nicht da war. Ihr sollt davor stehen, wie neulich vor der Tatsache, daß in ein paar Pferden, bisher unangerufen, eine Gegenwart des bestimmtesten Geistes wohnt; ihr sollt als die, die ihr jetzt seid, den leidenschaftlichen Umgang des Todes hinnehmen und seine Vertraulichkeit erwidern; denn was wißt ihr von seiner Liebe zu euch?

Wir haben eine Erscheinung, – und es hat sie mancher angerufen; sie aber weicht nicht und schreitet durch unsere Wände und steht nicht Rede. Weil ihr tut, als kenntet ihr sie. Erhebt eure Augen und *kennt sie nicht*; schafft ein Hohles um sie mit der Frage eurer Blicke; hungert sie aus mit Nichtkennen! Und plötzlich, in der Angst nicht zu sein, wird euch das Ungeheuere seinen Namen schrein und wegsinken.

DRITTE ABTEILUNG

KLEINE SCHRIFTEN

EINLEITUNG ⟨ZU WORPSWEDE⟩

Die Geschichte der Landschaftsmalerei ist noch nicht geschrieben worden und doch gehört sie zu den Büchern, die man seit Jahren erwartet. Derjenige, welcher sie schreiben wird, wird eine große und seltene Aufgabe haben, eine Aufgabe, verwirrend durch ihre unerhörte Neuheit und Tiefe. Wer es auf sich nähme, die Geschichte des Porträts oder des Devotionsbildes aufzuzeichnen, hätte einen weiten Weg; ein gründliches Wissen müßte ihm wie eine wohlgeordnete Handbibliothek erreichbar sein, die Sicherheit und Unbestechlichkeit seines Blickes müßte ebenso groß sein wie das Gedächtnis seines Auges; er müßte Farben sehen und Farben sagen können, er müßte die Sprache eines Dichters und die Geistesgegenwart eines Redners besitzen, um angesichts des weiten Stoffes nicht in Verlegenheit zu geraten, und die Waage seiner Ausdrucksweise müßte auch die feinsten Unterschiede noch mit deutlichem Ausschlagswinkel anmelden. Er müßte nicht allein Historiker sein, sondern auch Psychologe, der am Leben gelernt hat, ein Weiser, der das Lächeln der Monna Lisa ebenso mit Worten wiederholen kann wie den alternden Ausdruck des tizianischen Karl V. und das zerstreute, verlorene Schauen des Jan Six in der Amsterdamer Sammlung. Aber er hätte doch immerhin mit Menschen umzugehen, von Menschen zu erzählen und den Menschen zu feiern, indem er ihn erkennt. Er wäre von den feinsten menschlichen Gesichtern umgeben, angeschaut von den schönsten, von den ernstesten, von den unvergeßlichsten Augen der Welt; umlächelt von berühmten Lippen und festgehalten von Händen, die ein eigentümlich selbständiges Leben führen, müßte er nicht aufhören, im Menschen die Hauptsache zu sehen, das Wesentliche, das, zu dem Dinge und Tiere einmütig und still hinweisen wie zu dem Ziel und zu der Vollendung ihres stummen oder bewußtlosen Lebens. Wer aber die Geschichte der Landschaft zu schreiben hätte, befände sich zunächst hilflos preisgegeben dem Fremden, dem Unverwandten, dem Unfaßbaren. Wir sind gewohnt, mit Gestalten zu rechnen, – und die Landschaft hat keine Gestalt, wir sind gewohnt aus Bewegungen auf Willensakte zu schließen, und die Landschaft *will* nicht wenn sie sich bewegt. Die Wasser gehn und in ihnen schwanken und zittern die Bilder der Dinge. Und im Winde, der in den alten Bäumen rauscht, wachsen die jungen Wälder heran, wachsen in eine Zukunft, die wir nicht erleben werden. Wir pflegen, bei den Menschen, vieles aus ihren Händen zu schließen und alles aus ihrem Gesicht, in welchem, wie auf einem Zifferblatt, die Stunden sichtbar sind, die ihre Seele tragen und wiegen. Die Landschaft aber steht ohne Hände da und hat kein Gesicht, – oder aber sie ist ganz Gesicht und wirkt durch die Größe und Unübersehbarkeit ihrer Züge furchtbar und niederdrückend auf den Menschen, etwa wie jene ›Geistererscheinung‹ auf dem bekannten Blatte des japanischen Malers Hokusai.

Denn gestehen wir es nur: die Landschaft ist ein Fremdes für uns und man ist furchtbar allein unter

Bäumen, die blühen, und unter Bächen, die vorübergehen. Allein mit einem toten Menschen, ist man lange nicht so preisgegeben wie allein mit Bäumen. Denn so geheimnisvoll der Tod sein mag, geheimnisvoller noch ist ein Leben, das nicht unser Leben ist, das nicht an uns teilnimmt und, gleichsam ohne uns zu sehen, seine Feste feiert, denen wir mit einer gewissen Verlegenheit, wie zufällig kommende Gäste, die eine andere Sprache sprechen, zusehen.

Freilich, da könnte mancher sich auf unsere Verwandtschaft mit der Natur berufen, von der wir doch abstammen als die letzten Früchte eines großen aufsteigenden Stammbaumes. Wer das tut, kann aber auch nicht leugnen, daß dieser Stammbaum, wenn wir ihn, von uns aus, Zweig für Zweig, Ast für Ast, zurückverfolgen, sehr bald sich im Dunkel verliert; in einem Dunkel, welches von ausgestorbenen Riesentieren bewohnt wird, von Ungeheuern voll Feindsäligkeit und Haß, und daß wir, je weiter wir nach rückwärts gehen, zu immer fremderen und grausameren Wesen kommen, so daß wir annehmen müssen, die Natur als das grausamste und fremdeste von allen im Hintergrunde zu finden. Daran ändert der Umstand, daß die Menschen seit Jahrtausenden mit der Natur verkehren, nur sehr wenig; denn dieser Verkehr ist sehr einseitig. Es scheint immer wieder, daß die Natur nichts davon weiß, daß wir sie bebauen und uns eines kleinen Teils ihrer Kräfte ängstlich bedienen. Wir steigern in manchen Teilen ihre Fruchtbarkeit und ersticken an anderen Stellen mit dem Pflaster unserer Städte wundervolle Frühlinge, die bereit waren, aus den Krumen zu steigen. Wir führen die Flüsse zu unseren Fabriken hin, aber sie wissen nicht von den Maschinen, die sie treiben. Wir spielen mit dunklen Kräften, die wir mit unseren Namen nicht erfassen können, wie Kinder mit dem Feuer spielen, und es scheint einen Augenblick, als hätte alle Energie bisher ungebraucht in den Dingen gelegen, bis wir kamen, um sie auf unser flüchtiges Leben und seine Bedürfnisse anzuwenden. Aber immer und immer wieder in Jahrtausenden schütteln die Kräfte ihre Namen ab und erheben sich, wie ein unterdrückter Stand, gegen ihre kleinen Herren, ja nicht einmal *gegen* sie, – sie stehen einfach auf, und die Kulturen fallen von den Schultern der Erde, die wieder groß ist und weit und allein mit ihren Meeren, Bäumen und Sternen.

Was bedeutet es, daß wir die äußerste Oberfläche der Erde verändern, daß wir ihre Wälder und Wiesen ordnen und aus ihrer Rinde Kohlen und Metalle holen, daß wir die Früchte der Bäume empfangen, als ob sie für uns bestimmt wären, wenn wir uns daneben einer einzigen Stunde erinnern, in welcher die Natur handelte über uns, über unser Hoffen, über unser Leben hinweg, mit jener erhabenen Hoheit und Gleichgültigkeit, von der alle ihre Gebärden erfüllt sind. Sie weiß nichts von uns. Und was die Menschen auch erreicht haben mögen, es war noch keiner so groß, daß sie teilgenommen hätte an seinem Schmerz, daß sie eingestimmt hätte in seine Freude. Manchmal begleitete sie große und ewige Stunden der Geschichte mit ihrer mächtigen brausenden Musik oder sie schien um eine Entscheidung windlos, mit angehaltenem Atem stille zu stehn oder einen Augenblick geselliger harmloser Frohheit mit flatternden Blüten, schwankenden Faltern und hüpfenden Winden zu umgeben, – aber nur um im nächsten Momente sich abzuwenden und den im Stiche zu lassen, mit dem sie eben noch alles zu teilen schien.

Der gewöhnliche Mensch, der mit den Menschen lebt und die Natur nur so weit sieht, als sie sich auf ihn bezieht, wird dieses rätselhaften und unheimlichen Verhältnisses selten gewahr. Er sieht die Oberfläche der Dinge, die er und seinesgleichen seit Jahrhunderten geschaffen haben, und glaubt gerne, die ganze Erde nehme an ihm teil, weil man ein Feld bebauen, einen Wald lichten und einen Fluß schiffbar machen kann. Sein Auge, welches fast nur auf Menschen eingestellt ist, sieht die Natur nebenbei mit, als ein Selbstverständliches und Vorhandenes, das soviel als möglich ausgenutzt werden muß. Anders schon sehen Kinder die Natur; einsame Kinder besonders, welche unter Erwachsenen aufwachsen, schließen sich ihr mit einer Art von Gleichgesinntheit an und leben in ihr, ähnlich den kleinen Tieren, ganz hingegeben an die Ereignisse des Waldes und des Himmels und in einem unschuldigen, scheinbaren Einklang mit ihnen. Aber darum kommt später für Jünglinge und junge Mädchen jene einsame, von vielen tiefen Melancholieen zitternde Zeit, da sie, gerade in den Tagen des körperlichen Reifwerdens, unsäglich verlassen, fühlen, daß die Dinge und

Ereignisse in der Natur *nicht mehr* und die Menschen *noch nicht* an ihnen teilnehmen. Es wird Frühling, obwohl sie traurig sind, die Rosen blühen und die Nächte sind voll Nachtigallen, obwohl sie sterben möchten, und wenn sie endlich wieder zu einem Lächeln kommen, dann sind die Tage des Herbstes da, die schweren, gleichsam unaufhörlich fallenden Tage des November, hinter denen ein langer lichtloser Winter kommt. Und auf der anderen Seite sehen sie die Menschen, in gleicher Weise fremd und teilnahmslos, ihre Geschäfte, ihre Sorgen, ihre Erfolge und Freuden haben, und sie verstehen es nicht. Und schließlich bescheiden sich die Einen und gehen zu den Menschen, um ihre Arbeit und ihr Los zu teilen, um zu nützen, zu helfen und der Erweiterung dieses Lebens irgendwie zu dienen, während die Anderen, die die verlorene Natur nicht lassen wollen, ihr nachgehen und nun versuchen, bewußt und mit Aufwendung eines gesammelten Willens, ihr wieder so nahe zu kommen, wie sie ihr, ohne es recht zu wissen, in der Kindheit waren. Man begreift, daß diese Letzteren Künstler sind: Dichter oder Maler, Tondichter oder Baumeister, Einsame im Grunde, die, indem sie sich der Natur zuwenden, das Ewige dem Vergänglichen, das im Tiefsten Gesetzmäßige dem vorübergehend Begründeten vorziehen, und die, da sie die Natur nicht überreden können, an ihnen teilzunehmen, ihre Aufgabe darin sehen, die Natur zu erfassen, um sich selbst irgendwo in ihre großen Zusammenhänge einzufügen. Und mit diesen einzelnen Einsamen nähert sich die ganze Menschheit der Natur. Es ist nicht der letzte und vielleicht der eigentümlichste Wert der Kunst, daß sie das Medium ist, in welchem Mensch und Landschaft, Gestalt und Welt sich begegnen und finden. In Wirklichkeit leben sie nebeneinander, kaum von einander wissend, und im Bilde, im Bauwerk, in der Symphonie, mit einem Worte in der Kunst, scheinen sie sich, wie in einer höheren prophetischen Wahrheit, zusammenzuschließen, aufeinander zu berufen, und es ist, als ergänzten sie einander zu jener vollkommenen Einheit, die das Wesen des Kunstwerks ausmacht.

Unter diesem Gesichtspunkt scheint es, als läge das Thema und die Absicht aller Kunst in dem Ausgleich zwischen dem Einzelnen und dem All, und als wäre der Moment der Erhebung, der künstlerisch-wichtige Moment, derjenige, in welchem die beiden Waagschalen sich das Gleichgewicht halten. Und, in der Tat, es wäre sehr verlockend, diese Beziehung in verschiedenen Kunstwerken nachzuweisen; zu zeigen, wie eine Symphonie die Stimmen eines stürmischen Tages mit dem Rauschen unseres Blutes zusammenschmilzt, wie ein Bauwerk halb unser, halb eines Waldes Ebenbild sein kann. Und ein Bildnis machen, heißt das nicht, einen Menschen wie eine Landschaft sehen, und giebt es eine Landschaft ohne Figuren, welche nicht ganz erfüllt ist davon, von dem zu erzählen, der sie gesehen hat? Wunderliche Beziehungen ergeben sich da. Manchmal sind sie in reichem, fruchtbaren Kontrast nebeneinandergesetzt, manchmal scheint der Mensch aus der Landschaft, ein andres Mal die Landschaft aus dem

Menschen hervorzugehen, und dann wieder haben sie sich ebenbürtig und geschwisterlich vertragen. Die Natur scheint sich für Augenblicke zu nähern, indem sie sogar den Städten einen Schein von Landschaft giebt, und mit Centauren, Seefrauen und Meergreisen aus Böcklinschem Blute nähert sich die Menschheit der Natur: immer aber kommt es auf dieses Verhältnis an, nicht zuletzt in der Dichtung, die gerade dann am meisten von der Seele zu sagen weiß, wenn sie Landschaft giebt, und die verzweifeln müßte, das Tiefste von ihm zu sagen, stünde der Mensch in jenem uferlosen und leeren Raume, in welchen ihn Goya gerne versetzt hat.

Die Kunst hat den Menschen kennen gelernt, bevor sie sich mit der Landschaft beschäftigte. Der Mensch stand vor der Landschaft und verdeckte sie, die Madonna stand davor, die liebe, sanfte italische Frau mit dem spielenden Kinde, und weit hinter ihr erklang ein Himmel und ein Land mit ein paar Tönen wie die Anfangsworte eines Ave Maria. Diese Landschaft, die sich im Hintergrund umbrischer und toskanischer Bilder ausbreitet, ist wie eine leise, mit einer Hand gespielte Begleitung, nicht von der Wirklichkeit angeregt, sondern den Bäumen, Wegen und Wolken nachgebildet, die eine liebliche Erinnerung sich bewahrt hat. Der Mensch war die Hauptsache, das eigentliche Thema der Kunst und man schmückte ihn, wie man schöne Frauen mit edlen Steinen schmückt, mit Bruchstücken jener Natur, die man als Ganzes zu schauen noch nicht fähig war.

Es müssen andere Menschen gewesen sein, welche, an ihresgleichen vorbei, die Landschaft schauten, die große, teilnahmslose, gewaltige Natur. Menschen, wie Jacob Ruysdael, Einsame, die wie Kinder unter Erwachsenen lebten und vergessen und arm verstarben. Der Mensch verlor seine Wichtigkeit, er trat zurück vor den großen, einfachen, unerbittlichen Dingen, die ihn überragten und überdauerten. Man mußte deshalb nicht darauf verzichten, ihn darzustellen, im Gegenteil: durch die gewissenhafte und gründliche Beschäftigung mit der Natur hatte man gelernt, ihn besser und gerechter zu sehen. Er war kleiner geworden: nichtmehr der Mittelpunkt der Welt; er war größer geworden: denn man schaute ihn mit denselben Augen an wie die Natur, er galt nicht mehr als ein Baum, aber er galt viel, weil der Baum viel galt.

Liegt nicht vielleicht darin das Geheimnis und die Hoheit Rembrandts, daß er Menschen wie Landschaften sah und malte? Mit den Mitteln des Lichtes und der Dämmerung, mit denen man das Wesen des Morgens oder das Geheimnis des Abends erfaßt, sprach er von dem Leben derjenigen, die er malte, und es wurde weit und gewaltig dabei. Auf seinen biblischen Bildern und Blättern überrascht es geradezu, wie sehr er auf Bäume verzichtet, um die Menschen wie Bäume und Büsche zu gebrauchen. Man erinnere sich des Hundertguldenblattes: kriecht da die Schaar der Bettler und Bresthaften nicht wie niederes, vielarmiges Gestrüpp an den Mauern hin, und steht Christus nicht wie ein ragender einsamer Baum am Rande der Ruine? Wir kennen nicht viele Landschaften von Rembrandt, und doch war er Landschafter, der größte vielleicht, den es je gegeben hat, und einer der größten Maler überhaupt. Er konnte Porträts malen, weil er in die Gesichter tief hineinsah wie in Länder mit weitem Horizont und hohem, wolkigem, bewegtem Himmel. – In den wenigen Porträts, die Böcklin gemalt hat (ich denke vor allem an die Selbstporträts), ist eine ähnliche, landschaftliche Auffassung des Gegenstandes zu verzeichnen, und wenn ihn sonst das Porträt so wenig interessiert, ja geradezu unangenehm berührt hat, so liegt das daran, daß er nur wenige Menschen in jener landschaftlichen Art zu schauen vermochte. Der Mensch war für ihn, den der unermeßliche Reichtum der Natur verwöhnt hatte, eine Beschränkung, eine Enge, ein Einzelfall, welcher die rauschende Breite der Empfindung, aus welcher heraus er lebte, störend unterbrach. Er setzte, wo er seiner bedurfte, an seine Stelle die Gestalt. Wesen, die von Bäumen geboren zu sein scheinen, gehen durch seine Bilder, und das Meer, das er malt, erfüllt sich mit lautem lachendem Leben. Alle Elemente scheinen fruchtbar zu sein und die Welt, die der Mensch nicht betreten kann, mit ihren Söhnen und Töchtern zu bevölkern. Böcklin, der, wie kaum einer, danach strebte, die Natur zu erfassen, sah die Kluft, die sie von den Menschen trennt, und er malt sie wie ein Geheimnis, wie Lionardo die Frau gemalt hat, in sich abgeschlossen, teilnahmslos, mit einem Lächeln, das uns entgleitet, sobald wir es auf uns beziehen wollen.

Auch in die Landschaften des Anselm Feuerbach und

des Puvis de Chavannes (um nur zwei Meister zu nennen) traten nur stille zeitlose Gestalten ein, die aus der Tiefe der Bilder kamen und gleichsam jenseits eines Spiegels lebten. Und diese Scheu vor dem Menschen geht durch die ganze Landschaftsmalerei. Einer der Größten, Théodore Rousseau, hat ganz auf die Figur verzichtet und man vermißt sie nirgends in seinem Werke. So entbehrlich ist auch seiner, beinahe mathematisch richtigen Welt der Mensch. Anderen lag es nahe, ihre Wege und Wiesen mit schreitenden und weidenden Tieren zu beleben; mit Kühen, deren breite Trägheit massig und ruhig in der Fläche des Bildes stand, mit Schafen, die auf ihren wolligen Rücken das Licht der Abendhimmel durch die Dämmerung trugen, mit Vögeln, die, ganz umzittert von Luft, sich in hohe Wipfel niederließen. Und da kam unversehens mit den Herden der Hirte in die Bilder hinein, der erste Mensch in der ungeheuren Einsamkeit. Still wie ein Baum steht er bei Millet, das einzige Aufrechte in der weiten Ebene von Barbizon. Er rührt sich nicht; wie ein Blinder steht er unter den Schafen, wie ein Ding, das sie genau kennen, und seine Kleidung ist schwer wie Erde und verwittert wie Stein. Er hat kein eigenes, besonderes Leben. Sein Leben ist das jener Ebene und jenes Himmels und jener Tiere, die ihn umgeben. Er hat keine Erinnerung, denn seine Eindrücke sind Regen und Wind und Mittag und Sonnenuntergang, und er muß sie nicht behalten, weil sie immer wiederkommen. Und ähnlich sind alle jene Millet'schen Gestalten, deren Silhouette so baumhaft ruhig vor dem Himmel steht oder, wie von einem immerwährenden Winde gebogen, von der dunklen Scholle sich abhebt. Millet schrieb einmal an Thoré: »Ich möchte, daß die Wesen, welche ich darstelle, aussähen als ob sie ganz in ihrer Lage aufgingen, und daß es unmöglich sei zu denken, daß ihnen der Gedanke kommen könnte, etwas anderes zu sein.« Die Lage aber, in welcher sie sich befinden, ist die Arbeit. Eine ganz bestimmte, tägliche Arbeit, die Arbeit an diesem Lande, die sie gestaltet hat, wie der Wind am Meer die wenigen Bäume formt, welche am Rande der Dünen stehen. Diese Arbeit, durch die sie ihre Nahrung empfangen, bindet sie wie eine starke Wurzel an diesen Boden fest, zu dem sie gehören wie zähe Pflanzen, die sich von steinigem Land ein karges Dasein erzwingen.

Ähnlich wie die Sprache nichts mehr mit den Dingen gemein hat, welche sie nennt, so haben die Gebärden der meisten Menschen, die in den Städten leben, ihre Beziehung zur Erde verloren, sie hängen gleichsam in der Luft, schwanken hin und her und finden keinen Ort, wo sie sich niederlassen könnten. Die Bauern, welche Millet malt, haben noch jene wenigen großen Bewegungen, welche still und einfach sind und immer auf dem kürzesten Wege auf die Erde zugehen. Und der Mensch, der anspruchsvolle, nervöse Bewohner der Städte, fühlt sich geadelt in diesen stumpfen Bauern. Er, der mit nichts im Einklang steht, sieht in ihnen Wesen, die näher an der Natur ihr Leben verbringen, ja er ist geneigt, in ihnen Helden zu sehen, weil sie es tun, obwohl die Natur gegen sie gleich hart und teilnahmslos bleibt, wie gegen ihn. Und vielleicht scheint es ihm eine Weile, als hätte man nur Städte gebaut, um die Natur und ihre erhabene Gleichgültigkeit (welche wir Schönheit nennen) nicht zu sehen und sich mit der scheinbaren Natur des Häusermeeres zu trösten, die von Menschen gemacht ist und wie mit großen Spiegeln sich selbst und den Menschen immerfort wiederholt. Millet haßte Paris. Und wenn er aus dem Dorfe immer nach der entgegengesetzten Seite hinausging wie sein Freund Rousseau, so geschah's vielleicht, weil ihn das Geschlossene des Waldes immer noch zu sehr an die Enge der Stadt erinnerte, weil die hohen Bäume auf ihn leicht wie hohe Mauern wirkten, wie jene Mauern, aus denen er wie aus einem Gefängnis entflohen war. Die Elemente seiner Kunst, welche man, im Hinblick auf seine Gestalten, Einsamkeit und Gebärde nennen könnte, sind eigentlich nicht diese figürlichen, sondern die entsprechenden landschaftlichen Werte. Der Einsamkeit entspricht die Ebene, der Gebärde der Himmel, vor dem sie sich vollzieht. Auch er ist Landschafter. Seine Figuren sind groß durch das, was sie umgiebt, und durch die Linie, welche sie von ihrer Umgebung trennt. Von der Ebene ist die Rede und vom Himmel. Millet hat beides in die Malerei eingeführt, allein er vermochte oft nur den Kontur zu geben statt des Lichtes, das von allen Seiten aus dem ungeheuren Himmel fließt. Sein Kontur war groß, sicher, monumental, er ist das Ewige in seinem Werke, aber er weist oft mehr auf einen Zeichner oder einen Plastiker als auf einen Maler hin.

Hier ist jener brüllenden Kuh Segantinis zu gedenken auf dem bekannten Bilde, das sich in der Berliner Nationalgalerie befindet. Die Linie, mit welcher der Rükken des Tieres sich von dem Himmel abzeichnet, diese unvergeßliche Linie, ist von Millet'scher Kraft und Klarheit, aber sie ist nicht unbeweglich, sie zittert und schwingt wie eine tönende Saite, gestrichen von dem reinen Licht dieser hohen und einsamen Bergwelt.

Dieser Maler ist mit Millet verwandter als man glaubt. Er ist kein Maler des Gebirges. Die Berge sind ihm nur die Stufen zu neuen Ebenen, über welchen ein Himmel, groß wie der Himmel Millets, aber lichtvoller, tiefer, farbiger sich erhebt. Diesem Himmel ist er nachgegangen sein ganzes Leben lang und als er ihn gefunden hatte, starb er. Er starb, beinahe 3000 Meter hoch, wo keine Menschen mehr wohnen, und in stiller, blinder Größe stand die Natur um seinen schweren Tod. Sie hat auch von ihm nicht gewußt. Aber als er in das unermeßliche Leuchten jener unberührten Welt die Mutter mit dem Kinde malte, da war er dem menschlichen Leben ebenso nah wie dem anderen, dem erhabenen Leben der Natur, das ihn umgab.

In den deutschen Romantikern war eine große Liebe zur Natur. Aber sie liebten sie ähnlich wie der Held einer Turgenieff'schen Novelle jenes Mädchen liebte, von dem er sagt: »Sophia gefiel mir besonders, wenn ich saß und ihr den Rücken zuwendete, das heißt, wenn ich ihrer gedachte, wenn ich sie im Geiste vor mir sah, besonders des Abends, auf der Terrasse...« Vielleicht hat nur einer von ihnen ihr ins Gesicht gesehen; Philipp Otto Runge, der Hamburger, der das Nachtigallengebüsch gemalt hat und den Morgen. Das große Wunder des Sonnenaufgangs ist so nicht wieder gemalt worden. Das wachsende Licht, das still und strahlend zu den Sternen steigt und unten auf der Erde das Kohlfeld, noch ganz vollgesogen mit der starken tauigen Tiefe der Nacht, in welchem ein kleines nacktes Kind – der Morgen – liegt. Da ist alles geschaut und wiedergeschaut. Man fühlt die Kühle von vielen Morgen, an denen der Maler sich vor der Sonne erhob und, zitternd vor Erwartung, hinausging, um jede Szene des mächtigen Schauspiels zu sehen und nichts von der spannenden Handlung zu versäumen, die da begann. Dieses Bild ist mit Herzklopfen gemalt worden. Es ist ein Markstein. Es erschließt nicht einen, es erschließt tausend neue Wege zur Natur. Runge fühlte das selbst. In seinen ›Hinterlassenen Schriften‹, die 1842 erschienen sind, findet sich folgende Stelle: .... »Es drängt sich Alles zur Landschaft, sucht etwas Bestimmtes in dieser Unbestimmtheit. Doch unsere Künstler greifen wieder zur Historie und verwirren sich. Ist denn in dieser neuen Kunst – der Landschafterei, wenn man so will – nicht auch ein höchster Punkt zu erreichen? der vielleicht noch schöner sein wird als die vorigen?«

Im Anfang des neunzehnten Jahrhunderts hat Philipp Otto Runge diese Worte geschrieben, aber noch weit später galt die ›Landschafterei‹ in Deutschland als ein fast untergeordnetes Gewerbe, und man pflegte auf unseren Akademieen die Landschafter nicht für voll zu nehmen. Diese Anstalten hatten allen Grund, die Konkurrenz der Natur zu fürchten, auf welche schon Dürer mit so ehrfürchtiger Einfalt hingewiesen hatte. Es ergoß sich ein Strom von jungen Leuten aus den staubigen Sälen der Hochschulen, man suchte die Dörfer auf, man begann zu sehen, man malte Bauern und Bäume und man feierte die Meister von Fontainebleau, die das alles schon ein halbes Jahrhundert vorher versucht hatten. Es war jedenfalls ein ehrliches Bedürfnis, welches dieser Bewegung zugrunde lag, aber es war eben eine Bewegung und sie konnte viele mitgerissen haben, denen die Akademie eigentlich nicht zu enge war. Man mußte abwarten. Von allen, die damals hinauszogen, sind inzwischen viele in die Städte zurückgekehrt, nicht ohne gelernt zu haben, ja vielleicht sogar nicht ohne von Grund aus andere geworden zu sein. Andere sind von Landschaft zu Landschaft gewandert, überall lernend, feine Eklektiker, denen die Welt zur Schule wird, – einige sind berühmt geworden, viele untergegangen und es wachsen neue heran, die richten werden.

Nicht weit aber von jener Gegend, in welcher Philipp Otto Runge seinen Morgen gemalt hat, unter demselben Himmel sozusagen, liegt eine merkwürdige Landschaft, in der damals einige junge Leute sich zusammengefunden hatten, unzufrieden mit der Schule, sehnsüchtig nach sich selbst und willens, ihr Leben irgendwie in die Hand zu nehmen. Sie sind nicht mehr von dort fortgegangen, ja, sie haben es sogar vermieden, größere Reisen zu machen, immer bange etwas zu versäumen, irgendeinen unersetzlichen Sonnenuntergang, irgendeinen grauen Herbsttag oder die Stunde, da, nach stürmischen Nächten, die ersten Frühlingsblumen aus der Erde kommen. Die Wichtigkeiten der Welt fielen ihnen ab und sie erfuhren jene große Umwertung aller Werte, die vor ihnen Constable erfahren hatte, der in einem Briefe schrieb: »Die Welt ist weit, nicht zwei Tage sind gleich, nichteinmal zwei Stunden; noch hat es seit Schöpfung der Welt zwei Baumblätter gegeben, die einander gleich waren.« Ein Mensch, der zu dieser Erkenntnis gelangt, fängt ein neues Leben an. Nichts liegt hinter ihm, alles vor ihm und: »Die Welt ist weit.«

Diese jungen Menschen, die jahrelang ungeduldig und unzufrieden auf Akademieen gesessen hatten, »drängten sich« – wie Runge schrieb – »zur Landschaft, sie suchten etwas Bestimmtes in dieser Unbestimmtheit.« Die Landschaft ist bestimmt, sie ist ohne Zufall, und ein jedes fallende Blatt erfüllt, indem es fällt, eines der größten Gesetze des Weltalls. Diese Gesetzmäßigkeit, die niemals zögert und sich in jedem Augenblicke ruhig und gelassen vollzieht, macht die Natur zu einem solchen Ereignis für junge Menschen. Gerade das suchen sie, und wenn sie in ihrer Ratlosigkeit nach einem Meister verlangen, so meinen sie nicht jemanden, der fortwährend in ihre Entwickelung eingreift und durch ein Rütteln die geheimnisvollen Stunden stört, in denen die Kristallbildung ihrer Seele geschieht; sie wollen ein Beispiel. Sie wollen ein Leben sehen, neben sich, über sich, um sich, ein Leben das lebt, ohne sich um sie zu kümmern. Große Gestalten der Geschichte leben so, aber sie sind nicht sichtbar, und man muß die Augen schließen, um sie zu sehen. Junge Menschen aber schließen nicht gerne die Augen, zumal wenn sie Maler sind: sie wenden sich an die Natur und, indem sie sie suchen, suchen sie sich.

Es ist interessant zu sehen, wie auf jede Generation eine andere Seite der Natur erziehend und fördernd wirkt; diese rang sich zur Klarheit durch, indem sie in Wäldern wanderte, jene brauchte Berge und Burgen, um sich zu finden. Unsere Seele ist eine andere als die unserer Väter; wir können noch die Schlösser und Schluchten verstehen, bei deren Anblick sie wuchsen, aber wir kommen nicht weiter dabei. Unsere Empfindung gewinnt keine Nuance hinzu, unsere Gedanken vertausendfachen sich nicht, wir fühlen uns wie in etwas altmodischen Zimmern, in denen man sich keine Zukunft denken kann. Woran unsere Väter in geschlossenem Reisewagen, ungeduldig und von Langerweile geplagt, vorüberfuhren, das brauchen wir. Wo sie den Mund auftaten, um zu gähnen, da tun wir die Augen auf, um zu schauen; denn wir leben im Zeichen der Ebene und des Himmels. Das sind zwei Worte, aber sie umfassen eigentlich ein einziges Erlebnis: die Ebene. Die Ebene ist das Gefühl, an welchem wir wachsen. Wir begreifen sie und sie hat etwas Vorbildliches für uns; da ist uns alles bedeutsam: der große Kreis des Horizontes und die wenigen Dinge, die einfach und wichtig vor dem Himmel stehen. Und dieser

Himmel selbst, von dessen Dunkel- und Hellwerden jedes von den tausend Blättern eines Strauches mit anderen Worten zu erzählen scheint und der, wenn es Nacht wird, viel mehr Sterne faßt, als jene gedrängten und ungeräumigen Himmel, die über Städten, Wäldern und Bergen sind.

In einer solchen Ebene leben jene Maler, von denen zu reden sein wird. Ihr danken sie, was sie geworden sind und noch viel mehr: ihrer Unerschöpflichkeit und Größe danken sie, daß sie immer noch werden.

Es ist ein seltsames Land. Wenn man auf dem kleinen Sandberg von Worpswede steht, kann man es ringsum ausgebreitet sehen, ähnlich jenen Bauerntüchern, die auf dunklem Grund Ecken tief leuchtender Blumen zeigen. Flach liegt es da, fast ohne Falte, und die Wege und Wasserläufe führen weit in den Horizont hinein. Dort beginnt ein Himmel von unbeschreiblicher Veränderlichkeit und Größe. Er spiegelt sich in jedem Blatt. Alle Dinge scheinen sich mit ihm zu beschäftigen; er ist überall. Und überall ist das Meer. Das Meer, das nicht mehr ist, das einmal vor Jahrtausenden hier stieg und fiel und dessen Düne der Sandberg war, auf dem Worpswede liegt. Die Dinge können es nicht vergessen. Das große Rauschen, das die alten Föhren des Berges erfüllt, scheint sein Rauschen zu sein und der Wind, der breite mächtige Wind, bringt seinen Duft. Das Meer ist die Historie dieses Landes. Es hat kaum eine andere Vergangenheit.

Einst, als das Meer zurücktrat, da begann es sich zu

formen. Pflanzen, die wir nicht kennen, erhoben sich, und es war ein rasches und hastiges Wachsen in dem fetten faltigen Schlamm. Aber das Meer, als ob es sich nicht trennen könnte, kam immer wieder mit seinen äußersten Wassern in die verlassenen Gebiete und endlich blieben schwarze schwankende Sümpfe zurück, voll von feuchtem Getier und langsam vermodernder Fruchtbarkeit. So lagen die Flächen allein, ganz mit sich beschäftigt, jahrhundertelang. Das Moor bildete sich. Und endlich begann es sich an einzelnen Stellen zu schließen, leise, wie eine Wunde sich schließt. Um diese Zeit, man nimmt das dreizehnte Jahrhundert an, wurden in der Weserniederung Klöster gegründet, welche holländische Kolonisten in diese Gegenden, in ein schweres, ungewisses Leben, schickten. Später folgen (selten genug) neue Ansiedlungsversuche, im sechzehnten Jahrhundert, im siebzehnten, aber erst im achtzehnten nach einem bestimmten Plan, durch dessen energische Durchführung die Ländereien an der Weser, an der Hamme, Wümme und Wörpe, dauernd bewohnbar werden. Heute sind sie ziemlich bevölkert; die frühen Kolonisten, soweit sie sich halten konnten, sind reich geworden durch den Verkauf des Torfs, die späteren führen ein Leben aus Arbeit und Armut, nah an der Erde, wie im Bann einer größeren Schwerkraft stehend. Etwas von der Traurigkeit und Heimatlosigkeit ihrer Väter liegt über ihnen, der Väter, die, als sie auswanderten, ein Leben verließen, um in dem schwarzen schwankenden Land ein neues zu beginnen, von dem sie nicht wußten, wie es enden sollte. Es giebt keine

Familienähnlichkeit unter diesen Leuten; das Lächeln der Mütter geht nicht auf die Söhne über, weil die Mütter nie gelächelt haben. Alle haben nur *ein* Gesicht: das harte, gespannte Gesicht der Arbeit, dessen Haut sich bei allen Anstrengungen ausgedehnt hat, so daß sie im Alter dem Gesicht zu groß geworden ist wie ein langegetragener Handschuh. Man sieht Arme, die das Heben schwerer Dinge übermäßig verlängert hat und Rücken von Frauen und Greisen, die krumm geworden sind wie Bäume, die immer in demselben Sturm gestanden haben. Das Herz liegt gedrückt in diesen Körpern und kann sich nicht entfalten. Der Verstand ist freier und hat eine gewisse, einseitige Entwickelung durchgemacht. Keine Vertiefung, aber eine Zuspitzung ins Findige, Stichlige, Witzige. Die Sprache unterstützt ihn dabei. Dieses Platt mit seinen kurzen, straffen, farbigen Worten, die wie mit verkümmerten Flügeln und Watbeinen gleich Sumpfvögeln schwerfällig einhergehen, hat ein natürliches Wachstum in sich. Es ist schlagfertig und geht gerne in ein lautes klapperndes Gelächter über, es lernt von den Situationen, es ahmt Geräusche nach, aber es bereichert sich nicht von innen heraus: es setzt an. Man hört es oft weithin in den Mittagspausen, wenn die schwere Arbeit des Torfstichs, die zum Schweigen zwingt, unterbrochen ist. Man hört es selten am Abend, wo die Müdigkeit zeitig hereinbricht und der Schlaf fast zugleich mit der Dämmerung in die Häuser tritt.

Diese Häuser liegen an den langen geraden ›Dämmen‹ weit zerstreut; sie sind rot mit grünem oder blauem Fachwerk, überhäuft von dicken schweren Strohdächern und gleichsam in die Erde hineingedrückt von ihrer massigen, pelzartigen Last. Manche kann man von den Dämmen aus kaum sehen; sie haben sich die Bäume vors Gesicht gezogen, um sich zu schützen vor den immerwährenden Winden. Ihre Fenster blitzen durch das dichte Laub, wie eifersüchtige Augen, die aus einer dunklen Maske schauen. Ruhig liegen sie da, und der Rauch der Feuerstelle, der sie ganz erfüllt, quillt aus der schwarzen Tiefe der Türe und drängt sich aus den Ritzen des Daches. An kühlen Tagen bleibt er um das Haus herum stehen, seine Formen noch einmal größer und gespenstisch-grau wiederholend. Im Inneren ist fast alles *ein* Raum, ein weiter, länglicher Raum, in dem sich der Geruch und die Wärme des Viehs mit dem scharfen Qualm des offenen Feuers zu einer wunderlichen Dämmerung mischen, in der es wohl möglich wäre sich zu verirren. Im Hintergrunde erweitert sich diese ›Diele‹, rechts und links erscheinen Fenster und geradeaus liegen die Stuben. Sie enthalten nicht viel Gerät. Einen geräumigen Tisch, viele Stühle, einen Eckschrank mit etwas Glas und Geschirr und die abgeschlossenen, großen, mit Schiebetüren versehenen Bettverschläge. In diesen Schlafschränken werden die Kinder geboren, vergehen die Sterbestunden und Hochzeitsnächte. Dorthin, in dieses letzte, enge, fensterlose Dunkel hat sich das Leben zurückgezogen, das überall sonst im ganzen Hause von der Arbeit verdrängt wurde.

Seltsam unvermittelt fallen in dieses Dasein die Feste

hinein, die Hochzeiten, die Taufen, die Begräbnisse. Steif und befangen stellen sich die Bauern um den Sarg, steif und befangen schleifen sie den Hochzeitstanz. Ihre Trauer geben sie bei der Arbeit aus und ihre Lustigkeit ist eine Reaktion auf den Ernst, den die Arbeit ihnen auferlegt. Es giebt Originale unter ihnen, Witzbolde und Gewitzigte, Cynische und Geisterseher. Manche wissen von Amerika zu erzählen, andere sind nie über Bremen hinausgekommen. Die einen leben in einer gewissen Zufriedenheit und Stille, lesen die Bibel und halten auf Ordnung, viele sind unglücklich, haben Kinder verloren, und ihre Weiber, aufgebraucht von Not und Anstrengung, sterben langsam hin, vielleicht, daß da und dort einer aufwächst, den eine unbestimmte, tiefe, rufende Sehnsucht erfüllt -- vielleicht, – aber die Arbeit ist stärker als sie Alle.

Im Frühling, wenn das Torfmachen beginnt, erheben sie sich mit dem Hellwerden und bringen den ganzen Tag, von Nässe triefend, durch das Mimikry ihrer schwarzen, schlammigen Kleidung dem Moore angepaßt, in der Torfgrube zu, aus der sie die bleischwere Moorerde emporschaufeln. Im Sommer, während sie mit den Heu- und Getreideernten beschäftigt sind, trocknet der fertigbereitete Torf, den sie im Herbst auf Kähnen und Wagen in die Stadt führen. Stundenlang fahren sie dann. Oft schon um Mitternacht klirrt der schrille Wecker sie wach. Auf dem schwarzen Wasser des Kanals wartet beladen das Boot und dann fahren sie ernst, wie mit Särgen, auf den Morgen und auf die Stadt zu, die beide nicht kommen wollen.

Und was wollen die Maler unter diesen Menschen? Darauf ist zu sagen, daß sie nicht unter ihnen leben, sondern ihnen gleichsam gegenüberstehen, wie sie den Bäumen gegenüberstehen und allen den Dingen, die umflutet von der feuchten, tonigen Luft, wachsen und sich bewegen. Sie kommen von fernher. Sie drücken diese Menschen, die nicht ihresgleichen sind, in die Landschaft hinein; und das ist keine Gewaltsamkeit. Die Kraft eines Kindes reicht dafür aus, – und Runge schrieb: »Kinder müssen wir werden, wenn wir das Beste erreichen wollen.« Sie wollen das Beste erreichen und sie sind Kinder geworden. Sie sehen alles in einem Atem, Menschen und Dinge. Wie die eigentümliche farbige Luft dieser hohen Himmel keinen Unterschied macht und alles, was in ihr aufsteht und ruht, mit derselben Güte umgiebt, so üben sie eine gewisse naive Gerechtigkeit, indem sie, ohne nachzudenken, Menschen und Dinge, in stillem Nebeneinander, als Erscheinungen derselben Atmosphäre und als Träger von Farben, die sie leuchten macht, empfinden. Sie tun niemandem Unrecht damit. Sie helfen diesen Leuten nicht, sie belehren sie nicht, sie bessern sie nicht damit. Sie tragen nichts in ihr Leben hinein, das nach wie vor ein Leben in Elend und Dunkel bleibt, aber sie holen aus der Tiefe dieses Lebens eine Wahrheit heraus, an der sie selbst wachsen, oder, um nicht zu viel zu sagen, eine Wahrscheinlichkeit, die man lieben kann. Maeterlinck, in seinem wundervollen Buche von den Bienen, sagt an einer Stelle: »Es giebt noch keine Wahrheit, aber es giebt überall drei gute Wahrscheinlichkeiten. Jeder wählt sich eine davon aus, oder besser, sie wählt ihn, und diese Wahl, die er trifft, oder die ihn trifft, geschieht oft ganz instinktiv. Er hält sich fortan an sie und sie bestimmt Form und Inhalt aller Dinge, die auf ihn eindringen.« Und nun werden an einem Beispiel, an einer Gruppe Bauern, welche am Saum einer Ebene Getreideschober türmen, die drei Wahrscheinlichkeiten gezeigt. Es ergiebt sich die kurzsichtige Wahrscheinlichkeit des Romantikers, der verschönt indem er schaut, die unerbittliche grausame Wahrscheinlichkeit des Realisten und endlich die stille, tiefe, unerforschten Zusammenhängen vertrauende Wahrscheinlichkeit des Weisen, welche vielleicht der Wahrheit am nächsten kommt. Nicht weit von dieser Wahrscheinlichkeit liegt die naive Wahrscheinlichkeit des Künstlers. Indem er die Menschen zu den Dingen stellt, erhebt er sie: denn er ist der Freund, der Vertraute, der Dichter der Dinge. Die Menschen werden nicht besser oder edler dabei, aber, um nochmals Maeterlincks Worte zu gebrauchen: »Der Fortschritt ist nicht unbedingt erforderlich, damit das Schauspiel uns begeistert. Das Rätsel genügt...« Und in diesem Sinne scheint der Künstler noch über dem Weisen zu stehen. Wo dieser bestrebt ist, Rätsel zu lösen, da hat der Künstler eine noch bei weitem größere Aufgabe oder, wenn man will, ein noch größeres Recht. Des Künstlers ist es, das Rätsel zu – lieben. Das ist alle Kunst: Liebe, die sich über Rätsel ergossen hat, – und das sind alle Kunstwerke: Rätsel, umgeben, geschmückt, überschüttet von Liebe.

Und da lagen nun vor den jungen Leuten, die gekommen waren, um sich zu finden, die vielen Rätsel dieses Landes. Die Birkenbäume, die Moorhütten, die Heideflächen, die Menschen, die Abende und die Tage, von denen nicht zwei einander gleich sind, und in denen auch nicht zwei Stunden sind, die man verwechseln könnte. Und da gingen sie nun daran, diese Rätsel zu lieben.

Es wird nun im Folgenden von diesen Menschen die Rede sein, nicht in Form einer Kritik, auch nicht mit der Prätension, Abgeschlossenes zu geben. Das wäre nicht gut möglich; denn es handelt sich hier um Werdende, um Leute, die sich verändern, die wachsen, und die vielleicht, im Augenblick, da ich diese Worte schreibe, etwas schaffen, was alles widerlegt was vorangegangen ist. Mag ich dann immerhin von einer Vergangenheit gesprochen haben; auch das hat seinen Wert. Es sind zehn Jahre Arbeit, von denen ich hier berichte, zehn Jahre ernster, einsamer deutscher Arbeit. Und im übrigen gilt auch hier die Beschränkung, die immer vorausgesetzt werden muß, wo einer versucht, dem Leben eines Menschen wahrsagend nachzugehen: »Wir werden oft vor dem Unbekannten innezuhalten haben.«

FURNES

Die meisten Reisenden, die Brügge besuchen, kommen eines Tages wie durch Zufall hin. Sie befinden sich in einem der Seebäder, in Ostende oder in Blankenberghe oder in Heyst, und wenn sie für ein paar Stunden in die berühmte Stadt fahren, so bringen sie die Stimmung des großen Seebades mit: diese Trägheit mit gutem Gewissen, das Verlangen, unterhalten zu sein, und das behagliche Bewußtsein, ein Recht auf Zerstreuung zu haben. Dieser Verfassung aber entzieht sich Brügge fast ganz. Es verweigert zwar diesen Reisenden nichts; die Grand' Place ist da, für den größten Andrang immer noch zu groß, der Beffroi steigt, Stockwerk aus Stockwerk, und streut oben irgendwo sein Glockenspiel aus; und wenn sie ins Hôpital Saint-Jean kommen, so finden sie die Memlings, alles wie es sich gehört. Aber sie vermissen, ohne sich vielleicht darüber klar zu werden, das Entgegenkommen in alledem, durch das vielbesuchte Städte sich sonst angenehm machen. Selbst Venedig hat es; es zieht sich zusammen, und für die, die eilig sind, ist es in einer Stunde zu genießen. Es gewinnt den Zerstreuten einen Augenblick der Aufmerksamkeit ab, indem es vor ihnen aufsteigt wie ein Feuerwerk. Es rührt die Frauen, die seine Geschichte nicht kennen, durch seine verweinte Schönheit. Vielleicht giebt es solche, denen es mit nichts wohlzutun vermochte, aber die überraschte es schließlich durch seine Stille, und allen gab es, auch gegen ihren Willen, Erinnerungen mit, nicht zu verwechselnde Bilder, Erwartungen beinah, so sehr übertraf es mit seinem Dasein die Bedingungen dessen, was sie für möglich hielten.

Brügge übertrifft nichts; es enttäuscht die meisten. Seine Zurückhaltung ist es, die ihm den Ruf des ›toten Brügge‹ eingetragen hat, und man begnügt sich, sie zu konstatieren. Das Brügge Rodenbachs ist bekannt geworden; man vergißt, daß es ein Gleichnis war, von einem Dichter erfunden für seine Seele, und man besteht auf dem Wortlaut. Aber diese Stadt ist nicht nur schlafbefangen und wehleidig und traumhaft lautlos, sie ist auch stark und hart und voller Widerstand, und man muß nur an das verblichen gespiegelte Venedig denken, um zu merken, wie wach und ausgeschlafen hier die Spiegelbilder sind. Sie hat freilich Stunden, wo sie hinzuschwinden scheint, unaufhaltsam wie ein Wandgemälde unter den Flechten der Feuchtigkeit; aber wer sie so schildern würde, den könnte man widerlegen mit ganzen Tagen, in denen sie dasteht in ihren Feldern wie ein Schachspiel, Figur neben Figur, plastisch, klar und greifbar. Ihre Farben sind ausgegangen da und dort, aber das Muster ist überall deutlich erkennbar, und der Kanevas ist von der Festigkeit flandrischer Gewebe.

Flandern: mit diesem Namen steigen die Kontraste herauf, deren Äußerstes in dem Bilde Brügges sich zu begegnen scheint. Erst wer sie ins Auge faßt, in ihrer sich fast ausschließenden Gegensätzlichkeit, dem wird die Stadt mehr sein als ein Museum von Bildern und Spiegelbildern, durch das man ihn mit ein paar

Erklärungen rasch hingeführt hat. Aber Brügge ist die schwerste Aufgabe, und die modernen Seebäder bereiten nicht darauf vor, ihre Widersprüche zu bewältigen. Nicht von Ostende müßte man hinkommen, eilig und in der Voreingenommenheit des Sehenswerten, sondern langsam, das Land entlang, aus einer der alten kleinen Städte, aus Dixmude oder aus Ypern, mit seinen gewaltigen Handelsreihn, oder aus der Stadt Furnes, die am leichtesten zu erreichen ist von der belgischen Küste aus.

Begreift man nicht besser die Grand' Place Brügges, wenn man innerlich schon ausgedehnt ist durch den ungeheueren Hauptplatz von Furnes, an den die Stadt sich ganz ausgegeben hat – wie es scheint – über ihn hinaus nur noch einen Platz bildend und Gassenanfänge nach allen Seiten, die es zu nichts bringen? Erwartet man nicht schon Brügges berühmten Glockenturm steigen zu sehen, wenn man die Maßlosigkeit flandrischer Türme in Furnes kennen gelernt hat, die über die Giebel hinausgehen, als gehörten sie in den Himmel? Und ist es nicht nützlich – wie man es in Furnes, vor Sankt Walpurga kann –, die Erde schon einmal als den Grund des Himmels empfunden zu haben, auf dem die Wracks riesiger Kirchenschiffe liegen, leblos, in hundertjähriger Havarie? In Furnes lernt man, einzelner und übersichtlicher, die Einschläge unterscheiden, die die Architekturen dieses Landes (seine äußere wie seine innere) so verwirrend komplizieren konnten. Burgund und Spanien und Habsburg folgen und durchdringen sich und erscheinen doch immer wie in vlämischer Aussprache, wie bezwungen von der Mundart eines bäuerischen Mundes, der nicht zum Schweigen zu bringen war. Flandrisches Licht fällt durch die neuen Fenster des Stadthauses auf die Fetzen der prunkhaften Korduantapeten, fast schadenfroh. Die Bilder der guten Statthalter stehen bürgerlich in Ehren, von den verhaßten hat man keine aufbewahrt. Das gemalte Wappen eines Fürner Adelsgeschlechtes, ein einziges, findet sich, vergessen, sehr hoch fortgehängt in einem der Säle. Neben diesen alten Staatsräumen sind Bureaus eingerichtet, die wie reinliche, wenig benutzte Postämter aussehen. Man sieht selten jemanden eintreten. Der enorme Platz nimmt fortwährend noch Zuflüsse von Leere auf, die aus allen Straßen in ihn münden. Der lange schräge ›Apfelmarkt‹ nebenan hat einen spärlichen Verkehr, den die vielen Fenster zu zählen scheinen. Sein schmales Ende bildet schon an dieser Seite den Ausgang der Stadt, auf eine Art verlassenen Hafen zu und gegen klösterliche Obstgärten hin, deren Blätter so übertrieben deutlich sind, daß sie voll wie Früchte aussehen, jedes einzelne. Im Vorübergehen hat man die alten Kirchenportale bemerkt, das von Sankt Nikolas, halb versunken, wie in die Erde hineingedrängt von dem Druck des stumpfen Turmes, und drüben das zu Sankt Walpurga gehörige, weit vor der Kirche, in der Gefangenschaft des Verfalls allein im Stiche gelassen wie eine tollkühne Vorhut.

Wer aber dieser Stille und diesem Absterben unbedingt glauben will, der muß nur veranlaßt werden, den letzten Sonntag im Juli abzuwarten, um seinen Irrtum einzusehen. Schon am Morgen dieses Tages ist nicht die Grand' Place vor ihm, die er kennt; es ist, als hätte sie plötzlich ein neues Mittel gefunden, um ihre Größe zu beweisen. Jahrmarktsbuden erfüllen sie jetzt, bis auf einen gassenbreiten, freien Rahmen, selber ein Netz von Gassen und kleinen Plätzen und Umwegen bildend, eine Stadt für sich, wie eine von jenen rasch errichteten hölzernen Städten, mit denen die Herzöge von Burgund fremde Fürsten in Erstaunen setzten. Aber diese Stadt bleibt verschlossen, mehr noch, sie hält sich zu, während die Glocken wie ein Wolkenbruch über sie niedergehen. Wenn es einmal still wird zwischendurch, hört man in den Gassen die Fahnen, als kämen Männer in Mänteln durch den Wind. Dabei sieht man fast niemanden gehen, nur Hingestellte da und dort, schwarz und nicht von der Stelle zu rücken. Das alles verändert sich kaum stundenlang und wächst schließlich, mit dem immer wieder einsetzenden Läuten, zu einer fast ängstlichen Erwartung an, auf die nur das Kommen und Durchgehen Fremder beruhigend wirkt. Gegen zwei Uhr haben diese Fremden, vermengt mit Einheimischen, den Hauptplatz entlang und an der Ecke des spanischen Pavillons Reihen gebildet, Gassen, eine negative Form, in die sich, die viele Sonne vor sich herschiebend, auf einmal jener seltsame Umzug ergießt, den die Tradition der Stadt fast ohne Unterbrechung weitergegeben hat von Jahr zu Jahr, seit Jahrhunderten, seit immer. Der alte Gebrauch, daß an einem bestimmten Tage Bußbereite eine sichtbare Buße auf sich nehmen und tragen, entspricht zu sehr dem

Bedürfnis dieses Volkes, das ein Gegengewicht zu seinen deutlichen Vergnügungen nötig hat, als daß er sich hätte auflösen und verlieren können.

Wie einst, so setzt sich auch heute noch dieser Zug aus Büßern und Darstellern zusammen, und da die Buße selbst ein Schauspiel ist, so gehen die beiden Rollen oft ineinander über und sind nicht genau zu unterscheiden. Der Gegenstand dieses, wie durch die Unruhe kriegerischer Zeiten in Bewegung gesetzten Dramas ist die Passion, die die Büßenden (durch die herabgeschlagenen Kapuze⟨n⟩ der Kagulen unkenntlich) auf sich nehmen im wörtlichen Sinne, indem sie die alten bemalten und bekleideten Holzpuppen vier Stunden lang in der Stadt umhertragen, durch den drückenden langen Nachmittag, unter den Schlägen der Glocken, vor aller Augen. Die Puppen (spanisch-vlämische Skulpturen aus dem siebzehnten Jahrhundert), ganz erfüllt von dem monomanen, einseitigen Ausdruck ihrer Handlung und durch das Getragensein, das Hingesetzt- und Wiederaufgenommenwerden seltsam bewegt und beschäftigt scheinend, sind schwer zu übertreffende Mitspieler. Aber durch die natürliche Ähnlichkeit mit ihnen gelingt es den anderen, sich ebenso lebendig und überzeugend zu gebärden; dem einen ›Christus‹ ist überdies durch das Recht, dreimal an genau bezeichneten Stellen unter dem Kreuze zusammenzubrechen, ein großer Vorsprung gegeben, und alle die anderen haben vor den Holzfiguren die Rede voraus, von der sie eifrig Gebrauch machen. Denn es geht über dem Ganzen ein alter Zusammenhang vlämischer Verse her, an die einzelnen Personen verteilt, denen das heilige Auseinandersetzen lang und deutlich wie ein Spruchband aus dem Munde hängt. Die Propheten natürlich sind vor allem davon angetan, jeder seine Verheißung hersagend und wieder hersagend, ganz am Anfang des Zuges. David, der unter ihnen schreitet, kommt noch einmal vor als Büßender, schweigend, das Bußkleid unter dem königlichen Mantel. Ein kleines Mädchen in einfach gegürtetem Kleid, einen Engel darstellend, geht, ihm zugewendet, vor ihm und erzählt seine Geschichte. Und immer wieder kommen diese kleinen ›Engel‹ und erzählen die Geschichten, die hinter ihnen folgen, ausführlich, mit der Deutlichkeit des Mittelalters restlos in Bilder übersetzt, in Gestalten, in Dinge, in nicht zu widerlegende Wirklichkeit.

Der Stall ist da, die Krippe und, unter Ochs und Esel, Josef und Maria im Gespräch, in das sich bei einer wiederholten Darstellung derselben Personen die heiligen Könige mischen; in einer dritten Besetzung gehen sie, übermäßig die Schmerzen beklagend, die das Kind durchzumachen hat, hinter der Beschneidung her und kommen gleich darauf auf der Flucht nach Ägypten in friedlicher Gruppe wieder vor. Der Hof des Herodes erscheint, Jesus unter den Gelehrten, denen ein Engel zuspricht, während sie selber streiten, Maria Magdalena mit gelöstem Haar unter schwarzen Schleiern, der Einzug in Jerusalem, ein Abendmahl, lebensgroß in Holz geschnitzt, voll eigentümlicher Neigung und Bewegung, der Ölberg, der Verrat, die Dornenkrönung. Immer mehr werden die kleinen hersagenden blonden

›Engel‹ durch verhängte Büßer ersetzt, die stumm das Kreuz mit der beschämenden Aufschrift tragen, die eine Marter Christi anzeigt und ein Unrecht der Menschen. Und schließlich mischen sich in rostigen Kettenhemden Kriegsknechte unter sie, gehende und berittene, breitrückig und schlank, wie man sie aus den geschnitzten Altartafeln kennt, immer noch dieselben. Und man erinnert sich, daß eine alte volkstümliche Auslegung den Ursprung der Prozession auf das Sakrileg eines Soldaten zurückführt, der die heimlich im Munde mitgebrachte Hostie verbrannt haben soll, um durch ihre Asche unverwundbar zu werden.

Wie jede Maskerade, so ist auch diese ein Spiel mit dem Ernst; und wie bei einem Gartenfest da und dort manchmal ein Lampion sich entzündet und alle beim Anblick der Flamme einen Moment die Wirklichkeit sehen, drohend und voll Gefahr, so schlägt auch aus diesen Darstellungen oft unerwartet die tragische Größe der Handlung, und ihr Feuerschein geht über die Gesichter der Zuschauer. Und sie erkennen ganz hinten unter dem schwankenden Baldachin die Monstranz, der ganze Klerus nähert sich feierlich in den großen Ornaten, und vor ihm her, am Ende des Zuges, ziehen, wirr und aufgelöst, die nicht bei den Gruppen verwendeten Büßenden unter der Last großer leerer Kreuze. Die meisten kommen barfuß daher, man sieht ihre Füße und ihre Hände, aber die herabgelassenen Hauben verbergen sie doch auf eine seltsam spannende Art. Die Augenlöcher der Kapuzen geben ihnen einen verschiedenen Ausdruck; einige sind ausgeweitet wie alte Knopflöcher, andere kaum aufgeschnitten, und bei einem sieht man überhaupt nur ein großes ausgefetztes Loch über dem Kinn, das ihm aber genügt, um sich zurechtzufinden. Erst meint man freilich, gerade diesen Büßern fehle es an Ernst und Haltung, wenn sie auf ihrem langen Wege das erste Mal vorüberkommen. Sie trügen – meint man – ihre Kreuze wie solche, denen das Tragen tägliche Arbeit ist, und die gewohnt sind, es sich so bequem wie möglich einzurichten. Aber je öfter man sie wiedersieht, den Zug überholend oder wiedererwartend, desto aufrichtiger und unüberlegter wird ihr Tragen, desto mehr kommt unter der vollen Sonne das Kreuz über sie, mit seinem ganzen Sichschwermachen. Und schließlich, als sie zum letzten Mal auf den Platz einbiegen, rufen sie fast die Ungeduld der ermüdeten Zuschauer heraus durch die Langsamkeit ihrer Weiterbewegung, durch die großen Lücken, die bei dem mühseligen Zurückbleiben einzelner entstanden sind, durch ihr Ernstnehmen einer Sache, die nun zu Ende ist, und auf deren endlichen Abschluß Hunderte warten.

Und kaum ist der Klerus mit dem Allerheiligsten nach Sankt Nikolas hin abgebogen, schließt sich hinter den beiden berittenen Wachen die Menge mit einer solchen Heftigkeit, daß man an Gewässer denkt, die von allen Seiten in ihr altes Bett hineinstürzen und es drängend und brausend erfüllen. Es ist keine Unordnung oder Gesetzlosigkeit in dieser Bewegung, nur ein unaufhaltsames Besitzergreifen, das leise weiterwächst; und wer an einem Fenster steht, kann denken, daß das da unten dieselbe Masse ist, deren harten und kurzen Wellenschlag die burgundischen Herzöge mit so viel Beunruhigung beobachteten, von einem dieser Balkone aus. Und nun ist es fast ein einziger Augenblick: dieser, in dem die Glocken stillstehen, als hätte sich einer ihnen entgegengeworfen und hätte sie gebändigt, und der, welcher wie auf ein Zeichen alle die Buden aufspringen macht, aus denen Licht und Geschrei herausdrängt in die beginnende Dämmerung.

Die Kermes fängt an, deutlich wie die Passion und voll Ernst und Vermummung wie sie. Da und dort steht noch einer im Bußhemd, die Kapuze zurückgeschlagen, mit ganz hell beschienenem Gesicht. Die Schreier stoßen ihre Verlockungen aus wie Schmähreden, Trommelwirbel sammeln sich wie auf einem Haufen, und schrille, kleine Glocken gießen fort, was sie an Lärm in sich haben. Die Tierstimmen aus den Schaubuden bleiben unvermischt und kommen an die Oberfläche aller Geräusche; abgerissene Stücke von Drehorgelmusik fallen irgendwo nieder und werden zertreten. Der Geruch des Fettes aus den Waffelküchen versucht nicht zurückzubleiben hinter den übrigen Sensationen, und die Karussells geraten immer mehr in Schwung, das elektrische mit seinen doppelt bewegten Schiffen und drüben das altmodische mit den Pferden in Ostereierfarben. Und immer mehr füllen sich die langen Bänke vor den Estaminets, füllen sich und werden nun vierzehn Tage nicht wieder kalt. Denn sie ist ausdauernd, diese robuste Lustigkeit, und ein Vorrat nicht anders aufzubrauchender Kräfte ist für sie da. Tanzanfänge bilden sich in den Ecken des Platzes. Schwere Gebärden werden aufgehoben wie Gewichte, freundliche und, probend, auch drohende, und das einfache Umfallen eines Ungeschickten oder Trunkenen findet immer noch wie auf alten vlämischen Bildern den ausgelassenen Beifall eines ganzen Kreises. Und alles ringsum ist von Nähe ausgefüllt; es giebt nur Deutliches, Nahes, Greifbares, so weit man sieht.

Erst wenn man den Platz verläßt und hinübergeht, auf die alte Hotellerie ›de la Noble Rose‹ zu, erkennt man allmählich wieder Entferntes: die Türme, die so weit über das alles hinausreichen und doch mit dazu gehören. Denn selbst in dem Läuten da oben ist auch wieder beides, Buße und Kermes, für den, der läutet: auf einem kleinen Tritt des Gebälkes stehend, in fortwährender Gefahr die ungeheuere Glocke erwartend, um sie mit dem Fuße zurückzustoßen, halb tanzend und halb im Kampf, mit ihr allein über dem dunklen Abgrund des Turmes und verschlungen von dem Sturm ihrer Stimme.

AUS DEM TRAUM-BUCH

Der siebente, elfte und sechsundzwanzigste Traum

Der siebente Traum

Ich suchte das junge Mädchen. Ich fand sie in einem schmalen langen Zimmer, in dem es eben Morgen wurde. Sie saß auf einem Stuhl und lächelte kaum merklich.

Neben ihr, nicht weiter als einen Schritt von ihr entfernt, stand ein zweiter Stuhl, auf dem ein junger Mensch, steif angelehnt, saß. Es schien, als hätten die beiden so die Nacht verbracht.

Das junge Mädchen rührte sich und reichte mir die Hand, indem sie sie mir hoch entgegenhob. Diese Hand war warm und irgendwie abgehärtet anzufühlen, als hielte man ein kleines Tier, das im Freien lebt und für sich selber sorgen muß.

Und nun rührte sich auch der junge Mensch. Er war sichtlich bemüht, aufzuwachen; sein Gesicht verzog sich auf eine unangenehme und ungeduldige Art. Das junge Mädchen hatte sich ein wenig zur Seite gewandt und sah ihm zu. Sein Gesicht war ganz rot von Anstrengung; es zog sich nach der Mitte zu zusammen und manchmal hob sich zuckend das eine Augenlid. Aber das Auge darunter schien leer zu sein.

»Das nützt nichts«, sagte das junge Mädchen mit ihrer durchsichtigen, von aufgelöstem Lachen glänzenden Stimme, »man kann nicht aufwachen, wenn die Augen noch nicht zurück sind.«

Ich wollte fragen; wie meinte sie das? Aber auf einmal verstand ich. Natürlich. Ich erinnerte mich eines jungen russischen Arbeiters vom Lande, der, als er nach Moskau kam, noch der Meinung war, die Sterne seien die Augen Gottes und die Augen der Engel. Man hat es ihm ausgeredet. Widerlegen konnte man ja eigentlich nichts, aber ausreden. Und mit Recht. Denn es sind die Augen der Menschen, die aus den geschlossenen Lidern aufsteigen und klar werden und sich erholen. Darum sind auch über dem Lande, wo alle schlafen, alle Sterne und über der Stadt nur wenige, weil da so viele Unruhige sind, Weinende und Lesende, Lachende und Wache, die sie behalten.

Dieses junge Mädchen hätte es dem Russen sagen müssen. Aber sie dachte längst an andere Dinge. Sie erzählte von jemandem, von einem Mädchen, begriff ich, die jetzt in Meran verheiratet war. Sie heißt jetzt........, und belustigt nannte sie einen Namen. Ich nickte, nickte vielleicht zu sehr. »Nun weißt du natürlich etwas«, sagte sie spöttisch. »Daß ihr immer nach den Namen fragt und euch um Namen kümmert und tut, als wäre das was.« »Liebe«, sagte ich ernsthaft, »das hat auch Sinn bei den Menschen. Die Rosen heißen *Marie Baumann* oder *Madame Testout* oder *Gräfin von Camondo* oder *Emotion*, aber das ist beinahe überflüssig. Sie wissen ihre Namen nicht. Man hängt ihnen ein kleines Holztäfelchen an und sie nehmen es nicht ab. Das ist alles. Die Menschen aber wissen ihre Namen; sie interessieren sich dafür, wie sie heißen, sie lernen sie sorgfältig auswendig und sagen sie jedem, der danach fragt. Sie ernähren sie sozusagen ihr ganzes Leben und werden ihnen am Ende sehr ähnlich, zum Verwechseln, bis auf eine Kleinigkeit –«

Aber ich redete umsonst. Das junge Mädchen hörte nicht zu. Sie war aufgestanden, stand am Fenster, wo es schon Tag war, lächelte und rief jemanden. Einen Vogel, glaube ich.

Der elfte Traum

DANN war es eine Straße. Wir gingen zusammen hinab, in gleichem Schritt, nahe aneinander. Ihr Arm lag um meine Schultern.

Die Straße war breit, morgendlich leer, ein Boulevard, der ein wenig abfiel, sich neigte, gerade soviel als nottut, um dem Schritt eines Kindes sein bißchen Schwere zu nehmen. Sie ging als ob kleine Flügel an ihren Füßen wären.

Ich erinnerte mich –

»Woran erinnertest du dich –?« fragte sie nach einer Weile.

»Ich erinnerte mich –« sagte ich langsam, ohne das junge Mädchen anzusehen, »ich erinnerte mich einer Straße fern in einer östlichen Stadt, die ebenso breit war, ebenso leer, ebenso hell, nur viel, viel steiler war sie. Ich saß in einem kleinen Wagen. Das Pferd davor hatte eben alles auf sich genommen. Ich zweifelte nicht mehr: es fing an, durchzugehen. Der Kutscher gebärdete sich dementsprechend. Er nahm sich von hinten aus, als hätte er keinen Kopf mehr, und an seinem riesigen Rücken wurde gerissen wie an einem Knoten, den ein Zorniger auflösen will und der immer dichter sich zusammenzieht.

Der kleine Wagen raste, als risse er den Weg mit und die Häuser und alles, und als bliebe nichts hinter ihm stehen. Und unten, am Ende der Straße, war der Fluß, ein prächtiger selbstbewußter berühmter Fluß und glänzte. Ich sah, wie hell er war. Dann sah ich den Himmel voll von Morgen und hohen lebhaften Winden. Dann sah ich wieder den Kutscherrumpf, der alles verdeckte. Ich bildete mir ein, daß er schrie, aber über dem Lärm des Wagens war das nicht zu entscheiden. Wieder sah ich den Himmel, der einen wirklich schönen Tag versprach; und plötzlich erblickte ich für einen Augenblick das Pferd, ein gespenstisches Tier, viel zu groß für uns, und ich gewann fast die Überzeugung, daß es gar nicht zu uns gehörte. Ich sah, als ob ich Zeit hätte, ein Kind in einer Türe, still spielend. Ich sah eine Kneipe an einer Straßenecke; neben der Tür, auf einem Blechschild, war eine Flasche gemalt, eine kleine, krumme, dicke, sonderbare Flasche; es war höchst zweifelhaft, ob es überhaupt so eine Flasche gab. Ein Fenster blendete mich, das irgendwo aufgegangen war; dann sah ich den Bruchteil einer Sekunde lang ein entsetztes Gesicht und dann....

Aber nur so weit erinnerte ich mich.«

»Ich weiß, warum du dich erinnertest – « sagte das junge Mädchen.

»Ja, weil wir gehen. Und weil mir damals in jenen seltsam ausführlichen Augenblicken, in denen ich eine Menge sah, sehr ähnlich zu Mute war. Als ob es im Grunde dasselbe wäre; dasselbe Gefühl, dieselbe Welle von Gefühlen, Dingen, Gedanken, Glanz und Bewegung, die alles mitreißt...«

»Merkwürdig seid ihr«, sagte das junge Mädchen, während wir immer so weitergingen die breite helle Straße hinab. »Ihr denkt, ihr tut fast nichts anderes, und doch entgeht euch alles. Hast du noch gar nicht gewußt, daß die Freude ein Schrecken ist, vor dem man keine Furcht hat? Man geht durch einen Schrecken durch bis ans Ende: und das ist eben die Freude. Ein Schrecken, von dem man nicht nur den Anfangsbuchstaben kennt. Ein Schrecken, zu dem man Vertrauen hat. – Oder hattest du Angst?«

»Ich weiß es nicht«, sagte ich verwirrt. »Ich kann dir nicht antworten.«

Der sechsundzwanzigste Traum

»– Hier fortgenommen und unter einen Glassturz gestellt –« sagte das junge Mädchen, in das Nebenzimmer zurückgewendet. Dann kam sie ganz herein und schloß die Türe, indem sie sie leise an sich zog.

»Claire –« sagte ich unter dem Zwange des Gefühls, daß alles schon einmal genau so gewesen war; damals mußte man Claire sagen an der Stelle. Aber diesmal zweigte es ab, und zwar so sehr, daß alles zu sagen erlaubt gewesen wäre: Kobalt oder Atemlosigkeit oder Karausche, nur nicht das, nur nicht: Claire. Es war falsch, es war verletzend, es war geradezu unmöglich, in diesem Augenblicke Claire zu sagen.

Ich begriff das sofort und verstand es so völlig, daß die Verachtung, mit der das junge Mädchen sich von mir abkehrte, nichts Überraschendes für mich hatte. Ich hörte sie irgendwo eine Lade aufziehen, und etwas später stand sie mit einem Stück Hand-Arbeit am Fenster, hielt es ins Licht, spannte es und sah es mit etwas schief

geneigtem Kopfe an. Und so, in dieser Stellung, sagte sie geringschätzend: »Es ist unbegreiflich, daß Sie sie nicht küssen wollten.«
Das war nun eine ganz haltlose Stichelei, und ich begnügte mich mit einer kleinen ironischen Gebärde. Das junge Mädchen setzte sich auf das breite Fensterbrett, legte das Stück Hand-Arbeit über das eine Knie und strich es langsam, nach rechts und nach links, mit beiden Händen glatt. Und unter dem Einfluß dieses Streichens oder wie ich so das blonde gesenkte Haar des jungen Mädchens betrachte oder weiß Gott bei welchem Anlaß, merke ich wirklich, daß es unbegreiflich ist. Eine riesige Unbegreiflichkeit kommt auf mich zu aus einer kleinen Erinnerung. Ich sehe Augen, die vergrößerten Augen einer Schwindsüchtigen, und diese Augen baten. Lieber Gott, was baten diese Augen.
»Nun wird nicht viel mehr da sein von ihr«, sagte das junge Mädchen. Ihre beiden Hände lagen nebeneinander über der Arbeit auf dem Knie, und es war, als entfernte sie sich so weit als möglich von ihnen, wie sie sich nun zurückneigte und mich ansah. Sie sah mich an, aber sie machte ihren Blick so weit, daß ich darin gleichsam alle Konturen verlor.
»Sie war ein Dienstmädchen«, sagte ich hastig, wie auf eine Frage, und als wäre das der letzte Moment für eine solche Aussprache. Und ich wußte gar nicht, daß ich von da ab erzählte:
»Sie war (muß ich erzählt haben) in dem großen Hôtel, wo meistens Kranke wohnten. Ich blieb übrigens kaum acht Tage da. Sie bediente mich. Es fiel mir auf, daß sie

mich gut bediente; sie wußte am dritten Tage alles, kannte meine kleinen Gewohnheiten, verwöhnte sie. Aber sie hustete. Sie hatte sich angesteckt. ›Sie husten‹, sagte ich einmal am Morgen. Sie lächelte nur. Gleich darauf, draußen, packte es sie von neuem.
Dann reiste ich. In Florenz, als ich meinen Koffer öffnete, war das eine Fach ganz mit Veilchen bedeckt. Und am Abend flatterte ein kleiner Zettel aus meinem Nachtzeug. Lebe wohl, stand darauf. Wie in der Schule nach Diktat geschrieben.
Natürlich dachte ich nicht wieder an sie. Doch; als ich zwei Monate später wieder in das große Hôtel kam, wo meistens Kranke wohnten, und sie war nicht da, fragte ich sogar nach ihr. ›Die Marie ist krank‹, sagte das fremde Stubenmädchen gleichsam beleidigt. Aber am Abend war sie da. Es war April, und das Klima des Ortes war berühmt. An diesem Abend aber war es merkwürdig kalt. Sie kniete an meinem Ofen, und als ihr Gesicht sich mir zuwandte, kam es aus dem Feuerschein. Ihre Augen glänzten vom Feuer. Sie stand nicht gleich auf, und ich bemerkte, daß es ihr schwer wurde aufzustehen. Ich half ihr ein wenig. Ich fühlte, wie leicht sie war. ›Geht es gut, ja?‹ sagte ich nachlässig und wie mit einem Wunsch nach Lustigkeit. Sie gab keine Antwort, erinnere ich mich; sie sah mich nur an, sah mich an, sah mich an. Nicht von ganz nahe mehr; sie war bis an den Schrank zurückgetreten. Ich glaube es war ihr schwer, zu stehen. Die Dämmerung im Zimmer nahm keine Rücksicht auf uns. Es dunkelte. Es war nichts da, was die Sache erleichtern mochte. Und sie hatte es ganz

allein, das Schwere. Denn ich war damals nur verlegen und beunruhigt, ja und ungeduldig. Schließlich aber hatte sie überwunden, kam (sie hatte noch Kraft, immer wieder noch Kraft), kam und sah mich nochmals von ganz nahe an. Wie dunkel es war. Es schien mir, als wäre ihr Haar weicher geworden, durch die Krankheit vielleicht oder weil sie nicht mehr gedient hatte in der letzten Zeit. Sie hob ein bißchen die Arme (das hätte ich beinahe vergessen) und legte mir beide Hände flach auf die Brust. Das war das Letzte ehe sie ging –«
Hier erschrak ich. »Habe ich jetzt immerzu gesprochen?« fragte ich beunruhigt nach dem jungen Mädchen hinüber. Ich sah sie erst gar nicht; sie saß in einem großen grün bezogenen Lehnstuhl, der früher noch nicht neben dem Fenster gestanden hatte. Sie saß über ihre Arbeit gebeugt, ein klein wenig mehr möglicherweise als nötig war.
»Und du?« sagte sie plötzlich. Sie sah nicht einmal auf.
»Ich, ja, – ich ließ sie gehen. Ich tat nichts. Ich sagte auch nichts. Ich suchte nach etwas Unverfänglichem, Belanglosem –«
Das junge Mädchen blickte auf, prüfend, mit jener verwirrenden Dunkelheit im Schauen, die sich in manchen blauen Augen bildet, wenn sie eine Zeit lang gesenkt bleiben.
»Und dann?« fragte sie.
»Dann machte ich Licht.«
Sie war schon wieder beschäftigt. Sie wendete ihre Arbeit nach rechts und nach links, hielt sie dann von sich ab und betrachtete sie, den Kopf zurückgebogen, aus

möglichst großer Entfernung mit halbgeschlossenen Augen.

»Ich ging wohl bald zu Ruh«, fiel mir ein, »ich war müde. Oder nein, ich las noch; richtig, ich las –«

Und ich hoffte im Stillen mich zu besinnen, was ich damals wohl noch gelesen haben könnte.

Sie aber legte mit kurzem Entschluß und ohne viel Sorgfalt, kam mir vor, die Arbeit auf das Fensterbrett und suchte einige bunte Fäden zusammen, die in ihrem Schooße geblieben waren. »Lasest«, sagte sie auf einmal höhnisch und sah rasch auf mit ganz kalten undurchsichtigen Augen. »Lasest –« wiederholte sie mit unbeschreiblicher Härte.

Das Wort, wie sie es sagte, verlor seinen Sinn. Mir war, als hätte sie den Namen einer Krankheit genannt, die gerade herrscht, einer ansteckenden Krankheit, an der viele sterben. Mich durchschauerte es, als ob sie mich eben ergriffen hätte.

Das junge Mädchen hatte jetzt die Hände um das eine hochgezogene Knie gefaltet; ihr Gesicht war weggewendet, dem Fenster zu, und dort irgendwo hinaus sagte sie: »Lieber Gott –« mit dem Ton auf der ersten langen Silbe.

Schließlich ertrug ich es nicht mehr. Ich tat ein paar Schritte auf das Fenster zu. Ich fühlte, wie in mir Worte entstanden, die ich nur sagen mußte, um –

Da erhoben sich Stimmen im Nebenzimmer. Es war, als würde ein ganzes Bündel durcheinandergeratener Stimmen gegen die Tür geworfen, und noch ein Mal, – und wir standen beide da, wie mir schien, in der gleichen Angst.

EINE BEGEGNUNG

EIN beliebiger Weg vor der Stadt. (Einzige Bedingung, daß man niemand begegnet.) Der Hund ist plötzlich da, wie ein Einfall. Er benimmt sich absichtlich hündisch, scheinbar ganz erfüllt von seinen geringen Verrichtungen, aus denen er aber unbemerkt abgezielte, merkwürdig sichere Blicke nach dem Fremden wirft, der seinen Weg fortsetzt. Keiner dieser Blicke geht verloren. Der Hund ist bald vor, bald neben dem Gehenden, immerfort in heimlicher Beobachtung begriffen, die sich steigert. Plötzlich, den Fremden einholend:
Also doch! Also doch!
Er giebt überstürzte Zeichen der Freude von sich, mit denen er schließlich den Weitergehenden aufzuhalten sucht. Dieser macht eine schnelle, freundliche, beruhigende und zugleich abtuende Gebärde und kommt mit einem halben Schritt nach links leicht an dem Hund vorbei.
Der Hund in freudiger Erwartung:
Es steht noch bevor.
Er schluchzt vor Gefühlsüberfülle. Endlich stürzt er sich, das Gesicht hinaufhaltend, nochmals vor den rascher ausschreitenden Mann: Jetzt kommt es, denkt er, und hält sein Gesicht hin, inständig, als Erkennungszeichen.
Jetzt kommt es.
Was? sagt der Fremde, einen Augenblick zögernd.
Die Spannung in den Augen des Hundes geht in Verlegenheit über, in Zweifel, in Bestürzung. Ja wenn

der Mann gar nicht weiß, was kommen soll, wie soll es dann kommen? – Beide müssen es wissen; nur dann kommt es.
Der Gehende tut wieder seinen halben Schritt nach links, ganz mechanisch diesmal; er sieht zerstreut aus. Der Hund hält sich vor ihm und versucht – nun fast ohne besondere Vorsicht anzuwenden – dem Fremden in die Augen zu sehen. Einmal glaubt er ihnen zu begegnen, aber die Blicke haften nicht aneinander.
Ist es möglich, daß diese Kleinigkeit... denkt der Hund.
Es *ist* keine Kleinigkeit, sagt der Fremde plötzlich, aufmerksam und ungeduldig.
Der Hund erschrickt: Wie (er faßt sich mühsam), wenn ich doch fühle, daß wir... Mein Inneres... meine...
Sprich es nicht aus, unterbricht ihn der Fremde fast zornig. Sie stehen einander gegenüber. Diesmal gehen ihre Blicke ineinander, die des Mannes in die des Hundes, wie Messer in ihre Scheiden gehn.
Der Hund giebt zuerst nach; er duckt sich, springt zur Seite und mit einem von rechts seitwärts kommenden, untenbleibenden Aufblick gesteht er:
Ich möchte etwas für dich tun. Alles möchte ich für dich tun. Alles.
Der Mann ist schon wieder beim Gehen. Er tut, als ob er nicht verstanden hätte. Er geht scheinbar achtlos, aber er versucht doch, nach dem Hunde hinzusehen, ab und zu. Er sieht ihn linkisch und eigentümlich ratlos herumlaufen, voraussein, zurückbleiben. Auf einmal ist er ein paar Schritte voraus, dem Nachkommenden zu-

gewendet in einer scharrenden Haltung, aus dem hochgestellten, versammelten Hinterkörper heraus nach vorn gestreckt. Mit großer Selbstüberwindung macht er ein paar leichtsinnige und kindische Spielbewegungen, wie um die Täuschung hervorzurufen, als hielten seine Vorderpfoten Lebendiges. Und dann nimmt er ohne ein Wort den Stein, der diese Rolle zu spielen hatte, ins Maul.

Nun bin ich unschädlich und kann nichts mehr sagen; das liegt in dem Nicken, mit dem er sich zurückwendet. Es ist etwas beinah Vertrauliches in diesem Nicken, eine Art Vereinbarung, die aber, bei Gott, nicht zu ernst genommen werden soll. So obenhin und scherzhaft ist die ganze Sache, und so wird auch das Tragen des Steines aufgefaßt.

Aber jetzt, da der Hund den Stein im Maul hat, kann der Mann es nicht lassen zu reden:

Wir wollen vernünftig sein, sagt er im Weitergehen, ohne sich zu dem Hunde hinabzubeugen.

Es hilft uns ja doch nichts. Was nützt es, wenn wir uns einander zu erkennen geben? Man darf gewisse Erinnerungen gar nicht aufkommen lassen. Mir war ja auch eine Weile so, und ich war nahe daran, dich zu fragen, wer du bist. Du hättest Ich gesagt, denn Namen sind ja nicht zwischen uns. Aber, siehst du, das hätte nicht geholfen. Es hätte uns nur noch mehr verwirrt. Denn ich kann es dir jetzt gestehen, daß ich eine Weile recht fassungslos war. Nun bin ich ruhiger. Wenn ich dich nur überzeugen könnte, wie sehr es für mich dasselbe ist. In meiner Natur liegen womöglich noch mehr Hindernisse für ein Wiedersehen. Du glaubst nicht, wie schwer wirs haben.

Da der Fremde so sprach, hatte der Hund eingesehen, daß es nichts half, die Verstellung oberflächlichen Spielens fortzusetzen. Er war es einerseits froh, aber gleichzeitig schien er, von einer zunehmenden Befürchtung erfüllt, den Redenden unterbrechen zu wollen.

Erst jetzt gelingt ihm das, da der Fremde, erstaunt und erschrocken, das Tier sich gegenüber sieht in einer, wie er zuerst meint, feindseligen Haltung. Freilich im nächsten Augenblicke weiß er, daß der Hund, weit entfernt, Haß oder Feindschaft zu zeigen, gequält und geängstigt ist; in der scheuen Helligkeit seines Blickes und in der schrägen Haltung seines Kopfes ist das deutlich ausgesprochen, und es kommt noch einmal vor in der Art, wie er jetzt den Stein trägt, der unter den krankhaft hochgezogenen Lefzen in seiner ganzen Härte und Schwere daliegt.

Plötzlich begreift der Mann, und er kann das Vorübergehen eines Lächelns nicht mehr verhindern:

Du hast Recht, Lieber, es soll unausgesprochen bleiben zwischen uns, das Wort, das zu so viel Mißverständnissen Anlaß gab.

Und der Hund legt den Stein vorsichtig hin wie etwas Zerbrechliches und seitwärts, um den Fremden nicht länger aufzuhalten.

Der geht auch wirklich und merkt in seiner Versunkenheit erst später, daß der Hund ihn begleitet, unauffällig, anhänglich, ohne eigene Meinung, wie ein Hund seinem Herrn nachgeht. Das schmerzt ihn fast.

Nein, sagt er, nein; nicht so. Nicht nach dieser Erfahrung. Wir würden beide vergessen, was wir heute erlebt haben. Das Tägliche stumpft ab, und deine Natur hat die Neigung, sich unter meine zu ordnen. Dabei wächst schließlich eine Verantwortung an, die ich nicht übernehmen kann. Du würdest gar nicht merken, wie dein ganzes Vertrauen sich auf mich stellt; du würdest mich überschätzen und von mir erwarten, was ich nicht leisten kann. Du würdest mich beobachten und gutheißen, auch was nicht gut ist. Wenn ich dir eine Freude bereiten will: find ich denn auch eine? Und wenn du eines Tages traurig bist und klagst – werd ich dir helfen können? – Und du sollst nicht meinen, daß *ich* es bin, der dich sterben läßt. Nein, nein, nein. Geh, ich bitte dich: geh.

Und der Mann begann beinah zu laufen, und es sah aus, als ob er vor etwas flüchtete. Erst allmählich mäßigte sich sein Schritt und schließlich ging er langsamer als vorher.

Er dachte langsam: Was wohl sonst heute gesprochen worden wäre zwischen uns. Und wie man sich zum Schluß die Hand gereicht hätte –.

Eine unbeschreibliche Sehnsucht regt sich in ihm. Er bleibt stehen und wendet sich rückwärts. Aber das Stück Weg biegt gleich hinter ihm in die Dämmerung hinein, die inzwischen eingebrochen ist, und es ist niemand zu sehen.

ERLEBNIS

⟨I⟩

Es mochte wenig mehr als ein Jahr her sein, als ihm im Garten des Schlosses, der sich den Hang ziemlich steil zum Meer hinunterzog, etwas Wunderliches widerfuhr. Seiner Gewohnheit nach mit einem Buch auf und abgehend, war er darauf gekommen, sich in die etwa schulterhohe Gabelung eines strauchartigen Baumes zu lehnen, und sofort fühlte er sich in dieser Haltung so angenehm unterstützt und so reichlich eingeruht, daß er so, ohne zu lesen, völlig eingelassen in die Natur, in einem beinah unbewußten Anschaun verweilte. Nach und nach erwachte seine Aufmerksamkeit über einem niegekannten Gefühl: es war, als ob aus dem Innern des Baumes fast unmerkliche Schwingungen in ihn übergingen; er legte sich das ohne Mühe dahin aus, daß ein weiter nicht sichtlicher, vielleicht den Hang flach herabstreichender Wind im Holz zur Geltung kam, obwohl er zugeben mußte, daß der Stamm zu stark schien, um von einem so geringen Wehen so nachdrücklich erregt zu sein. Was ihn überaus beschäftigte, war indessen nicht diese Erwägung oder eine ähnliche dieser Art, sondern mehr und mehr war er überrascht, ja ergriffen von der Wirkung, die jenes in ihn unaufhörlich Herüberdringende in ihm hervorbrachte: er meinte nie von leiseren Bewegungen erfüllt worden zu sein, sein Körper wurde gewissermaßen wie eine Seele behandelt und in den Stand gesetzt, einen Grad von Einfluß aufzunehmen, der bei der sonstigen Deutlichkeit leiblicher

Verhältnisse eigentlich gar nicht hätte empfunden werden können. Dazu kam, daß er in den ersten Augenblicken den Sinn nicht recht feststellen konnte, durch den er eine derartig feine und ausgebreitete Mitteilung empfing; auch war der Zustand, den sie in ihm herausbildete, so vollkommen und anhaltend, anders als alles andere, aber so wenig durch Steigerung über bisher Erfahrenes hinaus vorstellbar, daß er bei aller Köstlichkeit nicht daran denken konnte, ihn einen Genuß zu nennen. Gleichwohl, bestrebt, sich gerade im Leisesten immer Rechenschaft zu geben, fragte er sich dringend, was ihm da geschehe, und fand fast gleich einen Ausdruck, der ihn befriedigte, vor sich hinsagend: er sei auf die andere Seite der Natur geraten. Wie im Traume manchmal, so machte ihm jetzt dieses Wort Freude und er hielt es für beinah restlos zutreffend. Überall und immer gleichmäßiger erfüllt mit dem in seltsam innigen Abständen wiederkehrenden Andrang, wurde ihm sein Körper unbeschreiblich rührend und nur noch dazu brauchbar, rein und vorsichtig in ihm dazustehen, genau wie ein Revenant, der, schon anderswo wohnend, in dieses zärtlich Fortgelegtgewesene wehmütig eintritt, um noch einmal, wenn auch zerstreut, zu der einst so unentbehrlich genommenen Welt zu gehören. Langsam um sich sehend, ohne sich sonst in der Haltung zu verschieben, erkannte er alles, erinnerte es, lächelte es gleichsam mit entfernter Zuneigung an, ließ es gewähren, wie ein viel Früheres, das einmal, in abgetanen Umständen, an ihm beteiligt war. Einem Vogel schaute er nach, ein Schatten beschäftigte ihn, ja der bloße Weg, wie er da so hinging und sich verlor, erfüllte ihn mit einem nachdenklichen Einsehn, das ihm umso reiner vorkam, als er sich davon unabhängig wußte. *Wo* sonst sein Aufenthalt war, hätte er nicht zu denken vermocht, aber daß er zu diesem allen hier nur *zurückkehrte*, in diesem Körper stand, wie in der Tiefe eines verlassenen Fensters, hinübersehend: – davon war er ein paar Sekunden lang so überzeugt, daß die plötzliche Erscheinung eines Hausgenossen ihn auf das qualvollste erschüttert hätte, während er wirklich, in seiner Natur, darauf vorbereitet war, Polyxène oder Raimondine oder sonst einen Verstorbenen des Hauses aus der Wendung des Weges heraustreten zu sehn. Er begriff die stille Überzähligkeit ihrer Gestaltung, es war ihm vertraut, irdisch Gebildetes so flüchtig unbedingt verwendet zu sehn, der Zusammenhang ihrer Gebräuche verdrängte aus ihm jede andere Erziehung; er war sicher, unter sie bewegt, ihnen nicht aufzufallen. Eine Vinca, die in seiner Nähe stand, und deren blauem Blick er wohl auch sonst zuweilen begegnet war, berührte ihn jetzt aus geistigerem Abstand, aber mit so unerschöpflicher Bedeutung, als ob nun nichts mehr zu verbergen sei. Überhaupt konnte er merken, wie sich alle Gegenstände ihm entfernter und zugleich irgendwie wahrer gaben, es mochte dies an seinem Blick liegen, der nicht mehr vorwärts gerichtet war und sich dort, im Offenen, verdünnte; er sah, wie über die Schulter, zu den Dingen zurück, und ihrem, für ihn abgeschlossenen Dasein kam ein kühner süßer Beigeschmack hinzu, als wäre alles mit einer Spur von der Blüte des Abschieds würzig gemacht. –

Sich sagend von Zeit zu Zeit, daß dies nicht bleiben könne, fürchtete er gleichwohl nicht das Aufhören des außerordentlichen Zustands, als ob von ihm, ähnlich wie von Musik, nur ein unendlich gesetzmäßiger Ausgang zu erwarten sei.
Auf einmal fing seine Stellung an, ihm beschwerlich zu sein, er fühlte den Stamm, die Müdigkeit des Buches in seiner Hand, und trat heraus. Ein deutlicher Wind blätterte jetzt in dem Baum, er kam vom Meer, die Büsche den Hang herauf wühlten in einander.

⟨II⟩

Späterhin meinte er, sich gewisser Momente zu erinnern, in denen die Kraft dieses einen schon, wie im Samen, enthalten war. Er gedachte der Stunde in jenem anderen südlichen Garten (Capri), da ein Vogelruf draußen und in seinem Innern übereinstimmend da war, indem er sich gewissermaßen an der Grenze des Körpers nicht brach, beides zu einem ununterbrochenen Raum zusammennahm, in welchem, geheimnisvoll geschützt, nur eine einzige Stelle reinsten, tiefsten Bewußtseins blieb. Damals schloß er die Augen, um in einer so großmütigen Erfahrung durch den Kontur seines Leibes nicht beirrt zu sein, und es ging das Unendliche von allen Seiten so vertraulich in ihn über, daß er glauben durfte, das leichte Aufruhn der inzwischen eingetretenen Sterne in seiner Brust zu fühlen.
Auch fiel ihm wieder ein, wie viel er darauf gab, in

ähnlicher Haltung an einen Zaun gelehnt, des gestirnten Himmels durch das milde Gezweig eines Ölbaums hindurch gewahr zu werden, wie gesichthaft in dieser Maske der Weltraum ihm gegenüber war, oder wie, wenn er Solches lange genug ertrug, Alles in der klaren Lösung seines Herzens so vollkommen aufging, daß der Geschmack der Schöpfung in seinem Wesen war. Er hielt es für möglich, daß, bis in seine dumpfe Kindheit zurück, solche Hingegebenheiten sich würden bedenken lassen; mußte er doch nur an die Leidenschaft erinnert werden, die ihn immer schon ergriff, wo es galt, sich dem Sturm auszusetzen, wie er, auf großen Ebenen schreitend, im Innersten erregt, die fortwährend vor ihm erneute Windwand durchbrach, oder vorn auf einem Schiffe stehend, blindlings, sich durch dichte Fernen hinreißen ließ, die sich fester hinter ihm schlossen. Aber wenn, von Anfang an, das elementarische Hinstürzen der Luft, des Wassers reines und vielfältiges Benehmen und was Heroisches im Vorgang der Wolken war, ihn über die Maßen ergriff, ja ihm, der es im Menschlichen nie zu fassen vermochte, recht eigentlich als Schicksal an die Seele trat, so konnte ihm nicht entgehen, daß er nun, seit den letzten Einflüssen, solchen Beziehungen gleichsam endgültig übergeben sei. Etwas sanft Trennendes unterhielt zwischen ihm und den Menschen einen reinen, fast scheinenden Zwischenraum, durch den sich wohl Einzelnes hinüberreichen ließ, der aber jedes Verhältnis in sich aufsaugte und, überfüllt davon, wie ein trüber Rauch Gestalt von Gestalt betrog. Noch wußte er nicht, wie weit den Anderen seine Abgeschiedenheit zum Eindruck kam. Was ihn selbst anging, so verlieh erst sie ihm eine gewisse Freiheit gegen die Menschen, – der kleine Anfang von Armut, um den er leichter war, gab ihm unter diesen aneinander Hoffenden und Besorgten, in Tod und Leben Gebundenen, eine eigene Beweglichkeit. Noch war die Versuchung in ihm, ihrem Beschwerten sein Leichtes entgegenzuhalten, obwohl er schon einsah, wie er sie darin täuschte, da sie ja nicht wissen konnten, daß er nicht (wie der Held) in allen ihren Bindungen, nicht in der schweren Luft ihrer Herzen, zu seiner Art Überwindung gekommen war, sondern draußen, in einer menschlich so wenig eingerichteten Geräumigkeit, daß sie sie nicht anders als »das Leere« nennen würden. Alles, womit er sich an sie wenden durfte, war vielleicht seine Einfalt; es blieb ihm aufbewahrt, ihnen von der Freude zu reden, wo er sie zu sehr in den Gegenteilen des Glücks befangen fand, auch wohl ihnen einzelnes aus seinem Umgang mit der Natur mitzuteilen, Dinge, die sie versäumten oder nur nebenbei in Betracht nahmen.

⟨AUFZEICHNUNG⟩

Wieviel Zeit hatte er gebraucht, um seinen ältesten, verhängnisvollsten Fehler einzusehen: daß er Liebe, die auf ihn ausging, wie seine eigene Angelegenheit nahm, obwohl sie doch die entfernteste war, vielleicht überhaupt keine, indifferent wie der Zahnschmerz eines Fremden. Warum in aller Welt hatte er sich dann immer veranlaßt gefühlt, den Zahnarzt zu spielen? Statt einfach nicht hinzusehen, nicht zu wissen. Es wäre eine herrliche Keuschheit seiner Natur gewesen, nicht zu verstehen, daß die anderen liebten, es einfach nicht zu verstehen. Aber auf ihn stürzte sich der Einfluß selbst aus dem möglichen Aufblick einer Vorübergehenden, bewog, rührte, verführte ihn. Und was ihn schließlich zu etwas Starrem, Anstehenden machte, das war die Gewalt so vieler ihn meinender, von ihm unterhaltener, unabgelehnter, halb hingenommener Gefühle. Alle Strömungen gingen auf ihn zu; er konnte mit keiner Empfindung aus sich heraus wider ihre Flut. Liebende schlossen ihn von allen Seiten ein. Er war in der Lage eines Gottes, der keinen Ausweg mehr hat auf der von ihm überfüllten Welt, dem nur die Senkrechte bleibt: Höllensturz oder Himmelfahrt. Daher seine Erfahrung, ein Gestorbener zu sein, da ihm alles Menschliche abgeschnitten war und er doch nicht des Göttlichen mächtig wurde.

Wenn sie ihm Blumen brachten, viel zu viele, zu schwere, übertriebene Blumen, so wünschte er ein Grab zu sein, um nicht die Mühe zu haben, sie zu ordnen und zu erhalten. Und sie kamen auch wie zu einem Grab zu ihm, dem Wehrlosen, der sich Rührung und Hingabe so schamlos gefallen ließ. Hatte er alle Jahre seines Lebens verbracht, ohne hart zu sein? Er entschloß sich, es zu werden in seinem achtunddreißigsten Jahr. Ändern, sagte er, ändern. In der Zeit, da seine ganze Natur unermeßlich danach begehrte zu lieben, sah er schmerzlich ein, daß er den Gegenstand seiner Liebe nicht finden würde, solange er gegen die, die ihn zu lieben meinten, empfänglich und nachgiebig war. Diese Gesichter, die sich zu ihm drängten, aufgeschlagen, verstellten ihm den Ausblick auf das scheue, gesenkte Gesicht der fremden Geliebten. Die Ahnung ihrer Züge erlosch in ihm über der Deutlichkeit derer, die gekommen waren, ihn zu lieben. Er wurde irre. Er stand an einer Straßenecke und wußte sie nicht mehr. Er wartete und wußte sie nicht mehr. Er konnte nicht mehr träumen: alle seine Zukunft war vorüber.

ERINNERUNG

⟨*Bruchstück*⟩

NOCH einmal: ich begreife durchaus, daß die, die einzig auf sich angewiesen sind, auf ihres Lebens Nützlichkeit und Erträglichkeit, eine gewisse Erleichterung empfinden, wenn man in ihnen einen geistigen Brechreiz erzeugt und ihnen ermöglicht, das Unbrauchbare oder Mißverstandene der Kindheit in Stücken von sich zu geben. Aber ich? Bin ich nicht so recht darauf angelegt, gerade um dies herum, was sich nicht leben ließ, was zu groß, was vorzeitig, was entsetzlich war, Engel, Dinge, Tiere zu bilden, wenn es sein muß, Ungeheuer? Genau das, mein unerbittlicher Gott, verlangtest Du von mir und riefst mich dazu an, weit eh ich mündig war. Und ich saß auf in meinem trostlosen Spitalsbett, neben dem, ängstlich zusammengelegt, die

Uniform meiner Zöglingsjahre lag, und schrieb nach Deinem Geheiß und erkannte nicht, was ich schrieb. Denn über mir war nur die dichtgrün verhangene Nachtflamme, außer Dir, mein Gott, außer Dir. War ich dann aber schließlich aus dem Spital entlassen, so schlug die gierigste Gemeinsamkeit über mir zusammen, und an Schreiben war nicht zu denken, auch nachts nicht unter den fünfzig Schläfern, in meiner finsteren Bettstatt. Über uns alle war ein Himmel der Aufsicht und Ungnade ausgestürzt, die uns überall anhing, und es war schon viel, wenn man im Lehrzimmer zur eigenen Schublade eine Art Vertraulichkeit haben durfte, als zu dem einzigen herzlichen Innenraum. Und du, Spiel-Wiese, zerstampft wie du warst vom Spielzorn, von der Ungeduld, der Gewalttätigkeit und Rache aller dieser ratlosen Knaben: warst du nicht die erste Wiese, die ich kannte? Ach, ich ging über dich vorsichtiger hin, als solltest du dich unter mir erholen. Hätte ich damals die freudige Beziehung des Barfußgehens gekannt, ich hätte dich sicher getröstet mit der Unschuld und Neugier meiner Fußsohlen. Zu trösten, ja, das schien mir das Eine, das not tat. Und ob ich gleich unter Hunderten der Elendste war, in meiner täglichen Heimsuchung, so ließest du doch das Wunder zu, daß ich zuweilen ein Körnchen Trost wie reinen Harzes in mir fand, und ich legte es auf mein sacht glimmendes Herz und es gab seinen Ruch. Aber Schreiben war ausgeschlossen. Da war keine Stunde ohne den Nachklang einer Befehlsstimme, und hinter einem kleinen Schreck stand schon der nächste Anruf bereit.

So war das Schlafengehen nach Weisungen abgeteilt, Moment für Moment, bis man endlich bestürzt unter die Decke kam. Und so gut es gemeint war, wenn dann der slovenische Unteroffizier Gobec, nur noch seinen Schritt hörend, indem er gewisse Lichter ausdrehte, mit immer gesenkterer Stimme, als spräche er im Auftrag der Stille und des Dunkels, an unseren Betten entlang gehend, vor sich hinsagte: »Auf die rechte Seite niederlegen, Vaterunser beten, einschlafen –«, so war, es half nichts, so war auch das Befehl. Und morgens, vor Tag, riß einen das boshafte Horn oder der Vorwurf der Trommel aus unbegriffenem Schlaf ins unkenntliche Wachsein. Hatt ichs von Dir, daß ich dem zuvorkam? Ich weiß nicht. Aber fast ein Frühjahr lang fand ich mich, weit vor dem Wecken, allein in dem leeren, eben erst weißer werdenden Gang, der immer wieder mit einem einfältigen Fenster, als faßten sie's nicht, in den öden Parkraum hinaussah. An den Zwischenwänden, viel zu klein für die Verlegenheit von einem Fenster zum andern, hing je eine eingerahmte Lithographie, die sich erst nach und nach aufklärte. Ich wußte dort waren Schlachtszenen zu sehen –, Radetzky und Spork und weiter oben, immer etwas schief hängend, Friedrich der Schöne, und ich kannte längst alle diese schlanken oesterreichischen Waffenröcke, vor denen nur Radetzky, gedrungen und kurzhalsig, auf einem ausgezeichneten Pferde saß. Oft hatte ich Zeit gehabt, diese Bilder zu betrachten, wenn ich aber, in dieser Frühstunde, mich auch vor einzelnen aufhielt, ich denke, daß ich nicht sehr bei der Sache blieb. Vielleicht dachte ich weiter an meinen Vater, denn, so fremd mir das Kriegszeug auch war, so wünschte ich doch, es möchten bis an mich heran viele aus unserem Geschlecht an solchen Vorgängen bedeutend beteiligt gewesen sein; am liebsten hätte ich jeden, der sich da augenscheinlich hervortat, für einen vergangenen Verwandten gehalten; auch jenen, die sich mit vornehmer Langmut neben ihrem Czako halb im Staube aufrichteten, nahm ich es übel, daß sie gar nicht mit mir zusammenhingen. Wurde mir das klar, so zog ich (wenn ich jetzt nicht irre) das nächste Fenster vor, stand und sah –: ja auch da mochte es mir ähnlich ergangen sein. Zunächst sah ich wohl den wirklichen Park, vorn über den weiten sandigen Vorplatz hinaus, erst die Anlagen, die den Offizieren vorbehalten waren, und in die ich mich manchmal, gegen alle Vorschrift verlor,

. . . .

PUPPEN

Zu den Wachs-Puppen von Lotte Pritzel

Um den Umkreis zu bestimmen, in den die Existenz dieser Puppen fällt, könnte man von ihnen vermuten, daß es ihrem Dasein gegenüber keine Kinder giebt, dies wäre gewissermaßen die Vorbedingung ihres Entstehens gewesen, daß die Welt der Kinder vorüber sei. In ihnen ist die Puppe endlich dem Einsehen, der Teilnehmung, der Lust und dem Kummer des Kindes entwachsen, sie ist selbständig, sie ist groß geworden, frühalt, sie hat alle Unwirklichkeiten ihres eigenen Lebens angetreten.

Wie bei gewissen Studenten, hat man sich nicht auch vor den dicken unveränderlichen Kinderpuppen tausendmal gefragt, was später aus ihnen würde? Sind nun hier die Erwachsenen zu jenen, von echten und gespielten Gefühlen überpflegten Puppen-Kindheiten? Sind hier ihre, in menschlich übersättigte Luft flüchtig hineingespiegelten Früchte? Die Scheinfrüchte, deren Keime nie zu Ruhe kamen, bald von Tränen fast fortgewaschen, bald der glühenden Dürre der Wut ausgesetzt, oder der Öde des Vergessenseins; eingepflanzt in die weichste Tiefe einer sich maßlos versuchenden Zärtlichkeit und hundertmal wieder herausgerissen, in einen Winkel geschleudert zu kantigen, zerbrochenen Dingen, verschmäht, verachtet, abgetan.

Ernährt mit Scheinspeise wie der »Ka«, das Wirkliche, wo's ihnen durchaus sollte beigebracht werden, verwöhnt an sich verschmierend, undurchdringlich und in dem äußersten Zustand von vorweggenommener Dickigkeit unfähig, auch nur einen Tropfen Wasser an irgend einer Stelle einzunehmen; ohne eigenes Urteil, nachgiebig gegen jeden Lappen und doch, wenn er einmal angeeignet war, ihn auf eine besondere Art besitzend, nachlässig, selbstgefällig, unrein; nur im Augenaufschlag einen Moment wach, dann sofort mit den unverhältnismäßigen berührbaren Augen offen hinschlafend, wohl kaum imstande zu unterscheiden, ob das mechanische Lid auf ihnen liegt, oder jener andere Gegenstand, die Luft; träge: hingeschleift durch die wechselnden Emotionen des Tages, in jeder liegen bleibend; wie ein Hund zum Mitwisser gemacht, zum Mitschuldigen, aber nicht wie er empfänglich und vergeßlich, sondern eine Last in beidem; eingeweiht in die ersten namenlosen Erfahrungen ihrer Eigentümer, in ihren frühesten unheimlichen Einsamkeiten herumliegend wie mitten in leeren Zimmern, als ob es nur gälte, das neue Geräumige mit allen Gliedern grob auszunutzen, – mitgezogen in die Gitterbetten, verschleppt in die schweren Falten der Krankheiten, in den Träumen vorkommend, verwickelt in die Verhängnisse der Fiebernächte: so waren jene Puppen. Denn sie selber bemühten sich nie in alledem; lagen dann vielmehr da am Rande des Kinderschlafs, erfüllt höchstens von dem rudimentären Gedanken des Hinunterfallens, sich träumen *lassend;* wie sie's gewohnt waren, am Tag mit fremden Kräften unermüdlich gelebt zu sein.

*

WENN man überlegt, wie dankbar Dinge sonst für Zärtlichkeiten sind, wie sie unter ihnen sich erholen, ja wie ihnen (wenn man sie nur liebt) selbst die härteste Abnutzung noch als eine zehrende Liebkosung anschlägt, unter der sie zwar schwinden, aber gleichsam ein Herz annehmen, das sie umso stärker durchdringt, jemehr ihr Körper nachgiebt (: fast werden sie dadurch in einem höheren Sinne sterblich und können jene Wehmut mit uns teilen, die unsere größte ist–); wenn man dies überlegt und sich erinnert, welche feinfühlige Schönheit gewisse Dinge sich anzueignen wußten, die ins menschliche Leben ausführlich und innig einbegriffen waren, ich meine da nicht einmal, daß es nötig sei, in Madrid, durch die Säle der Armeria zu gehen und die Rüstungen, Helme, Dolche und Doppelhänder anzustaunen, in denen die reine kluge Kunst des Harnischfegers unendlich übertroffen wurde durch ein Etwas, das der stolze und feurige Gebrauch diesem Gewaffen hinzufügte; ich denke nicht an das Lächeln und Verweintsein im Innern oft getragener Steine, ich wage nicht, an eine gewisse Perle zu denken, in der das Ungewisse ihrer Unterwasserwelt zu so geistiger Bedeutung gesteigert war, daß die ganze Unkenntlichkeit des Schicksals in ihrem schuldlosen Tropfen sich zu beklagen schien; ich überspringe das Innige, das Rührende, das verlassen Nachdenkliche von vielen Dingen, die mich durch ihr schönes Eingewöhntsein ins Menschliche, da ich vorüberging, erschüttert haben; nur ganz einfache möcht ich rasch aufrufen: einen Nähstock, ein Spinnrad, einen häuslichen Webstuhl; einen Brauthandschuh, eine Tasse, den Einband und die Blätter einer Bibel; nicht zu reden von dem großen Willen eines Hammers, von der Hingebung einer Geige, von dem gutmütigen Eifer einer Hornbrille –, ja wirf nur jenes Spiel Karten auf den Tisch, mit dem so oft Patiencen gelegt worden sind, schon steht er im Mittelpunkt weher, längst anders überholter Hoffnungen. Wenn man sich dieses alles gegenwärtig machte und man fände im selben Augenblicke – sie unter einem Haufen teilnahmsvollerer Dinge hervorziehend – eine unserer Puppen: sie würde uns fast empören durch ihre schreckliche dicke Vergeßlichkeit, der Haß, der, unbewußt, sicher immer einen Teil unserer Beziehungen zu ihr ausmachte, schlüge nach oben, entlarvt läge sie vor uns da, als der grausige Fremdkörper, an den wir unsere lauterste Wärme verschwendet haben; als die oberflächlich bemalte Wasserleiche, die sich von den Überschwemmungen unserer Zärtlichkeit heben und tragen ließ, bis wir wieder trocken wurden und sie in irgend einem Gestrüpp vergaßen. Ich weiß, ich weiß, wir mußten solche Dinge haben, die sich alles gefallen ließen. Der einfachste Verkehr der Liebe ging schon über unsere Begriffe hinaus, mit einer Person, die etwas *war*, konnten wir unmöglich leben und handeln, wir konnten uns höchstens in sie hineindrücken und in ihr verlorengehen. Der Puppe gegenüber waren wir gezwungen, uns zu behaupten, denn wenn wir uns an sie aufgaben, so war überhaupt niemand mehr da. Sie erwiderte nichts, so kamen wir in die Lage, für sie Leistungen zu übernehmen, unser allmählich breiteres Wesen zu spalten in Teil und Gegenteil, uns gewissermaßen durch sie die Welt, die unabgegrenzt in uns überging, vom Leibe zu halten. Wie in einem Probierglas mischten wir in ihr, was uns unkenntlich widerfuhr, und sahen es dort sich färben und aufkochen. Das heißt, auch das *erfanden* wir wieder, sie war so bodenlos ohne Phantasie, daß unsere Einbildung an ihr unerschöpflich wurde. Stundenlang, ganze Wochen mochte es uns befriedigen, an diesem stillhaltenden Mannequin die erste flaumige Seide unseres Herzens in Falten zu legen, aber ich kann mir nicht anders vorstellen, als daß es gewisse zu lange Nachmittage gab, in denen unsere doppelten Einfälle ermüdeten und wir ihr plötzlich gegenüber saßen und etwas von ihr erwarteten. Möglicherweise lag dann eines von jenen Dingen in der Nähe, die von Natur häßlich und dürftig und deshalb voll eigener Ansichten waren, der Kopf eines Kaspers, der nicht umzubringen war, ein halbzerbrochenes Pferd, oder etwas was Lärm machte und es ohnehin kaum erwarten konnte, uns und diese ganze Stube mit allen Kräften zu übertönen. Aber wenn nicht; wenn nichts dalag und uns auf andere Gedanken brachte, wenn jenes beschäftigungslose Geschöpf fortfuhr, sich schwer und dumm zu spreizen, wie eine bäuerische Danaë nichts anderes kennend, als den unaufhörlichen Goldregen unserer Erfindung: ich wollte, ich könnte mich entsinnen, ob wir dann aufbegehrten, auffuhren und dem Ungeheuer zu verstehen gaben, daß unsere Geduld zu Ende wäre? Ob wir dann nicht, zitternd vor Wut, vor ihr standen und wissen wollten, Posten für Posten, wofür sie unsere Wärme eigentlich gebrauche, was aus diesem ganzen Vermögen geworden sei? – Dann schwieg sie, nicht aus Überlegenheit, schwieg, weil das ihre ständige Ausrede war, weil sie aus einem nichtsnutzigen, völlig unzurechnungsfähigen Stoffe bestand, – schwieg und kam nicht einmal auf den Gedanken, sich darauf etwas zugute zu tun, ob es ihr gleich zu großer Bedeutung verhelfen mußte in einer Welt, in der das Schicksal, ja Gott selber, vor allem dadurch berühmt geworden sind, daß sie uns anschweigen. Zu einer Zeit, wo noch alle bemüht waren, uns immer rasch und beschwichtigend zu antworten, war sie, die Puppe, die erste, die uns jenes überlebensgroße Schweigen antat, das uns später immer wieder aus dem Raume anhauchte, wenn wir irgendwo an die Grenze unseres Daseins traten. Ihr gegenüber, da sie uns anstarrte, erfuhren wir zuerst (oder irr ich mich?) jenes Hohle im Gefühl, jene Herzpause, in der einer verginge, wenn ihn dann nicht die ganze, sanft weitergehende Natur, wie ein Lebloses, über Abgründe hinüberhübe. Sind wir nicht wunderliche Geschöpfe, daß wir uns gehen und anleiten lassen, unsere erste Neigung dort anzulegen, wo sie aussichtslos bleibt? So daß überall in den Geschmack jener unüberlegtesten Zärtlichkeit die Bitternis sich verteilte, daß sie vergeblich war? Wer weiß, ob nicht mancher später draußen im Leben aus solchen Erinnerungen den Verdacht nimmt, daß er nicht zu lieben sei? Ob nicht in dem und jenem seine Puppe heillos weiterwirkt, so daß er hinter vagen Befriedigungen her ist, einfach aus Widerspruch gegen das Unbefriedigtsein, mit dem sie sein Gemüt verdorben hat? – Ich entsinne mich, auf dem Herrenhaus eines abgelegenen russischen Gutes, in den Händen der Kinder, eine alte ererbte Puppe gesehen zu haben, der die ganze Familie ähnlich sah. – Es könnte ein Dichter unter die Herrschaft einer Marionette geraten, denn die Marionette hat nichts als Phantasie. Die Puppe hat keine und ist genau um so viel weniger als ein Ding, als die Marionette mehr ist. Aber dieses Weniger-sein-als-ein-Ding, in seiner ganzen Unheilbarkeit, enthält das Geheimnis ihres Übergewichts. An die Dinge muß sich das Kind gewöhnen, es muß sie hinnehmen, jedes Ding hat seinen Stolz. Die Dinge dulden die Puppe, keines liebt sie, man könnte meinen, der Tisch wirft sie ab, kaum sieht man fort, liegt sie schon wieder auf dem Fußboden. Anfänger der Welt, die wir waren, konnten wir über nichts überlegen sein, als höchstens über einen solchen halben Gegenstand, der uns hingelegt worden war, wie man den Tieren in den Aquarien einen Scherben hinlegt, damit sie an ihm ein Maß und Kennzeichen ihrer Umwelt fänden. Wir orientierten uns an der Puppe. Sie lag tiefer von Natur, so konnten wir unmerklich gegen sie abfließen, uns in ihr sammeln und, wenn auch ein wenig trübe, die neuen Umgebungen in ihr erkennen. Aber wir begriffen bald, daß wir sie weder zu einem Ding noch zu einem Menschen machen konnten, und in solchen Momenten wurde sie uns zu einem Unbekannten, und alles Vertrauliche, womit wir sie erfüllt und überschüttet hatten, wurde uns unbekannt in ihr.

Daß wir dich aber dann doch nicht zum Götzen machten, du Balg, und nicht in der Furcht zu dir untergingen, das lag daran, will ich dir sagen, daß wir *dich* gar nicht meinten. Wir meinten etwas ganz anderes, Unsichtbares, das wir über dich und uns, heimlich und ahnungsvoll, hinaushielten, und wofür wir beide gleichsam nur Vorwände waren, eine Seele meinten wir: die Puppenseele.

*

GROSSE mutige Seele des Schaukelpferds, du Wellenbadschaukel des Knabenherzens, die die Spielzimmerluft aufregte, daß sie wie über den berühmten Schlachtfeldern der Erde sich überschlug, stolze, glaubwürdige, fast sichtbare Seele. Wie du die Mauern, die Fensterkreuze, die täglichen Horizonte zum Schwanken brachtest, als rüttelten schon die Stürme der Zukunft an diesen überaus vorläufigen Übereinkünften, die im Anstehn der Nachmittage etwas so Unüberwindliches annehmen konnten. Ach wie rissest du einen, Schaukelpferdseele, hinaus und hinüber ins unaufhaltsam Heldische, wo man heiß und glorios unterging mit der schrecklichsten Unordnung in den Haaren. Dann lagst du daneben, Puppe, und hattest nicht soviel Unschuld zu begreifen, daß dein heiliger Georg das Tier deiner Stumpfheit unter sich wiegte, den Drachen, der unsere flutendsten Gefühle in dir zur Masse werden ließ, zu einer perfiden, gleichgültigen Unzerbrechlichkeit. – Oder du, überzeugte Seele der Trambahn, die in uns fast überhandnehmen konnte, wenn wir nur mit einigem Glauben an unsere Wagen-Natur in der Stube herumfuhren. Seelen, ihr, aller der einsamen Spiele und Abenteuer; einfältig gefällige Seele des Balls, Seele im Geruch der Dominosteine, unerschöpfliche Seele des Bilderbuchs. Seele der Schultasche, gegen die man schon ein wenig mißtrauisch war, weil sie's oft ganz offen mit den Erwachsenen hielt; taube Trichterseele der braven kleinen Blechtrompete: wie wart ihr alle leutselig und beinahe greifbar. Nur du, Puppenseele, von dir konnte man nie recht sagen, *wo* du eigentlich warst. Ob du dich gerade bei einem aufhieltest oder bei der schläfrigen Kreatur da drüben, der man dich beständig einredete; sicher verließen wir uns oft einer auf den andern und am Ende hielt dich keiner, und du wurdest mit Füßen getreten. Wann warst du eigentlich jemals gegenwärtig? Am Geburtstagsmorgen vielleicht, wenn eine neue Puppe dasaß und sich fast etwas Körperwärme aneignete von dem noch warmen Kuchen neben ihr? Oder am Vorabend vor Weihnachten, wenn die bisherigen Puppen die überwiegende Nähe der künftigen ahnten durch die seit Tagen unzugängliche Zimmertür? Oder, mit mehr Wahrscheinlichkeit, wenn eine Puppe plötzlich hinfiel und häßlich wurde: da wars eine Sekunde, als überraschte man dich. Auch, glaube ich, warst du imstande, so ungenau wehzutun wie beginnender Zahnschmerz, von dem man noch nicht weiß, wo er eigentlich sein wird, wenn die Lieblingspuppe Anna plötzlich verloren ging, nie wieder gefunden werden sollte in alle Ewigkeit: weg war. Aber im Grunde war man so beschäftigt, dich zu erhalten, daß man keine Zeit hatte, dich festzustellen. Ich habe kein Urteil darüber, wie es ist, wenn ein kleines Mädchen stirbt und eine ihrer Puppen (vielleicht eine, die bis dahin recht vernachlässigt war) nicht von sich läßt, auch ganz zuletzt nicht, so daß das arme Ding, ordentlich dürr und welk von der heiß zehrenden Fieberhand, ins Ernste, Endgültige mit hineingerissen wird: ob dann ein bißchen Seele sich in ihm sammelt, neugierig, eine wirkliche Seele zu sehn?

*

O PUPPENSEELE, die Gott nicht gemacht hat, du, von einer unbesonnenen Fee launisch erbetene, von einem Götzen mit Überanstrengung ausgeatmete Dingseele, die wir alle, halb ängstlich halb großmütig, erhalten haben und aus der keiner sich völlig zurücknehmen kann, o Seele, die nie recht getragen worden ist, die immer nur, beschützt von allerhand altmodischen Gerüchen, in Aufbewahrung war (wie die Pelze im Sommer): siehe, da sind nun in dich die Motten gekommen. Zu lange hat man nicht mit dir gerührt, nun schüttelt dich eine Hand, besorgt und mutwillig zugleich, – sieh sieh, da flattern aus dir alle die kleinen wehleidigen Falter hervor, unbeschreiblich sterbliche, die im Augenblick, da sie zu sich kommen, schon anfangen, von sich Abschied zu nehmen.
So haben wir dich am Ende recht zerstört, Puppenseele, indem wir dich in unseren Puppen zu pflegen meinten; sie waren wohl schon die Larven, die dich aus-fraßen–, da erklärt es sich auch, daß sie so dick und so träge waren und daß an sie keine Nahrung mehr anzubringen war. Nun flüchtet dieses neue scheue Geschlecht hervor und flattert durch unser dunkles Gefühl. Sieht man es, man möchte sagen, daß es kleine Seufzer sind, so dünn, daß für sie unser Ohr nicht mehr ausreichte, sie erscheinen, schwindend, an der schwankendsten Grenze unseres Gesichts. Denn dies allein beschäftigt sie: hinzuschwinden. Geschlechtlos wie die Kinderpuppen selbst es waren, finden sie keinen Untergang in ihrer anstehenden Wollust, die nicht Zufluß noch Abfluß hat. Es ist, als verzehrten sie sich nach einer

schönen Flamme, sich falterhaft hineinzuwerfen (und dann müßte der augenblickliche Geruch ihres Aufbrennens uns mit grenzenlosen, nie gewußten Gefühlen überfluten). Wie man das so denkt und aufsieht, steht man, fast erschüttert, vor ihrer wächsernen Natur.

URGERÄUSCH

ZUR Zeit, als ich die Schule besuchte, mochte der Phonograph erst kürzlich erfunden worden sein. Er stand jedenfalls im Mittelpunkte des öffentlichen Erstaunens, und so mag es sich erklären, daß unser Physiklehrer, ein zu allerhand emsigen Basteleien geneigter Mann, uns anleitete, einen derartigen Apparat aus dem handgreiflichsten Zubehöre geschickt zusammenzustellen. Dazu war nicht mehr nötig, als was ich im Folgenden aufzähle. Ein Stück biegsamerer Pappe, zu einem Trichter zusammengebogen, dessen engere runde Öffnung man sofort mit einem Stück undurchlässigen Papiers, von jener Art, wie man es zum Verschlusse der Gläser eingekochten Obstes zu verwenden pflegt, verklebte, auf diese Weise eine schwingende Membran improvisierend, in deren Mitte, mit dem nächsten Griff, eine Borste aus einer stärkeren Kleiderbürste, senkrecht abstehend, eingesteckt wurde. Mit diesem Wenigen war die eine Seite der geheimnisvollen Maschine hergestellt, Annehmer und Weitergeber standen in voller Bereitschaft, und es handelte sich nun nur noch um die Verfertigung einer aufnehmenden Walze, die, mittels einer kleinen

Kurbel drehbar, dicht an den einzeichnenden Stift herangeschoben werden konnte. Ich erinnere nicht, woraus wir sie herstellten; es fand sich eben irgend ein Cylinder, den wir, so gut und so schlecht uns das gelingen mochte, mit einer dünnen Schicht Kerzenwachs überzogen, welches kaum verkaltet und erstarrt war, als wir schon, mit der Ungeduld, die über dem dringenden Geklebe und Gemache in uns zugenommen hatte, einer den andern fortdrängend, die Probe auf unsere Unternehmung anstellten. Man wird sich ohneweiters vorstellen können, wie das geschah. Sprach oder sang jemand in den Schalltrichter hinein, so übertrug der in dem Pergamente steckende Stift die Tonwellen auf die empfängliche Oberfläche der langsam an ihm vorbei gedrehten Rolle, und ließ man gleich darauf den eifrigen Zeiger seinen eigenen (inzwischen durch einen Firnis befestigten) Weg wieder verfolgen, so zitterte, schwankte aus der papierenen Tüte der eben noch unsrige Klang, unsicher zwar, unbeschreiblich leise und zaghaft und stellenweise versagend, auf uns zurück. Die Wirkung war jedesmal die vollkommenste. Unsere Klasse gehörte nicht eben zu den ruhigsten, und es möchten nicht viele Augenblicke gewesen sein, da sie, gemeinsam, einen ähnlichen Grad von Stille zu erreichen fähig war. Das Phänomen blieb ja auch überraschend, ja recht eigentlich erschütternd, von einem Male zum anderen. Man stand gewissermaßen einer neuen, noch unendlich zarten Stelle der Wirklichkeit gegenüber, aus der uns, Kinder, ein bei weitem Überlegenes doch unsäglich anfängerhaft und gleichsam Hülfe suchend ansprach. Damals und durch die Jahre hin meinte ich, es sollte mir gerade dieser selbständige, von uns abgezogene und draußen aufbewahrte Klang unvergeßlich bleiben. Daß es anders kam, ist die Ursache dieser Aufzeichnung. Nicht er, nicht der Ton aus dem Trichter, überwog, wie sich zeigen sollte, in meiner Erinnerung, sondern jene der Walze eingeritzten Zeichen waren mir um vieles eigentümlicher geblieben.

Vierzehn oder fünfzehn Jahre mochten seit jener Schulzeit hingegangen sein, als mir dies eines Tages zum Bewußtsein kam. Es war in meiner ersten Pariser Zeit, ich besuchte damals mit ziemlichem Eifer die Anatomie-Vorlesungen an der École des Beaux-Arts, wobei mich nicht so sehr das vielfältige Geflecht der Muskeln und Sehnen oder die vollkommene Verabredung der inneren Organe anzusprechen schien, als vielmehr das aride Skelett, dessen verhaltene Energie und Elastizität mir damals schon über den Blättern Lionardos sichtbar geworden war. So sehr ich nun auch an dem baulichen Ganzen rätselte, – es war mir zu viel; meine Betrachtung sammelte sich immer wieder zur Untersuchung des Schädels, in dem, sozusagen, das Äußerste, wozu dieses kalkige Element sich noch anspannen konnte, mir geleistet schien, als ob es gerade hier überredet worden wäre, sich zu einem entscheidenden Dienst bedeutend anzustrengen, um ein letzthin Gewagtes, im engen Einschluß schon wieder grenzenlos Wirkendes in seinen festesten Schutz zu nehmen. Die Bezauberung, die dieses besondere, gegen einen durchaus weltischen Raum abgeschlossene Gehäus auf mich ausübte, ging schließlich so weit, daß ich mir einen Schädel anschaffte, um nun auch so manche Nachtstunde mit ihm zuzubringen; und, wie es mir immer mit den Dingen geht: nicht allein die Augenblicke absichtlicher Beschäftigung haben mir diesen zweideutigen Gegenstand merkwürdiger angeeignet –, meine Vertrautheit mit ihm verdank ich ohne Zweifel zu einem gewissen Teile dem streifenden Blick, mit dem wir die gewohnte Umgebung, wenn sie nur einige Beziehung zu uns hat, unwillkürlich prüfen und auffassen. Ein solcher Blick war es, den ich plötzlich in seinem Verlaufe anhielt und genau und aufmerksam einstellte. In dem oft so eigentümlich wachen und auffordernden Lichte der Kerze war mir soeben die Kronen-Naht ganz auffallend sichtbar geworden, und schon wußte ich auch, woran sie mich erinnerte: an eine jener unvergessenen Spuren, wie sie einmal durch die Spitze einer Borste in eine kleine Wachsrolle eingeritzt worden waren!

Und nun weiß ich nicht: ist es eine rhythmische Eigenheit meiner Einbildung, daß mir seither, oft in weiten Abständen von Jahren, immer wieder der Antrieb aufsteigt, aus dieser damals unvermittelt wahrgenommenen Ähnlichkeit den Absprung zu nehmen zu einer ganzen Reihe von unerhörten Versuchen? Ich gestehe sofort, daß ich die Lust dazu, sooft sie sich meldete, nie anders, als mit dem strengsten Mißtraun behandelt habe, – bedarf es eines Beweises dafür, so liege er in dem Umstande, daß ich mich erst jetzt, wiederum mehr als anderthalb Jahrzehnte später, zu einer vorsichtigen Mitteilung entschließe. Auch habe ich zugunsten meines

Einfalls mehr nicht anzuführen, als seine eigensinnige Wiederkehr, durch die er mich, ohne Zusammenhang mit meinen übrigen Beschäftigungen, bald hier, bald dort, in den unterschiedlichsten Verhältnissen überrascht hat.

Was wird mir nun immer wieder innerlich vorgeschlagen? Es ist dieses:

Die Kronen-Naht des Schädels (was nun zunächst zu untersuchen wäre) hat – nehmen wirs an – eine gewisse Ähnlichkeit mit der dicht gewundenen Linie, die der Stift eines Phonographen in den empfangenden rotierenden Cylinder des Apparates eingräbt. Wie nun, wenn man diesen Stift täuschte und ihn, wo er zurückzuleiten hat, über eine Spur lenkte, die nicht aus der graphischen Übersetzung eines Tones stammte, sondern ein an sich und natürlich Bestehendes –, gut: sprechen wirs nur aus: eben (z. B.) die Kronen-Naht wäre –: Was würde geschehen? Ein Ton müßte entstehen, eine Ton-Folge, eine Musik ...

Gefühle –, welche? Ungläubigkeit, Scheu, Furcht, Ehrfurcht –: ja, welches nur von allen hier möglichen Gefühlen? verhindert mich, einen Namen vorzuschlagen für das Ur-Geräusch, welches da zur Welt kommen sollte ...

Dieses für einen Augenblick hingestellt: wasfür, irgendwo vorkommende Linien möchte man da nicht unterschieben und auf die Probe stellen? Welchen Kontur nicht gewissermaßen auf diese Weise zu Ende ziehen, um ihn dann, verwandelt, in einem anderen Sinn-Bereich herandringen zu fühlen?

*

In einer gewissen Zeit, da ich mich mit arabischen Gedichten zu beschäftigen begann, an deren Entstehung die fünf Sinne einen gleichzeitigeren und gleichmäßigeren Anteil zu haben scheinen, fiel es mir zuerst auf, wie ungleich und einzeln der jetzige europäische Dichter sich dieser Zuträger bedient, von denen fast nur der eine, das Gesicht, mit Welt überladen, ihn beständig überwältigt; wie gering ist dagegen schon der Beitrag, den das unaufmerksame Gehör ihm zuflößt, gar nicht zu reden von der Teilnahmslosigkeit der übrigen Sinne, die nur abseits und mit vielen Unterbrechungen in ihren nützlich eingeschränkten Gebieten sich betätigen. Und doch kann das vollendete Gedicht nur unter der Bedingung entstehen, daß die mit fünf Hebeln gleichzeitig angegriffene Welt unter einem bestimmten Aspekt auf jener übernatürlichen Ebene erscheine, die eben die des Gedichtes ist.

Eine Frau, der solches in einem Gespräche vorgetragen wurde, rief aus, diese wunderbare, zugleich einsetzende Befähigung und Leistung aller Sinne sei doch nichts anderes, als Geistesgegenwart und Gnade der Liebe, – und sie legte damit (nebenbei) ein eigenes Zeugnis ein für die sublime Wirklichkeit des Gedichts. Aber eben deshalb ist der Liebende in so großartiger Gefahr, weil er auf das Zusammenwirken seiner Sinne angewiesen ist, von denen er doch weiß, daß sie nur in jener einzigen gewagten Mitte sich treffen, in der sie, alle Breite aufgebend, zusammenlaufen und in der kein Bestand ist.

Indem ich mich so ausdrücke, habe ich schon die Zeichnung vor mir, deren ich mich, als eines angenehmen Behelfes, jedesmal bediente, sooft ähnliche Erwägungen sich aufdrängten. Stellt man sich das gesamte Erfahrungsbereich der Welt, auch seine uns übertreffenden Gebiete, in einem vollen Kreise dar, so wird es sofort augenscheinlich, um wieviel größer die schwarzen Sektoren sind, die das uns Unerfahrbare bezeichnen, gemessen an den ungleichen lichten Ausschnitten, die den Scheinwerfern der Sensualität entsprechen.

Nun ist die Lage des Liebenden die, daß er sich unversehens in die Mitte des Kreises gestellt fühlt, dorthin also, wo das Bekannte und das Unerfaßliche in einem einzigen Punkte zusammendringt, vollzählig wird und Besitz schlechthin, allerdings unter Aufhebung aller Einzelheit. Dem Dichter wäre mit dieser Versetzung nicht gedient, ihm muß das vielfältig Einzelne gegenwärtig bleiben, er ist angehalten, die Sinnes-Ausschnitte ihrer Breite nach zu gebrauchen, und so muß er auch wünschen, jeden einzelnen so weit als möglich auszudehnen, damit einmal seiner geschürzten Entzückung der Sprung durch die fünf Gärten in einem Atem gelänge.

Beruht die Gefahr des Liebenden in der Unausgedehntheit seines Standpunkts, so ist es jene des Dichters, der Abgründe gewahr zu werden, die die eine Ordnung der Sinnlichkeit von der anderen scheiden: in der Tat, sie sind weit und saugend genug, um den größeren Teil der Welt – und wer weiß, wieviel Welten – an uns vorbei hinwegzureißen.

Die Frage entsteht hier, ob die Arbeit des Forschers die Ausdehnung dieser Sektoren in der von uns angenommenen Ebene wesentlich zu erweitern vermag? Ob nicht die Erwerbung des Mikroskops, des Fernrohrs und so vieler, die Sinne nach oben oder unten verschiebender Vorrichtungen in eine *andere* Schichtung zu liegen kommen, da doch der meiste, so gewonnene Zuwachs sinnlich nicht durchdrungen, also nicht eigentlich »erlebt« werden kann. Es möchte nicht voreilig sein, zu vermuten, daß der Künstler, der diese (wenn man es so nennen darf) fünffingrige Hand seiner Sinne zu immer regerem und geistigerem Griffe entwickelt, am entscheidendsten an einer Erweiterung der einzelnen Sinn-Gebiete arbeitet, nur daß seine beweisende Leistung, da sie ohne das Wunder zuletzt nicht möglich ist, ihm nicht erlaubt, den persönlichen Gebietsgewinn in die aufgeschlagene allgemeine Karte einzutragen.

Sieht man sich aber nun nach einem Mittel um, unter so seltsam abgetrennten Bereichen die schließlich dringende Verbindung herzustellen, welches könnte versprechender sein als jener, in den ersten Seiten dieser Erinnerung angeratene Versuch? Wenn er hier am Schlusse, mit der schon versicherten Zurückhaltung, nochmals vorgeschlagen wird, so möge man es dem Schreibenden in einem gewissen Grade anrechnen, daß er der Verführung widerstehen konnte, die damit gebotenen Voraussetzungen in den freien Bewegungen der Phantasie willkürlich auszuführen. Dafür schien ihm der, während so vielen Jahren übergangene und immer wieder hervortretende Auftrag zu begrenzt und zu ausdrücklich zu sein.

Soglio, am Tage Mariae Himmelfahrt 1919

ÜBER DEN DICHTER

Ein Mal, in einem schönen Gleichnis, ward mir das Verhältnis des Dichters im Bestehenden, sein »Sinn« vorgehalten. Das war auf der großen Segelbarke, mit der wir von der Insel Philae nach den ausgedehnten Stau-Anlagen hinüberfuhren. Es ging zuerst den Strom hinauf, die Ruderer mußten sich Mühe geben. Ich hatte sie alle gegen mir über, sechzehn, wenn ich mich recht entsinne, je vier in einer Reihe, immer zwei am rechten, zwei am linken Ruder. Gelegentlich begegnete man dem Blick des einen oder andern, meistens aber war in ihren Augen kein Schauen, sie standen offen in die Luft, oder sie waren eben nur die Stellen, wo das heiße Innere dieser Burschen, um das die metallischen Körper sich spannten, frei lag. Zuweilen, aufschauend, überraschte man dennoch einen, der in voller Nachdenklichkeit über einem brütete, als stellte er sich Situationen vor, in denen diese fremde verkleidete Erscheinung sich ihm enträtseln könnte; entdeckt, verlor er fast sofort den mühsam vertieften Ausdruck, war einen Moment mit allen Gefühlen im Schwanken, sammelte sich so rasch es ging in einem wachsamen Tierblick, bis der schöne Ernst seines Gesichts gewohnheitsmäßig in das alberne Bakschischgesicht überging und in die törichte Bereitschaft, sich zum Dank nach Belieben zu entstellen und herabzusetzen. Doch ging mit dieser Erniedrigung, die die Reisenden seit lange auf dem Gewissen haben, meistens auch schon die dazu gehörige Rache vor sich, indem er selten unterließ, über den Fremden fort einen Blick bösen Hasses hinüberzuheben, der aufleuchtete von einem Einverständnis, das er jenseits mußte gefunden haben. Ich hatte den Alten schon mehrere Male beobachtet, der dort, auf dem Schiffshinterteil, hockte. Seine Hände und Füße waren aufs vertraulichste nebeneinander gekommen, und zwischen ihnen ging, gelenkt und aufgehalten, die Stange des Steuers hin und her und hatte Bewandtnis. Der Körper, in dem zerfetzten schmutzigen Kleide, war nicht der Rede wert, das Gesicht unter dem verkommenen Turbantuch in sich zusammengeschoben wie die Stücke eines Fernrohrs, so flach, daß die Augen davon zu triefen schienen. Gott weiß, was in ihm steckte, er sah aus, als könnte er einen in etwas Widerwärtiges verwandeln; ich hätte ihn gern genau ins Auge gefaßt, aber wenn ich mich umdrehte, hatte ich ihn so nah wie mein eigenes Ohr, und es war mir zu auffallend, ihn aus solcher Nähe zu untersuchen. Auch war das Schauspiel des breit auf uns zukommenden Flusses, der schöne, gleichsam fortwährend zukünftige Raum, in den wir uns eindrängten, der ununterbrochenen Aufmerksamkeit so würdig und wohltuend, daß ich den Alten aufgab und dafür mit immer mehr Freude die Bewegungen der Knaben zu sehen lernte, die bei aller Heftigkeit und Anstrengung nicht an Ordnung verloren. Das Rudern war nun so gewaltig, daß die Knaben an den Enden der mächtigen Ruderstangen sich jedesmal im Ausholen ganz von den Sitzen abhoben und sich, ein Bein gegen die Vorderbank gestemmt, stark zurückwarfen, während die acht Ruderblätter sich unten in der Strömung durchsetzten. Dabei stießen sie eine Art Zählung aus, um im Takt zu bleiben, aber immer wieder nahm ihre Leistung sie so in Anspruch, daß keine Stimme übrig blieb; manchmal mußte so eine Pause einfach überstanden werden, zuweilen aber fügte es sich so, daß ein nicht abzusehender Eingriff, den wir alle auf das Besonderste empfanden, ihnen dann nicht nur rhythmisch zu Hülfe kam, sondern auch, wie man merken konnte, die Kräfte in ihnen gleichsam umwandte, so daß sie, erleichtert, neue, noch unverminderte Stellen Kraft in Gebrauch nahmen: ganz wie ein Kind, das sich hungrig über einen Apfel gemacht hat, strahlend von Neuem zu essen anfängt, wenn es entdeckt, daß die eine Seite, die es hielt, noch bis zur Schale ansteht.

Da kann ich ihn nun länger nicht verschweigen, den Mann, der gegen den rechten Rand zu vorne auf unserer Barke saß. Ich meinte schließlich, es vorzufühlen, wenn sein Gesang bevorstand, aber ich kann mich geirrt haben. Er sang aufeinmal auf, in durchaus unregelmäßigen Abständen und keineswegs immer, wenn die Erschöpfung um sich griff, im Gegenteil, es geschah mehr als ein Mal, daß sein Lied alle tüchtig fand oder geradezu übermütig, aber es war auch dann im Recht; es paßte auch dann. Ich weiß nicht, wie weit sich ihm die Verfassung unserer Mannschaft mitteilte, das alles war hinter ihm, er sah selten zurück und ohne ihn bestimmenden Eindruck. Was auf ihn Einfluß zu haben schien, war die reine Bewegung, die in seinem Gefühl

mit der offenen Ferne zusammentraf, an die er, halb entschlossen, halb melancholisch, hingegeben war. In ihm kam der Antrieb unseres Fahrzeugs und die Gewalt dessen, was uns entgegenging, fortwährend zum Ausgleich, – von Zeit zu Zeit sammelte sich ein Überschuß: dann sang er. Das Schiff bewältigte den Widerstand; er aber, der Zauberer, verwandelte Das, was nicht zu bewältigen war, in eine Folge langer schwebender Töne, die weder hierhin noch dorthin gehörten, und die jeder für sich in Anspruch nahm. Während seine Umgebung sich immer wieder mit dem greifbaren Nächsten einließ und es überwand, unterhielt seine Stimme die Beziehung zum Weitesten, knüpfte uns daran an, bis es uns zog.
Ich weiß nicht wie es geschah, aber plötzlich begriff ich in dieser Erscheinung die Lage des Dichters, seinen Platz und seine Wirkung innerhalb der Zeit, und daß man ihm ruhig alle Stellen streitig machen dürfte außer dieser. Dort aber müßte man ihn dulden.

ÜBER DEN JUNGEN DICHTER

Immer noch zögernd, unter geliebten Erfahrungen überwiegende und geringere zu unterscheiden, bin ich auf ganz vorläufige Mittel beschränkt, wenn ich das Wesen eines Dichters zu beschreiben versuche: dieses ungeheuere und kindliche Wesen, welches (man faßt es nicht: wie) nicht allein in endgültigen großen Gestalten früher aufkam, nein, sich hier, neben uns, in dem Knaben vielleicht, der den großen Blick hebt und uns nicht sieht, gerade zusammenzieht, dieses Wesen, das junge Herzen, in einer Zeit, da sie des geringfügigsten Lebens noch unmächtig sind, überfällt, um sie mit Fähigkeiten und Beziehungen zu erfüllen, die sofort über alles Erwerbbare eines ganzen Daseins hinausgehn; ja, wer wäre imstand von diesem Wesen ruhig zu reden? Wäre es noch an dem, daß es nicht mehr vorkäme, daß wir es absehen dürften an den Gedichten Homers, hinausgerückt, in seiner unwahrscheinlichen Erscheinung: wir würden es allmählig in eine Fassung bringen, wir würden ihm Namen geben und Verlauf, wie den anderen Dingen der Vorzeit; denn was anderes als Vorzeit bricht aus in den mit solchen Gewalten bestürzten Herzen. Hier unter uns, in dieser vielfältig heutigen Stadt, in jenem redlich beschäftigten Haus, unter dem Lärm der

Anmerkung: Für den Verfasser war die vielfach beglückende Beschäftigung mit den Gedichten Franz Werfels gewissermaßen die Voraussetzung zu diesem Aufsatz. Es sei daher auf Werfels beide Bände Gedichte (*Der Weltfreund* und *Wir sind*) an dieser Stelle hingewiesen. ⟨R. M. R.⟩

Fahrzeuge und Fabriken und während die Zeitungen ausgerufen werden, geräumige Blätter bis an den Rand voll Ereignis, ist plötzlich, wer weiß, alle Anstrengung, aller Eifer, alle Kraft überwogen durch den Auftritt der Titanen in einem unmündigen Innern. Nichts spricht dafür als die Kälte einer Knabenhand; nichts als ein erschrocken zurückgenommener Aufblick; nichts als die Teilnahmslosigkeit dieses jungen Menschen, der mit seinen Brüdern nicht spricht und, so bald es geht, von den Mahlzeiten aufsteht, die ihn viel zu lang dem Urteil seiner Familie ausstellen. Kaum daß er weiß, ob er noch zur Mutter gehört: so weit sind alle Maaße seines Fühlens verschoben, seit dem Einbruch der Elemente in sein unendliches Herz.
O ihr Mütter der Dichter. Ihr Lieblingsplätze der Götter, in deren Schooß schon muß das Unerhörte verabredet worden sein. Hörtet ihr Stimmen in der Tiefe eurer Empfängnis, oder haben die Göttlichen sich nur mit Zeichen verständigt?
Ich weiß nicht, wie man das völlig Wunderbare einer Welt leugnen kann, in der die Zunahme des Berechneten die Vorräte dessen, was über jedes Absehn hinausgeht, noch gar nicht einmal angegriffen hat. Es ist wahr, die Götter haben keine Gelegenheit verschmäht, uns bloßzustellen: sie ließen uns die großen Könige Ägyptens aufdecken in ihren Grabkammern, und wir konnten sie sehen in ihren natürlichen Verwesungen, wie ihnen nichts erspart geblieben war. Alle die äußersten Leistungen jener Bauwerke und Malereien haben zu nichts geführt; hinter dem Qualm der Balsamküchen

ward kein Himmel erheitert, und der tönernen Brote und Beischläferinnen hat sich kein unterweltlicher Schwarm scheinbar bedient. Wer bedenkt, welche Fülle reinster und gewaltigster Vorstellungen hier (und immer wieder) von den unbegreiflichen Wesen, an die sie angewandt waren, abgelehnt und verleugnet worden ist, wie möchte der nicht zittern für unsere größere Zukunft. Aber bedenke er auch, was das menschliche Herz wäre, wenn außerhalb seiner, draußen, an irgend einem Platze der Welt Gewißheit entstünde; letzte Gewißheit. Wie es mit einem Schlage seine ganze in Jahrtausenden angewachsene Spannung verlöre, eine zwar immer noch rühmliche Stelle bliebe, aber eine, von der man heimlich erzählte, was sie vor Zeiten gewesen sei. Denn wahrlich, auch die Größe der Götter hängt an ihrer Not: daran, daß sie, was man ihnen auch für Gehäuse behüte, nirgends in Sicherheit sind, als in unserem Herzen. Dorthin stürzen sie oft aus dem Schlaf mit noch ungesonderten Plänen; dort kommen sie ernst und beratend zusammen; dort wird ihr Beschluß unaufhaltsam.

Was wollen alle Enttäuschungen besagen, alle unbefriedigten Grabstätten, alle entkernten Tempel, wenn hier, neben mir, in einem auf einmal verfinsterten Jüngling Gott zur Besinnung kommt. Seine Eltern sehen noch keine Zukunft für ihn, seine Lehrer glauben seiner Unlust auf der Spur zu sein, sein eigener Geist macht ihm die Welt ungenau, und sein Tod versucht schon immer an ihm, wo er am besten zu brechen sei: aber so groß ist die Unüberlegtheit des Himmlischen, daß es in dieses unverläßliche Gefäß seine Ströme ergießt. Vor einer Stunde noch vermochte der flüchtigste Aufblick der Mutter dieses Wesen zu umfassen; nun ermäße sie's nicht: und wenn sie Auferstehung und Engelsturz zusammennimmt.

*

Wie aber kann ein neues Geschöpf, das noch kaum seine eigenen Hände kennt, unerfahren in seiner Natur, Neuling in den gewöhnlichsten Wendungen seines Geistes, sich bei so unerhörter Anwesenheit einrichten? Wie soll es, das doch offenbar bestimmt ist, später von der präzisesten Beschaffenheit zu sein, seine Ausbildung leisten, zwischen Drohungen und Verwöhnungen, die beide seine unvorbereiteten Kräfte, bis zum letzten Aufgebot, übersteigen? Und nicht nur daß der Ausbruch der Größe in seinem Innern ihm die heroische Landschaft seines Gefühls fast ungangbar macht: in demselben Maße, als dort seine Natur überhand nimmt, gewahrt er, aufblickend, mißtrauische Fragen, bittre Forderungen und Neugier in den bisher in Sicherheit geliebten Gesichtern. Dürfte doch ein Knabe in solcher Lage immer noch fortgehn, hinaus, und ein Hirte sein. Dürfte er seine verwirrten inneren Gegenstände in langen sprachlosen Tagen und Nächten bereichern um den staunend erfahrenen Raum; dürfte er die gedrängten Bilder in seiner Seele gleichsetzen dem verbreiteten Gestirn. Ach, daß doch niemand ihm zuredete und niemand ihm widerspräche. Wollt ihr wirklich *Diesen* beschäftigen, die-

sen maaßlos in Anspruch Genommenen, dem, vor der Zeit, ein unerschöpfliches Wesen zu tun giebt?
Kann man sich erklären, wie er besteht? Die ihn plötzlich bewohnende Macht findet Verkehr und Verwandtschaft bei seiner, noch in allen Winkeln des Herzens zögernden Kindheit; da zeigt es sich erst, nach was für ungeheueren Verhältnissen hin, dieser äußerlich so unzulängliche Zustand, innen offensteht. Der unverhältnismäßige Geist, der im Bewußtsein des Jünglings nicht Platz hat, schwebt da über einer entwickelten Unterwelt voller Freuden und Furchtbarkeiten. Aus ihr allein, absehend von der ganzen jenseitig-äußeren Kreatur, vermöchte er seine gewaltigen Absichten zu bestreiten. Aber da lockt es ihn auch schon, durch die rein leitenden Sinne des Ergriffenen mit der vorhandenen Welt zu verhandeln. Und wie er innen an das verborgen Mächtigste seinen Anschluß hat, so wird er im Sichtbaren schnell und genau von kleinen winkenden Anlässen bedient: widerspräche es doch der verschwiegenen Natur, in dem Verständigten das Bedeutende anders als unscheinbar aufzuregen.
Wer die frühen Kleistischen Briefe liest, dem wird, in demselben Grade, als er diese in Gewittern sich aufklärende Erscheinung begreift, die Stelle nicht unwichtig sein, die von dem Gewölb eines gewissen Tores in Würzburg handelt, einem der zeitigsten Eindrücke, an dem, leise berührt, die schon gespannte Genialität sich nach außen schlägt. Irgend ein nachdenklicher Leser Stifters (um noch ein Beispiel vorzustellen) könnte es bei sich zur Vermutung bringen, daß diesem dichterischen Er-

zähler sein innerer Beruf in dem Augenblick unvermeidlich geworden sei, da er, eines unvergeßlichen Tages, zuerst durch ein Fernrohr einen äußerst entlegenen Punkt der Landschaft herbeizuziehen suchte und nun, in völlig bestürzter Vision, ein Flüchten von Räumen, von Wolken, von Gegenständen erfuhr, einen Schrecken von solchem Reichtum, daß in diesen Sekunden sein offen überraschtes Gemüt Welt empfing, wie die Danaë den ergossenen Zeus.

Es möchte am Ende jede dichterische Entschlossenheit an so nebensächlichen Anlässen unerwartet zu sich gekommen sein, nicht allein, da sie zum ersten Mal sich eines Temperamentes bemächtigte, sondern immer wieder, an jeder Wendung einer künstlerisch sich vollziehenden Natur.

Wer nennt euch alle, ihr Mitschuldigen der Begeisterung, die ihr nichts als Geräusche seid, oder Glocken, die aufhören, oder wunderlich neue Vogelstimmen im vernachlässigten Gehölz. Oder Glanz, den ein aufgehendes Fenster hinauswirft in den schwebenden Morgen; oder abstürzendes Wasser; oder Luft; oder Blicke. Zufällige Blicke Vorübergehender, Aufblicke von Frauen, die am Fenster nähen, bis herunter zum unsäglich besorgten Umschaun hockender bemühter Hunde, so nahe am Ausdruck der Schulkinder. Welche Verabredung, Größe hervorzurufen, geht durch den kleinlichsten Alltag. Vorgänge, so gleichgültig, daß sie nicht imstande wären, das nachgiebigste Schicksal um ein Zehntausendstel zu verschieben –, siehe: hier winken sie, und die göttliche Zeile tritt über sie fort ins Ewige.

Gewiß wird der Dichter bei zunehmender Einsicht in seine grenzenlosen Aufgaben sich an das Größste anschließen; es wird ihn, wo er es findet, entzücken oder demütigen, nach seiner Willkür. Aber das Zeichen zum Aufstand in seinem Herzen wird willig von einem Boten gegeben sein, der nicht weiß, was er tut. Undenkbar ist es für ihn, sich von vornherein nach dem Großen auszurichten, da er ja gerade bestimmt ist, an ihm, seinem allgegenwärtigen Ziele, auf noch unbeschreiblich eigenen Wegen herauszutreten. Und wie, eigentlich, sollte es ihm zuerst kenntlich geworden sein, da es in seiner ursprünglichen Umwelt vielleicht nur vermummt, sich verstellend oder verachtet vorkam, gleich jenem Heiligen, im Zwischenraum unter der Treppe wohnend? Läge es aber einmal vor ihm, offenkundig, in seiner sichern, auf uns nicht Rücksicht nehmenden Herrlichkeit, – müßte er dann nicht wie Petrarca vor den zahllosen Aussichten des erstiegenen Berges zurück in die Schluchten seiner Seele flüchten, die, ob er sie gleich nie erforschen wird, ihm doch unaussprechlich näher gehn als jene zur Not erfahrbare Fremde.

Erschreckt im Innern durch das ferne Donnern des Gottes, von außen bestürzt durch ein unaufhaltsames Übermaß von Erscheinung, hat der gewaltig Behandelte eben nur Raum, auf dem Streifen zwischen beiden Welten dazustehn, bis ihm, aufeinmal, ein unbeteiligtes kleines Geschehn seinen ungeheueren Zustand mit Unschuld überflutet. Dieses ist der Augenblick, der in die Waage, auf deren einer Schale sein von unendlichen

Verantwortungen überladenes Herz ruht, zu erhaben beruhigter Gleiche, das große Gedicht legt.

*

DAS große Gedicht. Wie ich es sage, wird mir klar, daß ich es, bis vor Kurzem, als ein durchaus Seiendes hingenommen habe, es jedem Verdacht der Entstehung hochhin entziehend. Wäre mir selbst der Urheber dahinter hervorgetreten, ich wüßte mir doch die Kraft nicht vorzustellen, die soviel Schweigen auf *ein* Mal gebrochen hat. Wie die Erbauer der Kathedralen, Samenkörnern vergleichbar, sofort aufgegangen waren, ohne Rest, in Wachstum und Blüte, in dem schon wie von jeher gewesenen Dastehn ihrer, aus ihnen nicht mehr erklärlichen Werke: so sind mir die großen vergangenen und die gegenwärtigen Dichter rein unfaßlich geblieben, jeder einzelne ersetzt durch den Turm und die Glocke seines Herzes. Erst seit eine nächste, herauf und gleich ins Künftige drängende Jugend, ihr eigenes Werden im Werden ihrer Gedichte nicht unbedeutend zur Geltung bringt, versucht mein Blick, neben der Leistung, die Verhältnisse des hervorbringenden Gemüts zu erkennen. Aber auch jetzt noch, da ich zugeben muß, daß Gedichte sich bilden, bin ich weit entfernt, sie für erfunden zu halten; vielmehr erscheint es mir, als ob in der Seele des dichterisch Ergriffenen eine geistige Prädisposition heraussträte, die schon zwischen uns (wie ein unentdecktes Sternbild) gespannt war.

Betrachtet man, was an schöner Verwirklichung

schon jetzt für einige von denjenigen einsteht, die ihr drittes Jahrzehnt kürzlich angetreten haben, so könnte man fast hoffen, sie würden in kurzem, alles, woran in den letzten dreißig Jahren unsere Bewunderung groß geworden ist, durch das Vollzieherische ihrer Arbeit zur Vorarbeit machen. Es müssen, das ist klar, die verschiedensten Umstände sich günstig verabreden, damit ein solches entschlossenes Gelingen möglich sei. Prüft man diese Umstände, so sind der äußeren so viele, daß man es am Ende aufgiebt, bis zu den innerlichen vorzudringen. Die gereizte Neugier und unaufhörliche Findigkeit einer, um hundert Hemmungen freieren Zeit dringt in alle Verstecke des Geistes und hebt leicht auf ihren Fluten Gebilde hervor, die der Einzelne, in dem sie hafteten, früher langsam und schwer zu Tage grub. Zu geübt im Einsehen um sich aufzuhalten, findet sich diese Zeit plötzlich an Binnenstellen, wo vielleicht noch keine ohne göttlichen Vorwand, in voller Öffentlichkeit, gewesen war; überall eintretend, macht sie die Werkstätten zu Schauplätzen und hat nichts dagegen, in den Vorratskammern ihre Mahlzeiten zu halten. Sie mag im Recht sein, denn sie kommt aus der Zukunft. Sie beschäftigt uns in einer Weise, wie seit lange keine Zeit ihre Ansiedler beschäftigt hat; sie rückt und verschiebt und räumt auf, jeder von uns hat ihr viel zu verdanken. Und doch, wer hat ihr noch nicht, wenigstens einen Augenblick, mit Mißtrauen zugesehen; sich gefragt, ob es ihr wirklich um Fruchtbarkeit zu tun sei, oder nur um eine mechanisch bessere und erschöpfendere Ausbeutung der Seele? Sie verwirrt uns mit immer neuen Sichtbarkeiten; aber wie vieles hat sie uns schon hingestellt, wofür in unserem Innern kein Fortschritt entsprechend war? Nun will ich zwar annehmen, sie böte zugleich der entschlossenen Jugend die unerwartetesten Mittel, ihre reinsten inneren Wirklichkeiten nach und nach, sichtbar, in genauen Gegenwerten auszuformen; ja ich will glauben, sie besäße diese Mittel im höchsten Grade. Aber wie ich mich nun bereit halte, ihr, der Zeit, manchen neuen künstlerischen Gewinn zuzuschreiben, schlägt mir die Bewunderung über sie hinüber, den immer, den auch hier wieder unbegreiflichen Gedichten entgegen.

Wäre auch nicht Einer unter den jungen Dichtern, der sich nicht freute, das Gewagte und Gesteigerte dieser Tage für seine Anschauung auszunutzen, ich würde doch nicht fürchten, daß ich das dichterische Wesen und seine Einrichtung in der inneren Natur zu schwer genommen habe. Alle Erleichterungen, wie eindringlich sie sein mögen, wirken nicht bis dorthin, wo das Schwere sich freut, schwer zu sein. Was kann schließlich die Lage desjenigen verändern, der von früh auf bestimmt ist, in seinem Herzen das Äußerste aufzuregen, das die anderen in den ihren hinhalten und beschwichtigen? Und welcher Friede wäre wohl für ihn zu schließen, wenn er, innen, unter dem Angriff seines Gottes steht.

DER BRIEF DES JUNGEN ARBEITERS

MAN hat uns in einer Versammlung vorigen Donnerstag aus Ihren Gedichten vorgelesen, Herr V., es geht mir nach, ich weiß mir keinen anderen Rat, als für Sie hinzuschreiben, was mich beschäftigt, so gut es mir eben möglich ist.

Den Tag nach jener Vorlesung geriet ich zufällig in eine christliche Vereinigung, und vielleicht ist das recht eigentlich der Anstoß gewesen, der die Zündung verursacht hat, die solche Bewegung und Treibung auslöst, daß ich mit allen meinen Kräften auf Sie zufahre. Es ist eine ungeheuere Gewaltsamkeit, etwas anzufangen. Ich kann nicht *anfangen.* Ich springe einfach über das, was Anfang sein müßte, weg. Nichts ist so stark wie das Schweigen. Würden wir nicht schon jeder mitten ins Reden hineingeboren, es wäre nie gebrochen worden.

Herr V. Ich spreche nicht von dem Abend, da wir Ihre Dichtungen aufnahmen. Ich spreche von dem anderen. Es treibt mich zu sagen: Wer, ja, – anders kann ich es jetzt nicht ausdrücken, *wer* ist denn dieser Christus, der sich in alles hineinmischt. – Der nichts von uns gewußt hat, nicht von unserer Arbeit, nicht von unserer Not, nichts von unserer Freude, so wie wir sie heute leisten, durchmachen und aufbringen –, und der doch, so scheint es, immer wieder verlangt, in unserem Leben der *erste* zu sein. Oder legt man ihm das nur in den Mund? Was will er von uns? Er will uns helfen, heißt es. Ja, aber er stellt sich eigentümlich ratlos an in unserer Nähe. Seine Verhältnisse waren so weitaus andere. Oder kommt es wirklich auf die Umstände nicht an, wenn er hier einträte, bei mir, in meinem Zimmer, oder dort in der Fabrik – wäre sofort alles anders, gut? Würde mein Herz in mir aufschlagen und sozusagen in einer anderen Schicht weitergehen und immer auf ihn zu? Mein Gefühl sagt mir, daß er nicht kommen *kann.* Daß es keinen Sinn hätte. Unsere Welt ist nicht nur äußerlich eine andere, – sie hat keinen Zugang für ihn. Er *schiene* nicht durch einen fertig gekauften Rock, es ⟨ist⟩ nicht wahr, er schiene nicht durch. Es ist kein Zufall, daß er in einem Kleid ohne Naht herumging, und ich glaube, der Lichtkern in ihm, das was ihn so stark scheinen machte, Tag und Nacht, ist jetzt längst aufgelöst und anders verteilt. Aber das wäre ja auch, mein ich, wenn er so groß war, das Mindeste, was wir von ihm fordern können, daß er irgendwie ohne Rest aufgegangen sei, ja ganz ohne Rest – spurlos . .

Ich kann mir nicht vorstellen, daß das *Kreuz bleiben* sollte, das doch nur ein Kreuzweg war. Es sollte uns gewiß nicht überall aufgeprägt werden, wie ein Brandmal. In ihm selber sollte es aufgelöst sein. Denn, ist es nicht *so*: er wollte einfach den höheren Baum schaffen, an dem wir besser reifen könnten. Er, am Kreuz, ist dieser neue Baum in Gott, und wir sollten warme glückliche Früchte sein, oben daran.

Nun soll man nicht immer von *dem* reden, was *vorher* war, sondern, es sollte eben das *Nachher* begonnen haben. Dieser Baum, scheint mir, sollte mit uns so eines geworden sein, oder wir mit ihm, *an* ihm, daß wir nicht immerfort uns mit ihm beschäftigen müßten, sondern einfach ruhig mit Gott, in den, uns reiner hinaufzuhalten, doch seine Absicht war.

Wenn ich sage: Gott, so ist das eine große, nie erlernte Überzeugung in mir. Die ganze Kreatur, kommt mir vor, sagt dieses Wort, ohne Überlegung, wenn auch oft aus tiefer Nachdenklichkeit. Wenn dieser Christus uns dazu geholfen hat, es mit hellerer Stimme, voller, gültiger zu sagen, um so besser, aber laßt ihn doch endlich aus dem Spiel. Zwingt uns nicht immer zu dem Rückfall in die Mühe und Trübsal, die es ihn gekostet hat, uns, wie ihr sagt, zu »erlösen«. Laßt uns endlich dieses Erlöstsein antreten. – Da wäre ja sonst das Alte Testament noch besser dran, das voller Zeigefinger ist auf Gott zu, wo man es aufschlägt, und immer fällt einer dort, wenn er schwer wird, so grade hinein in Gottes Mitte. Und einmal habe ich den Koran zu lesen versucht, ich bin nicht weit gekommen, aber so viel verstand ich, da ist wieder so ein mächtiger Zeigefinger, und Gott steht am Ende seiner Richtung, in seinem ewigen Aufgang begriffen, in einem Osten, der nie alle wird. Christus hat sicher dasselbe gewollt. Zeigen. Aber die Menschen hier sind wie die Hunde gewesen, die keinen Zeigefinger verstehen und meinen, sie sollten nach der Hand schnappen. Statt vom Kreuzweg aus, wo nun der Wegweiser hoch aufgerichtet war in die Nacht der Opferung hinein, statt von diesem Kreuzweg weiterzugehen, hat sich die Christlichkeit dort angesiedelt und behauptet, dort in Christus zu wohnen, obwohl doch in ihm kein Raum war, nicht einmal für seine Mutter, und nicht für Maria Magdalena, wie in jedem Weisenden, der eine Gebärde ist und kein Aufenthalt. – Und darum wohnen sie auch nicht in Christus, die Eigensinnigen des Herzens, die ihn immer wieder herstellen und leben von der Aufrichtung der schiefen oder völlig umgewehten Kreuze. Sie haben dieses Gedräng auf dem Gewissen, dieses Anstehen auf der überfüllten Stelle, sie tragen Schuld, daß die Wanderung nicht weitergeht in der Richtung der Kreuzarme. Sie haben aus dem Christlichen ein métier gemacht, eine bürgerliche Beschäftigung, sur place, einen abwechselnd abgelassenen und wieder angefüllten Teich. Alles, was sie selber tun, ihrer ununterdrückbaren Natur nach (soweit sie noch Lebendige sind), steht im Widerspruch mit dieser merkwürdigen Anlage, und so trüben sie ihr eigenes Gewässer und müssen es immer wieder erneun. Sie lassen sich nicht vor Eifer, das Hiesige, zu dem wir doch Lust und Vertrauen haben sollten, schlecht und wertlos zu machen, – und so liefern sie die Erde immer mehr denjenigen aus, die sich bereit finden, aus ihr, der verfehlten und verdächtigten, die doch zu Besserm nicht tauge, wenigstens einen zeitlichen, rasch ersprießlichen Vorteil zu ziehn. Diese zunehmende Ausbeutung des Lebens, ist sie nicht eine Folge, der durch die Jahrhunderte fortgesetzten Entwertung des Hiesigen? Welcher Wahnsinn, uns nach einem Jenseits abzulenken, wo wir hier von Aufgaben und Erwartungen und Zukünften umstellt sind. Welcher Betrug, Bilder hiesigen Entzükkens zu entwenden, um sie hinter unserm Rücken an den Himmel zu verkaufen! O es wäre längst Zeit, daß die verarmte Erde alle jene Anleihen wieder einzöge, die man bei ihrer Seligkeit gemacht hat, um Überkünftiges damit auszustatten. Wird der Tod wirklich durchsichtiger durch diese hinter ihn verschleppten Lichtquellen? Und wird nicht alles hier Fortgenommene, da nun doch kein Leeres sich halten kann, durch einen Betrug ersetzt, – sind die Städte deshalb von so viel häßlichem Kunstlicht und Lärm erfüllt, weil man den echten Glanz und den Gesang an ein später zu beziehendes Jerusalem ausgeliefert hat? Christus mochte recht haben, wenn er, in einer von abgestandenen und entlaubten Göttern erfüllten Zeit, schlecht vom Irdischen sprach, obwohl es (ich kann es nicht anders denken) auf eine Kränkung Gottes hinauskommt, in dem uns hier Gewährten und Zugestandenen nicht ein, wenn wir es nur genau gebrauchen, vollkommen, bis an den Rand unserer Sinne uns Beglückendes zu sehen! *Der rechte Gebrauch, das ists.* Das Hiesige recht in die Hand nehmen, herzlich liebevoll, erstaunend, als unser, vorläufig, Einziges: das ist zugleich, es gewöhnlich zu sagen, die große Gebrauchsanweisung Gottes, *die* meinte der heilige Franz von Assisi aufzuschreiben in seinem Lied an die Sonne, die ihm im Sterben herrlicher war als das Kreuz, das ja nur dazu da stand, in die Sonne zu *weisen.* Aber das, was man die Kirche nennt, war inzwischen schon zu einem solchen Gewirr von Stimmen angeschwollen, daß der Gesang des Sterbenden, überall übertönt, nur von ein paar einfachen Mönchen aufgefangen war und unendlich bejaht von der Landschaft seines anmutigen Tals. Wie oft mögen wohl solche Versuche gemacht worden sein, die Versöhnung herzustellen zwischen jener christlichen Absage und der augenfälligen Freundschaft und Heiterkeit der Erde. Aber auch sonst, auch innerhalb der Kirche, ja in ihrer eigenen Krone, erzwang sich das Hiesige seine Fülle und seinen angeborenen Überfluß. Warum rühmt man es nicht, daß die Kirche stämmig genug war, nicht zusammenzubrechen unter dem Lebensgewicht gewisser Päpste, deren Thron beschwert war mit Bastardkindern, Kurtisanen und Ermordeten. War nicht in ihnen mehr Christentum, als in den dürren Wiederherstellern der Evangelien, – nämlich, lebendiges, unaufhaltsames, verwandeltes. Wir wissen ja nicht, will ich sagen, *was* aus den großen Lehren werden will, man muß sie nur strömen und gewähren lassen und nicht erschrecken, wenn sie plötzlich in die zerklüftete Natur des Lebens fortstürzen und unter der Erde sich in unkenntliche Betten wälzen.

Ich habe einmal ein paar Monate in Marseille gearbeitet. Es war eine besondere Zeit für mich, ich verdanke ihr viel. Der Zufall brachte mich mit einem jungen Maler zusammen, der bis zu seinem Tode mein Freund geblieben ist. Er litt an der Lunge und war eben damals von Tunis zurückgekommen. Wir waren viel beisammen, und da der Abschluß meiner Anstellung mit seiner Rückkehr nach Paris zusammenfiel, konnten wir es einrichten, einige Tage in Avignon uns aufzuhalten. Sie sind mir unvergeßlich geblieben. Zum Teil durch die Stadt selbst, ihre Gebäude und ihre Umgebungen, als auch weil mein Freund in diesen Tagen ununterbrochenen und irgendwie gesteigerten Umgangs sich mir über viele Umstände besonders seines *inneren* Lebens mit jener Beredsamkeit mitteilte, die, scheint es, solchen Kranken in gewissen Momenten eigentümlich ist. Alles was er sagte hatte eine seltsame wahrsagende Gewalt; durch alles, was in oft fast atemlosen Gesprächen dahinstürzte, sah man gewissermaßen den Grund, die Steine auf dem Grunde.... ich will damit sagen, mehr als ein nur Unsriges, die Natur selber, ihr Ältestes und Härtestes, das wir doch an so vielen Stellen berühren und von dem wir wahrscheinlich in den getriebensten Momenten abhängen, indem sein Gefäll unsere Neigung bestimmt. Ein Liebeserlebnis, unvermutet und glücklich, kam dazu, sein Herz wurde ungewöhnlich hoch gehalten, tagelang, und so schoß denn auf der anderen Seite der spielende Strahl seines Lebens zu beträchtlicher Höhe auf. Mit jemandem, der sich in solcher Verfassung befindet, eine außerordentliche Stadt und eine mehr als gefällige Landschaft wahrzunehmen, ist eine seltene Vergünstigung; und so erscheinen mir denn auch, wenn ich zurückdenke, jene zarten und zugleich leidenschaftlichen Frühlingstage als die einzigen Ferien, die ich in meinem Leben gekannt habe. Die Zeit war so lächerlich kurz, einem anderen hätte sie nur für wenige Eindrücke hingereicht, – mir, der ich nicht gewohnt bin, freie Tage zu verbringen, erschien sie weit. Ja, es kommt mir fast unrecht vor, noch *Zeit* zu nennen, was eher ein neuer Zustand des Freiseins war, recht fühlbar ein *Raum*, ein Umgebensein von Offenem, kein Vergehn. Ich holte damals, wenn man so sagen kann, Kindheit nach und ein Stück frühes Jungsein, was, alles in mir auszuführen, nie Zeit gewesen war; ich schaute, ich lernte, ich begriff –, und aus diesen Tagen stammt auch die Erfahrung, daß mir »Gott« zu sagen, so leicht, so wahrhaftig, so – wie mein Freund sich würde ausgedrückt haben – so problemlos einfach sei. Wie sollte mir dieses Haus, das die Päpste sich dort aufgerichtet haben, nicht gewaltig vorkommen? Ich hatte den Eindruck, es könne überhaupt keinen Innenraum enthalten, sondern müsse aus lauter dichten Blöcken geschichtet sein, so als wäre den Verbannten nur darum zu tun gewesen, das Gewicht des Papsttums, sein Übergewicht, auf die Waage der Geschichte zu häufen. Und dieser kirchliche Palast türmt sich wahrhaftig über dem antiken Torso einer Heraklesfigur, die man in die felsigen Grundfesten eingemauert hat – »ist er nicht« – sagte Pierre, »wie aus diesem Samenkorn ungeheuerlich aufgewachsen?« – Daß *dieses* das Christentum sei, in einer seiner Verwandlungen, wäre mir viel verständlicher, als seine Kraft und seinen Geschmack in dem immer schwächeren Aufguß jener Tisane zu erkennen, von der man behauptet, daß sie aus seinen ersten zartesten Blättern bereitet sei.

Sind doch auch die Kathedralen nicht der Körper jenes Geistes, den man uns nun als den eigentlich christlichen einreden will. Ich könnte denken, daß unter einigen von ihnen das erschütterte Standbild einer griechischen Göttin ruhe; soviel Erblühung, soviel Dasein ist in ihnen emporgeschossen, wenn sie auch, wie in einer zu ihrer Zeit entstandenen Angst, von jenem verborgenen Leib fort in die Himmel strebten, die fortwährend offen zu halten der Ton ihrer großen Glocken bestimmt war.

Nach meiner Rückkehr damals von Avignon bin ich viel in Kirchen gegangen, abends und am Sonntag, – erst allein . . . später . . .

Ich habe eine Geliebte, fast noch ein Kind, die als Heimarbeiterin beschäftigt ist, wodurch sie oft, wenn es wenig Arbeit giebt, in eine arge Lage gerät. Sie ist geschickt, sie würde leicht in einer Fabrik unterkommen, aber sie fürchtet den Patron. Ihre Vorstellung von Freiheit ist grenzenlos. Es wird Sie nicht wundern, daß sie auch Gott so wie eine Art Patron empfindet, ja als den »Erzpatron«, wie sie mir sagte, lachend, aber mit solchem Schreck in den Augen. Es hat lange gebraucht, bis sie sich entschloß, einmal abends mit mir nach St. Eustache zu gehen, wo ich gerne eintrat, wegen der Musik der Maiandachten. Einmal sind wir zusammen nach Maux geraten und haben in der Kirche dort Grabsteine angesehen. Allmählich merkte sie, daß Gott einen in den Kirchen in Ruhe läßt, daß er nichts verlangt; man könnte meinen, er wäre überhaupt nicht da, nichtwahr, – aber doch im Augenblick, wo man das etwa sagen wollte, meinte Marthe, daß er auch in der Kirche nicht ist, da hält einen etwas zurück. Vielleicht nur das, was die Menschen selbst durch soviel Jahrhunderte hereingetragen haben in diese hohe, eigentümlich bestärkte Luft. Vielleicht ist es auch nur, daß das Schwingen der mächtigen und süßen Musik nie ganz hinauskann, ja es muß ja längst in die Steine eingedrungen sein, und es müssen merkwürdig erregte Steine sein, diese Pfeiler und Wölbungen, und wenn ein Stein auch hart ist und schwer zugänglich, schließlich erschütterts ihn doch, immer wieder Gesang und diese Angriffe von der Orgel her, diese Überfälle, diese Stürme des Lieds, jeden Sonntag, diese Orkane der großen Feiertage. Windstille. Das ists, was recht eigentlich in den alten Kirchen herrscht. Ich sagte es Marthe. Windstille. Wir horchten, sie begriff es sofort, sie hat eine wunderbar vorbereitete Natur. Seither traten wir manchmal da und dort ein, wenn wir singen hörten, und standen dann da, dicht aneinander. Am schönsten wars, wenn ein Glasfenster vor uns war, eines von diesen alten Bilderfenstern, mit vielen Abteilungen, jede ganz angefüllt mit Figuren, großen Menschen und kleinen Türmen und allen möglichen Ereignissen. Nichts ist dafür zu fremd gewesen, da sieht man Burgen und Schlachten und eine Jagd, und der schöne weiße Hirsch kommt immer wieder vor im heißen Rot und im brennenden Blau. Ich habe einmal ganz alten Wein zu trinken bekommen. So ist das für die Augen, diese Fenster, nur daß der Wein nur dunkelrot war im Mund, – dieses hier aber ist dasselbe auch noch in Blau und in Violett und in Grün. Es ist ja überhaupt *alles* in den alten Kirchen, gar keine Scheu vor etwas, wie in den neuen, wo nur gewissermaßen die guten Beispiele vorkommen. Hier ist auch das Arge und Böse und das Fürchterliche; das Verkrüppelte, das was in Not, das was häßlich ist und das Unrecht –, und man möchte sagen, daß es irgendwie geliebt sei um Gottes willen. Hier ist der Engel, den es nicht giebt, und der Teufel, den es nicht giebt; und der Mensch, den es giebt, ist zwischen ihnen, und, ich kann mir nicht helfen, ihre Unwirklichkeit macht ihn mir wirklicher. Ich kann das, was ich fühle, wenn es heißt: ein Mensch, dort drin besser zusammennehmen, als auf der Straße unter den Leuten, die rein nichts Erkennbares an sich haben. Aber das ist schwer zu sagen. Und das, was ich nun sagen will, ist noch schwerer aus⟨zu⟩drücken. Was nämlich den »Patron«, die Macht, angeht (das ist mir auch so langsam dort drin, wenn wir ganz in der Musik standen, klar geworden), so giebt es nur *ein* Mittel wider sie: weiter zu gehen als sie selbst. Ich meine das so: Man sollte sich anstrengen, in jeder Macht, die ein Recht über uns beansprucht, gleich alle Macht zu sehen, die ganze Macht, Macht überhaupt, die Macht Gottes. Man sollte sich sagen, es giebt nur *eine*, und die geringe, die falsche, die fehlerhafte *so* verstehen, als wär sie das, was uns mit Recht ergreift. Würde sie nicht unschädlich auf diese Weise? Wenn man in jeder Macht, auch in arger und boshafter, immer die Macht selbst sähe, ich meine *das*, was zuletzt recht behält, mächtig zu sein, überstünde man da nicht, heil sozusagen, auch das Unberechtigte und Willkürliche? Stellen wir uns nicht zu allen den unbekannten großen Kräften genau so? Keine erfahren wir in ihrer Reinheit. Wir nehmen jede zunächst hin mit ihren Mängeln, die vielleicht unseren Mängeln angemessen sind. – Aber hat nicht bei allen Gelehrten, Entdeckern und Erfindern, die Voraussetzung, daß sie es mit großen Kräften zu tun hätten, plötzlich zu den größesten geführt? Ich bin jung, und es ist viel Aufbegehrung in mir; ich kann nicht versichern, daß ich nach meiner Einsicht handle in jedem Falle, wo Ungeduld und Unlust mich hinreißen, – im Innersten aber weiß ich, daß die Unterwerfung weiter führt als die Auflehnung; sie beschämt, was Bemächtigung ist, und sie trägt unbeschreiblich bei zur Verherrlichung der richtigen Macht. Der Aufgelehnte drängt aus der Anziehung eines Machtmittelpunktes hinaus, und es gelingt ihm vielleicht, dieses Kraftfeld zu verlassen; aber darüber hinaus steht er im Leeren und muß sich umsehen nach einer anderen Gravitation, die ihn einbeziehe. Und diese ist meist von noch minderer Gesetzmäßigkeit als die erste. Warum also nicht gleich in jener, in der wir uns vorfinden, die größeste Gewalt sehen, unbeirrt durch ihre Schwächen und Schwankungen? Irgendwo stößt die Willkür von selber ans Gesetz, und wir ersparen Kraft, wenn wir ihr überlassen, sich selber zu bekehren. Freilich das gehört zu den langen und langsamen Vorgängen, die so völlig in Widerspruch stehen mit den merkwürdigen Überstürzungen unserer Zeit. Aber es wird neben den schnellsten Bewegungen immer langsame geben, ja solche von so äußerster Langsamkeit, daß wir ihren Verlauf gar nicht erleben können. Aber dazu, nicht wahr, ist ja die Menschheit da, daß sie abwarte, was über den Einzelnen hinausreicht. – Von ihr aus gesehen, ist das Langsame oft das Schnellste, das heißt, es erweist sich, daß wir es nur langsam nannten, weil es ein Unmeßbares war.

Nun giebt es, scheint mir, ein völlig Unermeßliches, an dem mit Maßstäben, Messungen und Einrichtungen sich zu vergreifen, die Menschen nicht müde werden.

Und hier in jener Liebe, die sie mit einem unerträglichen Ineinander von Verachtung, Begierlichkeit und Neugier die »sinnliche« nennen, hier sind wohl die schlimmsten Wirkungen jener Herabsetzung zu suchen, die das Christentum dem Irdischen meinte bereiten zu müssen. Hier ist alles Entstellung und Verdrängung, obwohl wir doch aus diesem tiefsten Ereignis hervorgehen und selber wieder in ihm die Mitte unserer Entzückungen besitzen. Es ist mir, wenn ich es sagen darf, immer unbegreiflicher, wie eine Lehre, die uns *dort* ins Unrecht setzt, wo die ganze Kreatur ihr seligstes Recht genießt, in solcher Beständigkeit sich, wenn auch nirgends bewähren, so doch weithin behaupten darf.

Ich denke auch hier wieder an die bewegten Gespräche, die ich mit meinem verstorbenen Freunde führen durfte, damals, in den Auen der Barthelasse-Insel im Frühling und später. Ja in der Nacht, die seinem Tode zuvorging (er starb am folgenden Nachmittag kurz nach fünf Uhr), hat er mir in einen Bereich blindesten Erleidens so reine Ausblicke eröffnet, daß mir mein Leben an tausend Stellen neu zu beginnen schien und mir, da ich antworten wollte, die Stimme nicht zur Verfügung stand. Ich wußte nicht, daß es Tränen der Freude gab. Ich weinte meine ersten, anfängerhaft, in die Hände dieses morgen Toten und fühlte, wie in Pierre die Flut des Lebens noch einmal stieg und überging, da diese heißen Tropfen hinzukamen. Bin ich überschwänglich? Ich rede ja von einem *Zuviel*.

Warum, ich frage Sie, Herr V., wenn man uns helfen will, uns so oft Hülflosen, warum läßt man uns im Stich, dort an den Wurzeln alles Erlebens? Wer uns *dort* beistände, der könnte getrost sein, daß wir nichts weiter von ihm verlangten. Denn der Beistand, den er uns dort einflößte, wüchse von selbst mit unserem Leben und würde größer und stärker mit ihm zugleich. Und ginge nie aus. Was setzt man uns nicht ein in unser Heimlichstes? Was müssen wirs umschleichen, und geraten schließlich hinein, wie Einbrecher und Diebe, in unser eigenes schönes Geschlecht, in dem wir irren und uns stoßen und straucheln, um schließlich wie Ertappte wieder hinauszustürzen in das Zwielicht der Christlichkeit. Warum, wenn schon Schuld oder Sünde, wegen der inneren Spannung des Gemüts, mußte erfunden werden, warum heftete man sie nicht an an einen anderen Teil unseres Leibes, warum ließ man sie fallen dorthin und wartete, daß sie sich auflöse in unserem reinen Brunnen und ihn vergifte und trübe? Warum hat man uns das Geschlecht heimatlos gemacht, statt das Fest unserer Zuständigkeit dort hin zu verlegen?

Gut, ich will zugeben, es soll nicht uns gehören, die wir nicht imstande sind, so unerschöpfliche Seligkeit zu verantworten und zu verwalten. Aber warum gehören wir nicht zu Gott von *dieser* Stelle aus?

Ein Kirchlicher würde mich darauf verweisen, daß es die Ehe gäbe, obwohl ihm nicht unbekannt wäre, wie es mit dieser Einrichtung bestellt ist. Es nützt auch nichts, den Willen zur Fortpflanzung in den Gnadenstrahl zu rücken –, mein Geschlecht ist nicht nur den Nachkommen zugekehrt, es ist das Geheimnis meines eigenen Lebens –, und nur weil es dort, wie es scheint, den mittleren Platz nicht einnehmen soll, haben so viele es an ihren Rand verschoben und darüber das Gleichgewicht verloren. Was hilft alles! Die entsetzliche Unwahrheit und Unsicherheit unserer Zeit hat ihren Grund in dem nicht eingestandenen Glück des Geschlechts, in dieser eigentümlich schiefen Verschuldung, die immerfort zunimmt und uns von der ganzen übrigen Natur trennt, ja sogar von dem Kind, obwohl, wie ich in jener unvergeßlichen Nacht erfuhr, seine, des Kindes, Unschuld durchaus nicht darin besteht, daß es, sozusagen, kein Geschlecht kenne, – »sondern, so sagte Pierre fast tonlos, jenes unbegreifliche Glück, das uns an *einer* Stelle erwacht mitten im Fruchtfleisch der geschlossenen Umarmung, ist noch in seinem ganzen Körper überall namenlos verteilt«. Um die eigentümliche Lage unserer Sinnlichkeit zu bezeichnen, müßte man also sagen dürfen: Einmal waren wir *überall* Kind, jetzt sind wirs nur noch an einer Stelle. – Wenn aber nur ein einziger unter uns ist, dem das gewiß wäre und der die Beweise dafür aufzuzeigen die Fähigkeit besäße, warum lassen wirs geschehen, daß eine Generation nach der anderen unter dem Schutt christlicher Vorurteile zu sich kommt und sich rührt wie der Scheintote im Finstern, in einem engsten Zwischenraum zwischen lauter Absagen!?

Herr V. Ich schreibe und schreibe. Eine ganze Nacht ist fast darüber hingegangen. Ich muß mich zusammenfassen. – Habe ich gesagt, daß ich in einer Fabrik angestellt bin? Ich arbeite im Schreibzimmer, manchmal habe ich auch an einer Maschine zu tun. Früher konnte ich einmal eine kurze Zeit studieren. Nun, ich will nur sagen, wie mir zu Mute ist. Ich will, sehen Sie, anwendbar sein an Gott, so wie ich da bin; was ich hier tue, Arbeit, das will ich weitertun auf ihn zu ohne daß mir mein Strahl gebrochen wird, wenn ich das so ausdrücken darf, auch nicht in Christus, der einst für viele das Wasser war. Die Maschine, zum Beispiel, ich kann sie ihm nicht erklären, er behält nicht. Ich weiß Sie lachen nicht, wenn ich das so einfältig sage, es ist am besten so. Gott dagegen, ich habe dieses Gefühl, *ihm* kann ich sie bringen, meine Maschine und ihren Erstling, oder sonst meine ganze Arbeit, es geht ohneweiters in ihn hinein. So wie es für die Hirten einmal leicht war, den Göttern ihres Lebens ein Lamm zu bringen oder die Feldfrucht oder die schönste Traube.

Sie sehen, Herr V., ich konnte diesen langen Brief schreiben, ohne das Wort Glauben ein einziges Mal nötig zu haben. Denn das scheint mir eine umständliche und schwierige Angelegenheit zu sein, und nicht die meine. Ich will mich nicht schlecht machen lassen um Christi willen, sondern gut sein für Gott. Ich will nicht von vornherein als ein Sündiger angeredet sein, vielleicht bin ich es nicht. Ich habe so reine Morgen! Ich könnte mit Gott reden, ich brauche niemanden, der mir Briefe an ihn aufsetzen hilft.

Ihre Gedichte kenne ich nur aus jener Vorlesung neulich abend, ich besitze nur wenige Bücher, die meistens mit meinem Beruf zu tun haben. Ein paar allerdings, die von Kunst handeln, und Historisches, was ich mir eben verschaffen konnte. – Die Gedichte aber, das müssen Sie sich nun gefallen lassen, haben diese Bewegung in mir hervorgerufen. Mein Freund sagte einmal: Gebt uns Lehrer, die uns das Hiesige rühmen. Sie *sind* ein solcher.

AUS DEM NACHLASS

DAS TESTAMENT

UM seine Lage am Ausgang jenes Winters verständlich zu machen, muß man bis in den Sommer des Jahres Vierzehn zurückblicken. Der Ausbruch des heillosen Krieges, der die Welt für die Dauer vieler Menschenleben verzerrte, verhinderte ihn, in jene unvergleichliche Stadt zurückzukehren, der er den größten Theil seiner Möglichkeiten verdankte. Es begann eine endlose Wartezeit in einem Lande, mit dem er nur durch die Sprache zusammenhing –, und auch die hatte er, in den verschiedensten Ländern wohnend, seinen innersten Aufgaben so völlig dienstbar gemacht, daß er sie, seit einiger Zeit, für den reinen und unabhängigen Stoff seiner Gebilde halten durfte.

Der Anschluß an jenen Freund, in dessen besonderen Fähigkeiten er zugleich den Arzt sich zu gewinnen hoffte, dessen er zu Zeiten so sehr bedurfte, wurde immer loser und war an dem Tage, an dem dieser seinem Berufe mit eigenthümlicher Hingebung unterworfene Mensch plötzlich und erschöpft starb, längst vollkommen entspannt.

Der einzige Versuch zur Wiederaufnehmung seiner, durch Enteignung des ganzen natürlichen Lebens unterbrochenen Arbeiten fand ein jähes Ende in seiner Einberufung zu einem Landwehr-Regiment, durch welchen Zwang ihm eine widerwärtige und nun erst recht verlorene Frist in der Hauptstadt des über ihn verfügenden Landes zugemuthet wurde. Nach vielen Monaten aus diesen unthätigen Verpflichtungen befreit und in den Wohnsitz seines Abwartens wieder zurückgekehrt, fehlte es ihm an jener inneren Klarheit und Freiheit, in der allein seine unbeschreibliche Arbeit gedeihen konnte. Auch widerstrebte es ihm, sie irgendwie mit dem böswilligen Unheil dieser schmerzlichen Jahre zu vermischen: wenigstens entschuldigte er seine Unfähigkeit so in mehreren Briefen, in denen er gestand, es sei ihm wie dem Kinde zumuth, das, solange es von Zahnschmerzen gequält war, seine liebsten Dinge nicht anrühren mochte.

Schließlich als der Krieg schon in die diffuse Unordnung revolutionärer Zuckungen übergesprungen war, und er auch noch diese Sinnlosigkeit, indem er Mallarmé übersetzte, einigermaßen sich vom Körper hielt, gelang es ihm, auf die Einladung zu Vorträgen hin, die längst ganz und gar verleidete Stadt und seine dortige, beinah öffentliche Wohnung – so sehr war sie von den Besuchen Fremder und Halbbekannter heimgesucht – zu verlassen, um dem erwünschten Rufe in ein anderes, übrigens in den Wirren der letzten Jahre unparteiisches und hülfreiches Land, zu folgen. Es traf sich allerdings, daß das gerade jene Landschaft war, durch die er früher, aus südlichen Gegenden kommend, oft hinter absichtlich verhängten Wagenfenstern durchgereist war: so sehr widersprach etwas in seiner Natur der pathetischen und zugleich nüchternen Gebirgigkeit, durch die sie bei vorigen Generationen sich berühmt gemacht hatte. Dieses Land war es, das sich ihm nun, durch jene aufmerksame Berufung sowohl, wie durch eine Gastfreundschaft an einem seiner Seeen, anbot.

Aber auch sein neues Wohnen, jenseits der bisherigen, so schwer ertragenen Grenzen, wurde zu einer, die frühere nur etwas milder fortsetzenden Wartezeit. Zwar eine gewisse Erleichterung war ihm damit verstattet worden; zu jener inneren Besinnung, die der Konstellation seiner Arbeit vorausgehen mußte, fehlten indessen auch hier die entscheidenden Bedingungen. Sein Wohnsitz war ein wechselnder. Anknüpfungen vieler neuer Beziehungen waren nicht zu vermeiden, erwiesen sich wohl auch zum Theil als erfreuend. Die Anziehung, die seine ernste, aber doch nicht völlig geleistete Einsamkeit gelegentlich auf allerhand Menschen wider seinen Willen (vielleicht durch eine ihn fortwährend dementierende Sehnsucht) ausübte, trug ihm auch hier merkwürdige Verhältnisse ein, in denen er freilich so sehr zum Gebenden und Mittheilenden werden mußte, daß ein Ansammeln jener innerlichen Vorräthe, das endlich zu einer Spannung im eigenen Wesen führt, von Monat zu Monat vereitelt wurde.

Da, nach mehr als anderthalb Jahren, am Anfange eines neuen Winters, als es schien, als sollte er in jenes verunglückte Land zurückkehren müssen, das ihm, gleichsam wie ein Krankenzimmer, noch vom Kriege und den Ausathmungen seiner trüben Verhängnisse überfüllt war –, ergab sich ein durchaus Unerwartetes: Ein sehr entlegener alter Herrensitz wurde ihm mit einem Male zur Verfügung gestellt, eine freundliche,

schweigsame Wirtschafterin erwartete ihn dort, und er war (am 12. November) kaum eingezogen, als ihm schon alles Umgebende eine Gefälligkeit und Brauchbarkeit zukehrte, die seine beste Erwartung übertraf.
Der weite niedere weiß-getäfelte Arbeitsraum mit seinem großen alten Kachelofen und dem Kaminplatz außerdem, schien wirklich genau auf *ihn* gewartet zu haben; die Versorgung war, von einem Tag zum anderen, ohne daß eine Erläuterung seiner Gewohnheiten nöthig geworden wäre, eingerichtet, – vor den Fenstern lag der stille Park. Langsam entblätternde Charmillen begrenzten rechts und links den geräumigen Rasenplatz und einen ungerahmten Weiher, dessen immer fallende Fontäne gleichsam *das*, was für die Augen von so erfüllender Stille war, nun auch in das Gehör übersetzte. Als der Park, mit einigen schönen Platanen und einer ihn in der offenen Tiefe quer abschließenden Allee weitgestellter alter Kastanien, sich immer mehr dem Herbste überließ, gewann der Ausblick an Einfluß. Ohne das Bedürfnis des Auges zu beengen, bereiteten dort sanft ansteigende Wiesen die Hänge eines bewaldeten Hügels vor: und so sehr er die Ebenen liebte, so war ihm, in diesem, zur Besinnung entschlossenen Moment, doch auch diese Beschränkung recht, die dem Bewußtsein eines Intérieurs, das er von Tag zu Tag in sich zu steigern hoffte, gewissermaßen landschaftlich entgegenkam.
Soweit er denken konnte, hatte er sich nie natürlicher und geschützter aufgenommen gefühlt; selbst nicht damals in jenem älteren fürstlichen Schloß, das in

seinem Leben so bedeutend gewesen war und das er in sich fast leidenschaftlich bewahrte, seit das blinde Zugreifen des Krieges die ungeheueren Mauern, die unvergänglich schienen, bis auf den Felsengrund zerstört hatte. Jenes Schloß über dem Meer war weitläufig gewesen, die Kraft der Zeiten und Gestalten, die in ihm nachwirkte, bereitete der Seele zahllose Aufgaben; sie mußte mit vielem Überlegenem vertraut geworden sein, eh sie sich selber bleiben durfte. Hier, in diesem übersehbaren kleinen Edelsitz war eine mindere Vergangenheit zu bewältigen. Räume und Gänge, lange nicht mehr in ihrem eigensten Begriffe bewohnt, hatten für den, der sie verständig erkannte, eine einfache Zustimmung; an Bildnissen war nicht viel da, was stark genug gewesen wäre, Gestalt aufzuerlegen, der Lebende überwog, und die Dinge, bescheiden in ihrer Art, beanspruchten nicht, mit mehr unterhalten zu sein, als mit dem unwillkürlichen Überfluß seines sofort dankbaren Gemüths. Konnte der in diese unerwartete Bergung Gerettete nun an die Wiederaufnehmung seines zerrissenen Wesens gehen? Man vermuthets. Wie sehr aber denkt man ihn erst dazu begünstigt, wenn man erfährt, daß ihm, gerade ehe er sich in diesen neuen Umgebungen einschließen sollte, eine doppelte, ebenso unvermuthliche Fügung zutheil geworden war: es war ihm vergönnt, zwei berühmte Orte in verschiedenen Ländern wieder aufzusuchen, die unabtrennbar in die Geschichte seiner Vergangenheit gehören. Einer davon war jene einzige Stadt, der er nicht allein seine ganze

Erziehung-im-Geiste verdankte, sondern deren Einwirkung er es auch mit Recht zuschrieb, wenn die besonderen Leiden und Seeligkeiten seines Wesens sich ihm kenntlicher und größer geoffenbart hatten, als das selbst Menschen von starkem innerem Gesicht in seinem Alter widerfuhr.

Und zu allem dies: die unerschöpfliche Gnade hatte ihn (wunderbar rechtzeitig, möchte man ausrufen) auch noch mit jener ungeheueren Bewegtheit überfüllt, die ein Herz überstürzt, das sich unter dem Andrang eines neuen Geliebtwerdens, entschließt, zu lieben . . .

Ja, auch dies.

Wenn sich nun hinter diesem so vollkommen Begünstigten und Begabten die Thüre schließt, so meint man, ihn einem so großartig ausgestatteten Alleinsein mit Zuversicht überlassen zu dürfen.

Die Anmerkungen indessen, die Briefentwürfe, in denen der Abschluß jenes merkwürdigen Winters, bruchstückhaft, niedergelegt ist, verzeichnen ein Mißlingen, einen grausamen, verwirrenden Verlust.

Der Schreiber hat (nachträglich offenbar) diese losen Blätter unter dem Titel »*Das Testament*« zusammengefaßt, wahrscheinlich, weil mit diesen Einsichten in sein eigenthümliches Verhängnis, ein Wille ausgesprochen ist, der sein *letzter* bleiben wird, auch wenn seinem Herzen noch die Aufgabe vieler Jahre bevorsteht.

DAS TESTAMENT

»Mais j'accuse surtout celui qui se comporte
contre sa volonté«

Jean Moréas.

(Im April)

Der Frühling, der sich in diesem Jahre so zeitig durchgesetzt hat, daß die strahligen Löwenzähne schon zu Pustekugeln verblüht sind und in den Wiesen das Schaumkraut steht –, ist meiner Besinnung nie günstig gewesen; seine Kräfte haben nicht die Richtung der Einkehr. Trotzdem mußte sie ja nun, nach so vielen ihr verlorenen Monaten, versucht werden, in der letzten Zeit dieses begünstigten Geborgenseins.

Da eben die Beziehungen zur Geliebten so weit beruhigt waren, daß ich voraussehen konnte, ich würde mir eine Weile mit ungetheilter Aufmerksamkeit gehören dürfen, entstand drüben, am Ausgange des Parkes, ein kleiner Bau, den ich für eine Scheune hielt und nicht weiter beachtete. Indessen es wurde ein elektrisches Sägewerk daraus, und nun ist es schon seit zehn Tagen, unermüdlich surrend und schwirrend, im Gange. Meine Stille ist zerstört. Ich sehe, daß das, was ich vorhatte, nicht als eine Nachholung in vorletzter Stunde unternommen sein sollte, wie eine, unter bösem Gewissen verspätete Schulaufgabe. Die Zeit des Wirkens ist vorüber. Nun spricht die Säge.

Wie genau doch das Gericht ist. Seltsam: ich merke, wie sehr mir das Alles hier durch das Gehör gehört hat –, und aus dem ist es mir nun schon fortgenommen. Nachts, wenn ich aufwache, oder am späten Abend (denn man arbeitet lange dort in der Säge und fängt manchmal schon bald nach fünf Uhr morgens den geräuschvollen Werktag an) stellt er sich unbeschreiblich milde wieder her, jener weite reine Gehörraum, den ich lange habe bewohnen dürfen. Er fing eben an, von den kleinen Vogelstimmen gleichsam »gemustert« zu sein; seine Mitte aber war immer noch die Fontäne, und ich liege nun in der Nacht und nehme Abschied von ihr. Dies wars, dies hätte mich ordnen müssen, in vielen vielen gleichmäßig horchenden Wochen. Wie begriff ichs sofort, wie nahm ichs auf, schon am ersten Tag: diese vielfältige Abwandlung ihres Niederfalls. Der mindeste Luftzug veränderte ihn, und wenn es ganz stille war um den plötzlich vereinsamten Strahl, so stürzte er in sich selber zurück und klang an sich selber an, ganz anders als über der Wasserfläche. Sprich, sagte ich zur Fontäne, und lauschte. Sprich, sagte ich, und mein ganzes Wesen gehorchte ihr. Sprich, du reine Begegnung des Leichten mit dem Schweren, du Leichtsinn des Gewichts, du Spielbaum, du Gleichnis unter den beladenen Mühebäumen, die sich sorgen in ihrer Rinde.

Und mit einer unwillkürlichen unschuldigen List meines Herzens, damit nichts sei als dies, von dem ich lernen wollte, zu sein, – setzte ich die Fontäne der Geliebten gleich, der fernen, sich verhaltenden, schweigenden.

Ach, wir waren einig, daß das Schweigen bestehen solle zwischen uns: es wäre das Gesetz dieses Winters gewesen, ein hartes gewaltiges –, aber dafür finge jetzt unsere Milde an, nicht nur die unsrige, die Mildigkeit des Gethanen wäre in meinem Herzen. Vielleicht – die Nothwendigkeit war so ungeheuer – wären wir stark genug gewesen, zu schweigen, – nicht wir brachen es, der Mund des Schicksals ging auf und überschüttete uns mit Nachrichten. Denn die Liebe ist das eigentliche Klima des Schicksals; so weit sie auch ihre Bahn durch die Himmel spannt, ihre Milchstraße aus Milliarden Sternen des Bluts, das Land unter diesen Himmeln liegt trächtig von Verhängnissen. Nicht einmal die Götter, in den Verwandlungen ihrer Leidenschaft, waren mächtig genug die irdische Geliebte, die erschrockene, flüchtende, aus den Verstrickungen dieses fruchtbaren Bodens zu befreien.

Ist es Wahnsinn, was ich da schreibe? Warum handeln die Briefe der Liebenden nirgends von diesem Zwiespalt? Ach, ihre Sorgen sind andere. Immer sieht es so aus, als schwünge die Liebende den Geliebten höher, als er je sich selber zu werfen vermochte. Ihre Lust zu ihm macht ihn schöner und fähiger. Die Erwartung ihrer offenen Arme beschwingt seinen Wettlauf. Seine Leistung klärt sich in dem Kontur des Glücks, wo sie sonst ausfloß ins Trübe der Sehnsüchte hinüber. Nun erst, an ihrem Herzen, ward Arbeit stürmisch und süß für den mühenden Mann – und Ruhe unendlich. Jetzt erst löst sich der Niederschlag seiner Knabennächte, die Angst, jetzt erst sieht er der Nacht auf den Grund. Und wenn eine Störung ist in seiner Freude, so stammt sie aus Hindernissen, Erschwerungen oder Bedrohungen dieser Vereinigung; alle Noth kommt in der einen Sorge zusammen: sich einander zu verlieren; und nirgends ist Zweifel, als in der Eifersucht.

Wie aber der, der schon wußte? Der, in dessen Herzen die Einsamkeit der Liebenden zuvorgekommen war?

Von frühe an kannte er ihr reines Gesicht. Da er sich flüchtete aus den Familien-Ähnlichkeiten, die ihn umzingelten, Zug für Zug ein Anrecht auf ihn, da ward ihm ihr Antlitz zur Zukunft: durch ihre Augen schaute er ins Offene. Seine kleine Hand legte sich still in die ihre, die führte und nie in Besitz nahm. Heranwachsend gewahrte er nach und nach ihre hohe Gestalt –, damals trat sie zuweilen an ihn heran und prüfte ihn wie einen Wurfspeer.
Und später warf sie ihn.
Ach, womit könnte die Liebende *den* überraschen, dem dies zum Bewußtsein ward und zu mehr als Erinnerung: diese Erwählung; die Lust des ausholenden Arms, das Geworfensein – oh, und das Zittern im Ziel.
Und doch wer hatte so wie dieser göttlich Gebrauchte, über den schon entschieden war, die Liebende gerühmt, die Geliebte ersehnt!
Es war, als hätte er, von jener Bahn aus, die er mit der Kraft der Einsamkeit vollzog, ihre Gestalt vollkommener erkannt, als je einer vor ihm. Und aus diesem Wissen, das unendlich war, erwuchs ihm die unendliche Entbehrung.
Er floh vor ihr, indem er sie rief. Es drängte ihn irgendwie, ihr ausgesetzt zu bleiben, sie auszuhalten, sie zu überstehen. Denn war nicht ein Mangel in seinem Antrieb, der ganz gerecht werden sollte, solang er diese Fordernde fürchtete und vermied? Dieses Ausweichen seines Gefühls vor ihr, im letzten Moment, fälschte es nicht sein Fühlen überhaupt? War diese Angst vor dem Geliebtwerden, die aus den frühesten Leiden sei-

ner Kindheit stammte und ihn nie verließ, eine Warnung, der er folgen mußte bis zuletzt, oder kam es darauf an, wie von einem ältesten Irrthum, von ihr geheilt zu sein?

Gab es jene Liebende, die kein Hindernis war, die ihn nicht verlangsamte und nicht ablenkte in die Aufenthalte der Liebe? Jene, die begriff, daß er weit über sie hinaus geworfen war, wenn er sie durchdrang? Die Seelige, die seinem großen Geworfensein zustimmte, die nicht daran dachte, ihn zu entwenden und zu behalten in Heimlichkeit, und die nicht vorauslief, um wieder und wieder in seiner Bahn zu stehn? Die vielleicht schon Verlassene, die es darauf ankommen ließ, wie oft er noch würde durch sie durch geschleudert sein, in's Ziel, aus der Hand seiner Göttin?

Oh wenn es sie gab, dann war ihm geholfen, wie ihm damals, als Jüngling, anders geholfen wurde, da er nach Russland kam. Die Heimsuchungen seiner Kindheit hatten es mit sich gebracht, daß er, bis an das Ende seines zweiten Jahrzehnts, in der Voraussetzung lebte, einzeln und allein, einer, ihm feindsäligen Welt gegenüberzustehen, ein täglich Aufgelehnter wider die Übermacht Aller. Aus dem Unrecht solcher Einstellung konnte, selbst bei echten Bewegtheiten, nur Entstelltes, Krankhaftes hervorgehen. Russland, nicht in langsamer Überredung, über Nacht – wörtlich: über die erste moskauer Nacht – löste ihn sanft aus dem bösen Zauber dieser Befangenheit. Ohne sich dessen zu rühmen, unbemüht, wie durch eine reine Herzensjahreszeit bereitete ihm das versöhnliche Land unerschöpfliche Beweise des Gegentheils. Wie glaubte er ihm; wie entzückte es ihn, brüderlich zu sein. Und wenn er auch im Bekenntnis dieses Einklangs (vielleicht weil er nicht auf russischer Erde bleiben durfte) immer ein Anfänger geblieben ist, er vergißt ihn nie, er weiß ihn, er übt ihn aus.

*

Erfahrungen des Gefühls, seltsame Erfahrungen des Gefühls aber, die sich viel später in jenem gewissen Erlebnis zusammengezogen haben, das ich – ganz ungefähr nur – unter dem Bilde des *revenant* begriff, bestreiten mir das Recht, in der Geliebten (so unendlich der Raum auch sei, den sie gewähre) aufzugehen. So sehr ich das Gesetz in dieser Bewältigung zugeben muß, mitten in ihr erschein ich mir zugleich unfrei und eigenmächtig. Mein tieferes Gewissen läßt mir keine Ruh, und die Angst, die mich zerstreut, ist nicht jene Kreaturangst der süßen Vernichtung, die aus der Liebesmitte stammt; es ist der Schreck einer Abtrünnigkeit, der mich immer wieder rüttelt, mir vorhaltend gleichsam, es stünde mir nicht zu, über meine Neigung zu verfügen: so als wäre das Vermögen meines Gefühls aufgetheilt und ich arm; als entzöge ich, geliebt und liebend, die längst vergebenen Antheile unbekannten, schon davon zehrenden Erben. Irgendwo in den Weiten meines Gefühlsraums entsteht ein Beunruhigtsein, ein Unwillen; Klagen, die ich nicht verstehe, wehen herüber, Drohungen erheben sich in meinem Wesen: ich bin nicht mehr einig mit mir.

Diese Einigkeit aber, unerklärlich wie sie ist, ist das Gericht, vor dem ich stand, seit meiner Kindheit. Ja, ich lebe in dem Raume, in dem meine verhüllten Richter rechtsprechen, vor ihren Gugel-Augen –: ich habe ihn nie verlassen.
Mein Leben ist eine besondere Art Liebe, und sie ist schon gethan. Gleichwie das Lieben des heiligen Georg das Drachentöten ist, eine währende Handlung, die die Zeiten ausfüllt bis ans Ende, so sind auch die Aufwände meines Herzens schon verwendet und verwandelt in ein endgültiges Geschehn. In seine Mitte werd ich manchmal hineingehoben: ein Bild des Vollzugs.
(Der Platz der Prinzessin aber ist abseits. Sie betet, daß es gelänge. Sie kniet.)

Glaube nicht, Künstler, daß deine Prüfung in der Arbeit sei. Du bist nicht, wofür du dich giebst und als den der oder jener dich nehmen mag, weil er's nicht besser weiß, solang sie dir nicht so ganz Natur geworden ist, daß du gar nicht anders *kannst*, als dich bewähren in ihr. So arbeitend bist du der meisterhaft geworfene Speer: Gesetze empfangen dich aus der Hand der Werferin und stürzen mit dir ins Ziel –. Was wäre gesicherter als dein Flug?
Deine Prüfung aber sei, daß du nicht immer geworfen bist. Daß die Speerspielerin Einsamkeit dich nicht wählt, lange nicht, daß sie dich vergißt. Das ist die Zeit der Versuchungen, wenn du dich ungebraucht, unfähig fühlst. (Als ob es nicht genügend Beschäfti-

gung wäre, bereit zu sein!) Dann, wenn du nicht sehr schwer daliegst, üben sich die Zerstreuungen an dir und versuchen, wie du anders zu verwenden sein möchtest. Als Stab eines Blinden, als eine unter den Stangen eines Gitters, oder als der Gleichgewichtsstock eines Seiltänzers. Oder sie sinds imstand und pflanzen dich ein im Erdreich des Schicksals, daß dir das Wunder der Jahreszeiten geschähe und du triebest vielleicht kleine grüne Blätter des Glücks . . .

Oh dann, eherner: liege schwer.
Sei Speer. Sei Speer. Sei Speer!

Dieses Spiel von Zusage und Weigerung, bei dem viel zu verlieren ist und viel zu gewinnen, macht für die Meisten den »Zeitvertreib« des Lebens aus und erhält ihre Antriebe.
Der Künstler gehört zu denen, die mit einer einzigen, unzurücknehmlichen Zustimmung auf Gewinn und Verlust verzichtet haben: denn beide giebt es nicht mehr im Gesetz, im Gebiete des reinen Gehorsams.
Dieses endgültige freie Jasagen zur Welt rückt das Herz auf eine andere Ebene des Erlebens. Seine Wahlkugeln heißen nicht mehr Glück und Unglück, seine Pole sind nicht bezeichnet mit Leben und Tod. Sein Maaß ist nicht die Spanne zwischen den Gegensätzen.
Wer denkt noch, daß die Kunst das Schöne darstelle, das ein Gegentheil habe; (dieses kleine »schön« stammt aus dem Begriffe des Geschmacks.) Sie ist die

Leidenschaft zum Ganzen. Ihr Ergebnis: Gleichmuth und Gleichgewicht des Vollzähligen.

[Wenn ich der Liebenden nicht widerstand, so wars, weil von allen Bemächtigungen eines Menschen über den anderen, die ihre allein, ihre unaufhaltsame, mir im Recht zu sein schien. Ausgesetzt wie ich bin, wollte ich auch sie nicht *vermeiden;* aber ich sehnte mich, sie zu durchdringen! Daß sie mir Fenster sei in den erweiterten Weltraum des Daseins ... (nicht Spiegel.)]

Dieses plötzliche (wie soll ich es nennen?) Parteiischsein in der Liebe erweckt in mir kühne übertreffende Erinnerungen: so, als ob ich schon einmal irgendwie unendlich unparteiisch fühlend gewesen sei ...

Askese freilich ist kein Ausweg; sie ist Sinnlichkeit mit negativem Vorzeichen. Dem Heiligen mag sie, wie eine Hülfskonstruktion, zustatten kommen; in dem Durchschnittspunkt seiner Entsagungen gewahrt er jenen Gott des Gegensatzes, den Gott des Unsichtbaren, der noch nicht geschaffen hat.
Wer aber in die Sinne verpflichtet ist, Erscheinung für rein und Gestalt für wahr zu halten hat auf Erden, wie dürfte der mit der Absage beginnen! Und selbst wenn sie sich ihm erst hülfreich und nützlich erwiese, bei ihm bliebe sie Betrug, List, Erschleichung –, und zum

Schlusse rächte sie sich irgendwo im Kontur seines Werks, als Härte, als Dürre, als Unzugiebigkeit, als Feigheit der Frucht.

Briefe: wie war ich hin und hergerissen diesen Winter; jeder Brief ein Stoß, ein Angriff, der alles umstürzen konnte, oder eine innige Eindringung, die das Blut verwandelte –
und das, täglich, in jener Zeit, die die meines reinsten Gleichmuths werden sollte.
Und nachdem ich, seit fast zwanzig Jahren, in der zunehmenden Klarheit meines Willens, mein Dasein so gestellt hatte, daß es keine Nachrichten mehr gab, geben durfte, die es in seinen wesentlichen Bestimmungen treffen und verändern konnten.
Meinem Herzen ist eine fremde Schreckhaftigkeit geblieben, die es mir unkenntlich macht.

(Aus einem Brief-Entwurf)
Alle diese Weigerungen, vergiß das nicht, Geliebte, handeln von Deiner Macht. Wär ich frei, stünde mein Herz nicht wie ein Stern gebunden in die Beziehungen des unwiderleglichen Geistes, so wäre jedes Wort, aus dem hier Auflehnung gebildet ist, Absage, Klage –, Dein Ruhm, Übergehn zu Dir, Zustimmung, Zusturm –, Untergang und Auferstehung in Dir.
Wär ich ein Mann in faßlichem Umkreis, ein Kaufmann, ein Lehrer der greifbaren Dinge, ein Handwerker ...

Es ist gegen das Geheimnis meines Lebens.
Indem die Geliebte alles Ereignis gegen sich zu abzieht, werd ich unwahr in mir; denn nun scheint ihr, in der fortwährenden Strömung, auch *das* zuzutreiben, worüber ich nicht verfügen darf. Theils hat ihr Wille schuld, theils geschieht diese Bemächtigung durch ihr bloßes Dasein. Sie hat die Landschaft im Gemüthe des Liebenden umgewandelt und bewohnt eine tiefste Stelle darin –: das Thal, zu dem alles abfließt.

Die Säge schafft seit frühem Morgen. Mein Schauen, überlebend gleichsam, umfaßt noch, wehmüthig, diese im Anschein heile Umgebung, deren Abbruch fortwährend im Gehör geschieht. So hat man zuweilen von Sterbenden erzählt, daß ihnen die Welt nicht aus allen Sinnen gleichzeitig fortgenommen wird. Ihr Schmecken vermag nichts mehr, ihr Tasten ist stumpf geworden, ihr Ohr versagt. Aber sie schauen noch. Es gelingt ihnen sogar, noch eine langsame Wendung des Kopfes in den Kissen zu vollziehen; dann und wann, wenn wieder ein wenig Kraft beisammen ist, um den Rahmen des Blicks über einen anderen Bildausschnitt zu legen. Es ist gewiß eine Erleichterung, schließlich nur noch mittels *eines* Sinnes Abschied zu nehmen.
Ohne das Eingreifen des Sägewerks da drüben, hätte ich diesem Allem hier bis zuletzt angehangen, ohne ihm doch jenen Ertrag abzuringen, für den es zu spät war. Ich hätte mich gewiß nicht entschlossen, eine solche langsame Einsicht anzutreten, wie ich sie jetzt

Tag für Tag vollziehe, und mit dem Ruck des Fortgehens hätte ich endlich an die Verzweiflung über das Nichtgeleistete gerührt und sie wäre, in einem einzigen Block, furchtbar herabgestürzt. Ich weiß nicht, was mir damit geschehen wäre, aber ich fürchte, die Gestalt der Geliebten in mir wäre wie unter einem Bergsturz verschüttet worden.
Ist es mein Fortschritt in alledem (man sehe es nachsichtig an, daß ich nach einem suche, während ich verurtheilt bin, mir so Schweres bewußt zu machen) ist es mein Fortschritt, daß es mir gelingt, über dem Haupt der Geliebten in schmerzhafter Arbeit das Felsstück fortzumeißeln, das mit seinem Fall ihr reines Dastehn zertrümmert hätte? (Wohin weht sein Steinstaub? Wer athmet ihn? Ach, die Schuld ist nicht aus der Welt.) Aber *sie* soll mir schuldlos sein, die Liebende. Und auch dies ist vielleicht für einen Fortschritt zu halten (als könnt ich mich nur mit »Fort-Schritten« entfernen vom Schauplatz des Verlusts!), auch dies, daß ich diesen Zwiespalt nicht länger einen zwischen Arbeit und Liebe aufgesprungenen nenne, er klafft *in* meiner Liebe selbst, da ja, wie ich nun ein für alle Mal erfuhr, meine Arbeit Liebe ist. Welche Vereinfachung! Und nun ist dies, in der That, soweit ich sehe, der einzige Konflikt meines Lebens. Alles andere sind Aufgaben.

In der Militär-Schule sah ich es zuerst ein; später im Infantristen-Rock. Und nun wieder: wie doch jeder Kreatur gewissermaßen nur *jenes* Schwere widerfährt,

das auf der Ebene ihrer Kräfte liegt, wenn auch diese dann oft bei Weitem übersteigend.
Wir aber, die wir in dem unfaßlichen Durchschnittspunkt so vieler verschiedener und einander widersprechenden Umwelten stehen, kommen in die Lage, plötzlich von einem Schweren überfallen zu sein, das mit unserem Können und seiner Übung in keiner Weise zusammenhängt: einem *fremden* Schweren.
(Wann wäre dem Schwan eine der Prüfungen des Löwen zugemuthet? Wie geriethe ein Stück Fischschicksal in die Fassung der Fledermaus –, oder der Schrekken eines Pferds an die verdauende Schlange?)
Ich glaube deshalb, daß ich, schon als Kind, nie um etwas anderes gebetet habe, als um *mein* Schweres, daß mir das meine geschähe, nicht, aus Versehen, das des Tischlers oder des Lohnkutschers oder des Soldaten, denn in meinem Schwersten will ich mich erkennen.
Nur infolge der Verwirrung im unabgegrenzten, nach allen Seiten neugierigen Menschlichen, die es mit sich brachte, daß jedem *alles* zustoßen konnte, war es möglich, daß der Untergang in Verruf gerieth. Wie vertraulich ist er, wenn man ihm im Eigenen, im leidenschaftlich Gekonnten begegnet!

Nichts soll aus jener schweren »fremden« Heimsuchung aufbewahrt sein, die mich, da ich eben hier begonnen hatte, das Werk meiner Besinnung zu thun, eines Morgens um vier (es war noch Nacht, und ein kalter Regen fiel in der Finsternis) fort und nach G. trieb. Niemand wird je mehr davon erfahren, als was ich, in stiller Rechenschaft, diesen Blättern anvertraue. Aber ehe ich das kleine Taschenbuch in blauem Leder verbrenne, das ich damals mit auf die Reise nahm, will ich über seinen Zustand Bericht ablegen. Kaum drei Seiten darin sind beschrieben; aber was, neben zwei Adressen, diese Seiten dicht ausfüllt, macht mir die vielen leeren Blätter so unheimlich, daß ich sie, wie angesteckt und verseucht, mit ins Feuer werfe. Ich schreibe hier, ohne das Mindeste zu verändern, eines nach dem anderen, ehe ich sie vernichte, die sinnlosen Worte ab, in denen sich mein damals fähiger Geist zersetzte, da ein »fremdes« Schweres plötzlich, wie eine scharfe Säure, über ihn ausgegossen war.

(Aus dem zerstörten Taschenbuche:)

(Oben am Rande, das Wort:) Nachtmahr –, (dann Zahlen, ohne Ordnung, Additionen kleiner sinnloser Posten, dann:)

»Silber Freude Rohheit Runde Loos Lieber
Aufguß Sand Weshalb Nimmer Achtung
Lauer Nieder Neid Vielfraß Seegen Sucht
Nager Weg Ast vertieft Zaun Sage Einfalt
Wespe Herz Kino (Kind) Trauer Taufall
Gerücht Ring Sanftmuth Abend Wiege
Lebendige Speise Vogel Ähre Loos nicht
Taufstein Ärger Trübe Bunt Beifall
Wesen Saumthier Ätzung Hinweg Ausfall
Haartracht Zäune Taifun Ach Wiege Mai
Hartung Silber Nebel Wege Ruf Brief

Bote Busta Nota Auto Timgad Ufer
Raufe Trank Neuling Wink Oh Achse
Glanz Fink Steuer Sturm Stein Ribe
Johannisfeuer Dienst August Pose Possard
Nonne Neerung Spieß Spülung Heiter
Saum Kerbe Wesen genau Last Senke (?)
Griff Geifer Kralle Übung Nachtzug Eifer
Wüste Speer Taumel Einbruch Rage Lauf
Lebzelt Zittergras Nachmittag Überall Hundert Heilung Hefe Wieburg Verschwender
König Dorn Stufe Ungut Ungelt Trauffe
Tragstein Trille Treubruch Scham Ost Fehr
Caseïn Kommer Kranz Bisthum Beere
Bahre Bär Zwerch Zirpe Stempel Arg
(Neue Seite:)
Wiederkehr Liebling Taucher Vogelkopf
Angstschweiß Halsband Dornreif Wikuna
Ringband Lastkarrn Liebknecht Agnese
Terwin Garn Gast Rolle Brille Wille Schule
Thugut Marie Iffland Herzblut Wimmer
Zweibruck Feierabend Wendlandt Abstieg
Spur Spürung Neige Vierzug Zander Zaungast Larde Feilitzsch Triefe Bestimmung
Nur Bast Brausen Ballast Nachtherz Eigensinn sauber Urgast Billung bereitet
Saumzwang Niefeln Hieber Beherzung
Ichthüs Nomenclatur Beinung Richter
Regulus Galgen Wehrkraft Karde Spule
spielt langsam aber keine Musik reicht
an den Reigen Naumann« (Und drei Adressen.)

(Briefentwurf)

Solange es so zwischen uns steht, weiß ich nicht zu leben – denn ich bin gleich unfähig dazu, wenn ich Dich durch meine Schuld unglücklich weiß, wie wenn ich Dich in *der* Weise, wie Du es nun von mir erwartest, glücklich mache. Wär ich doch in jedem Moment ganz rücksichtslos gewesen, nach der Freiheit meiner Liebe! Es giebt kein ärgeres Gefängnis als die Furcht, einem Liebenden weh zu thun. Sie fälscht alle Antriebe des Herzens, ohne sie wäre es nicht so weit gekommen, daß ich jedes Alleinsein bei unserem Glück erbitten muß, wie eine besondere Ausnahme. *Mein Alleinsein*, dieses Eigenthümlichste meines Daseins: nun erscheint es wie eine Flucht aus unserer Liebe –, und wie sollte es nicht, immer, von vornherein durch Deinen Wunsch belastet sein, daß es nicht lange dauern möge? Und dann: wie willst Du ein anderes Mal die Kraft haben, was aus den Enklaven unseres Glücks nach- und hinüberwirkt, von meiner Zurückgezogenheit abzuhalten?

Soll ich mich für immer unglücklich nennen (ach, und was schlimmer ist: Unglück verursachend im beglückendsten Herzen!) weil ich die Liebe nicht so leicht nehmen kann, um aus ihr nur eben eine Steigerung meiner Fähigkeiten herauszuschlagen? Ich habe nie viel von denen gehalten, die der Verliebung bedurften, um im Geiste angetrieben zu sein, wie sollte ich auf diesen Anlaß rechnen, da ja die Arbeit selber so unendlich viel mehr Liebe ist, als der Einzelne in einem bewegen kann. Sie ist *alle* Liebe.

Und so erscheint mir diese Ergriffenheit zur Geliebten als ein Einzelfall der Liebe, der nichts erspart oder erleichtert, – im Gegentheil, in seiner Ungelöstheit die vollkommenste Leistung verlangt, um ertragen, erkannt und in allen seinen Forderungen erfüllt zu sein.
Sag, sag, – sprech ich mit diesem, was zu erleiden mir so seltsam aufgetragen scheint, eine Ausnahme, vielleicht eine Verwirrung meiner Natur aus? Selten ist dergleichen beklagt worden. Sei es, daß die Aufmerksamkeit der Meisten über den Genuß und die Eifersucht nicht hinausreicht, sei es, daß, was in einzelnen Fällen meiner Art zu erleiden blieb, immer zum Namenlosen, Unaussäglichen gerechnet worden war.
Sie sind nicht zahlreich, jene, deren Herzwurf in den Umarmungen nicht zu Ende ist; verfolgten sie ihn weiter, – sie sähen vielleicht, wie seine Kurve jenseits eine merkwürdige Beschleunigung annimmt, die der Ungeduld, es möchte auch dieses Glück schon überstanden sein. Und darüber hinaus verläuft sie ins Grenzenlose und bedeutet – weißt Du was? – Weg und Sehnsucht derer, die nicht aufhören zu gehen – der russischen Pilger und jener bedouinischen Nomaden, die es treibt und treibt an ihrem Stabe aus Ölbaumholz . . .
Wohnen in den Umarmungen kann nur der, der auch in ihnen sterben darf; jeder wählt sich sein Bleiben nach dem Geschmack (laß mich das so leichtsinnig sinnlich ausdrücken) seines Todes. Was jene Männer hinausdrängt in ihr zielloses Gehen, in die Steppe, in die Wüste –, das ist das Gefühl, daß ihr Tod sich nicht gefiele in ihrem Haus, daß er nicht Platz hat darin.

Eine schwedische Freundin, die einen Winter allein am Rande der Wüste gelebt hatte, schrieb mir: ». . . . . Landschaften von solcher Größe, daß man könnte nach dem Tode dort Raum genug haben. Wenigstens für einige Zeit –.«

[Trotz allem, mein Gott, wie reich, wie ruhig, wie vollzählig wär ich jetzt, wenn diese Liebe mir geschenkt worden wäre, unbedingt, ohne daß Hoffnungen, Erwartungen, Ansprüche jenes Herzens sie belüden, das, über lauter Furcht des Verlusts, unfähig scheint, seinen Glücks-Besitz anzutreten.
Hatte ich doch keine Angst vor ihr und nicht Sorge durch sie, damals, da sie mir, Ahnungslosem, bevorstand, – ebenso müßte sie jetzt da sein, vielleicht überstanden (und dann nicht minder gegenwärtig, denn was könnte in ihr vergänglich sein!) vielleicht immer wieder bevorstehend . . .]

Das Prinzip meiner Arbeit ist eine leidenschaftliche Unterwerfung unter den Gegenstand, der mich beschäftigt, dem, mit anderen Worten, meine Liebe gehört.
Die Umkehr dieser Unterwerfung geschieht schließlich, mir selber unerwartet, in dem plötzlich in mir aufkommenden schöpferischen Akt, in dem ich ebenso schuldlos handelnd und überwindend bin, wie ich in jener vorhergehenden Phase rein und unschuldig unterworfen war.

Vielleicht wird für ein in solchen Verhältnissen sich leistendes Herz das Geliebtwerden immer zum Verhängnis. Es unterwirft sich, seiner Übung nach, auch unter den Liebenden, den es ja nicht zu gestalten hat, den es aber nun, durch seine unendliche Nachgebung, zu immer neuen Bemächtigungen verlockt. Und die Umkehr, die in diesem Falle einfach die Liebe zum Liebenden wäre – fast möchte man sagen, wider ihn – kann sich nie ganz auswirken gegen sein Überhandnehmen . . .

So erscheint das Liebeserlebnis als eine gleichsam verkümmerte, unfähige Nebenform der schöpferischen Erfahrung, als ihre Herabsetzung, – und bleibt ungekonnt, unbeherrscht und, an der höheren Ordnung jenes Gelingens gemessen, unerlaubt.

Ach, ich lebe jetzt, wie wenn ich eben für ein paar Wochen an diesen Ort gekommen wäre, der bekannt ist durch sein elektrisches Sägewerk,

. . . ohne an diesen Aufenthalt bestimmte Erwartungen zu stellen, für deren mindeste ich zu müde wäre . . .

Jenes Alleinsein, in dem ich mich seit zwanzig Jahren befestigt habe, darf nicht zu einer Ausnahme werden, zum »Urlaub«, den ich mir, unter vielen Rechtfertigungen, bei einem überwachenden Glück ausbitten müßte. Ich muß grenzenlos in ihm leben. Es muß das Grundbewußtsein bleiben, in das ich immer zurückkehren kann, nicht in der Absicht, ihm jetzt, rasch, einen bestimmten Gewinn abzuringen, nicht in der Erwartung, als müsse es mir fruchtbar sein; sondern unwillkürlich, unbetont, schuldlos: als zu dem Orte, an den ich gehöre.

Was für Kräfte haben sich verabredet, in meinem Herzen zusammenzutreffen? . . .
Sie ziehen sich zurück, wenn sie es bewohnt finden.

Einer, ach, der Geliebtsein und Lieben für nichts rechnen darf in den wirklichen Abschlüssen seines Herzens.
[Wie bin ich es müde, alle diese Gegenbewegungen zu machen wider die Bemächtigungen der Liebe –; wo ist das Herz, das nicht ein bestimmtes eigensinniges Glück bei mir »bestellte«, sondern es mir überließe, ihm *das* zu bereiten, das unerschöpflich aus mir hervorgeht?]

Streben und Widerstreben: wie bin ich es müde. Wo ist das Herz, das nicht ein eigensinniges Glück bei mir »bestellte«, sondern es mir überließe, ihm *das* zu bereiten, das unerschöpflich aus mir hervorginge?
Aber darüber giebt es keine Verständigung. Ach, daß die Kämpfe vorüber wären! Daß es heißen dürfte, wie dort im letzten Leis des Girard de Roussillon:

»Les guerres sont finies et les
œuvres commencent.«

Oder Rimbaud:
Einmal mit dem ungestümen Herzen an der Sprache rütteln, daß sie göttlich »unbrauchbar« werde für einen Augenblick – und dann fortgehen, nicht zurückschaun, Kaufmann sein.

Ich wußte diesen ganzen Winter: ich muß mich zu etwas hinsinnen. Wehe –, dies ist der ärgste Verlust: ein Unbekanntes, Unerrathliches verloren haben.

Diese Tage gehören zu den schwersten .... Die Unlust des Nichtgeleisteten greift nun auch, wie ein Rost, meinen Körper an, sogar der Schlaf versagt seine Linderung –, ins halbe Wachbleiben hinein schlagen die Pulse an den Schläfen wie schwere Schritte, die nicht zu Ruhe kommen.
Dürft ich Dich rufen ..., aber gerade damit wäre ja mein letztes zerstört –: dieses Gericht, an dem ich mich erkenne. Du hast es selbst geschrieben neulich, ich gehörte nicht zu denen, die durch Liebe tröstbar sind. So ist es. Denn was, am Ende, wäre mir unbrauchbarer, als ein getröstetes Leben?

Oh, das Alles überraschte mich nicht, wie es die Thoren überfällt in ihrem Taumel. Während meine Richter mir, fürchterlich langsam, bei den Lichtern meines Glücks, das Urtheil vorlasen, stand ich auf ihrer Seite und übersah schon das ganze Verdikt.

Aber eines Abends ertrug ichs nicht mehr. Die schützende, immer noch alles gewährende Stille des Hauses und mein entsetzliches Preisgegebensein mitten in ihr, warfen mir solchen Zwiespalt ins Herz, daß ich meinte, nicht länger leben zu können. Unfähig zu lesen, ja nicht einmal imstande, in das sonst so tröstliche Feuer der Tannenscheite zu schauen, holte ich irgendwelche Mappen aus den Fächern des Bücherschranks, die ich noch nie geöffnet hatte, und zwang mich von Blatt zu Blatt. Es waren Abbildungen von Gemälden aus dem Besitzstande der großen Galerien, sie reizten mich durch ihre ungefähre unharmonische Farbigkeit, ich weiß nicht, wieviele dieser Bilder ich anstarrte, unzählige, immer rascher umblätternd: plötzlich kam es mir zum Bewußtsein, daß ich die ganze Zeit gedacht hatte: Wohin? Wohin?

Wohin, in die Freiheit? Wohin, in den Gleichmuth des eigentlichen Daseins? Wohin, in die Unschuld, in die nicht länger entbehrliche?

Ich kam zu mir; aufmerksamer, mit Spannung sogar, als schlüge plötzlich eine innerlich angewachsene Besinnung nach außen, vertiefte ich mich in das gerade vor mir aufgeschlagene Blatt. Es war die sogenannte »Madonna von Lucca« des Jan van Eyck, die liebliche, im rothen Mantel, die dem aufrecht sitzenden, ernst trinkenden Kind die zierlichste Brust reicht.

Wohin? Wohin? . . . . . .

Und auf einmal wünschte ich, wünschte, oh wünschte mit aller Inbrunst, deren mein Herz je fähig war, wünschte, nicht einer der beiden kleinen Äpfel – im

Bilde – zu sein, nicht einer dieser gemalten Äpfel auf der gemalten Fensterbank –: schon das schien mir Schicksals zuviel . . . Nein: der sanfte, der geringe, der unscheinbare Schatten des einen dieser Äpfel zu werden –, das war der Wunsch, in dem sich mein ganzes Wesen zusammennahm.
Und als ob eine Erfüllung möglich wäre oder als ob schon mit diesem Wunsche allein eine wunderbar sichere Einsicht gegeben sei, traten mir dankbare Thränen in die Augen.

Manchmal in der unaufhörlich prüfenden Noth dieser Tage überrascht mich etwas wie der vorauseilende Schein einer neuen geistigen Freude: als ob doch Alles einfacher geworden sei und ein unsägliches Schicksal in Annäherungswerthen sich faßlicher mache. Denn ist es schließlich nicht dies (wenn man es aussprechen soll): daß Helle und Dunkelheit in meinem Inneren nicht durch eines Menschen überwiegenden Einfluß bestimmt werden dürfen, sondern allein durch ein Namenloses. Dies ist, sozusagen, das Mindestmaaß meiner Frömmigkeit: es aufgebend, müßte ich hinter den ersten Kreuzweg meines Lebens zurück –, hinter seine früheste stillste freieste Entscheidung. Hinter mich selbst.

(Briefentwurf) Schloß B . . ., ohne Datum: immer.

Wem, Geliebte, wem, wenn nicht Dir, soll ich diesen schweren Abschluß meines Herzens anvertrauen? Wenn er Dich in Noth versetzt, bedenke, wie groß die Noth sein muß, aus der hinaus ich das Folgende aufschreibe.

Ich habe Unrecht gethan; Verrath. Ich habe die Umstände, die mir nach sechs Jahren der Zerstörung und Hinderung mit B . . . geboten waren, nicht ausgenutzt für die unaufschiebbare innere Aufgabe; sie ist mir vom Schicksal unter den Händen entwunden worden. Das muß ich mir nun eingestehen.

Du weißt, Liebe, wie mir jene Umstände, vom Zufälligsten bis ins Wesentlichste, zusagten, wie entschlossen ich sie antrat. Du wolltest das Deine thun, sie mir zu schützen: es ist uns nicht gelungen.

Am zweiten Dezember, gleich nach dem frohen Versuch, jene französisch geschriebene Préface zu entwerfen, gelangen mir die ersten Zeilen jener Arbeit, in der meine neue innere Zusammenfassung sich ausbilden sollte. Am 4ten wurde ich durch die leidigen Correspondenzen meines Geburtstages unterbrochen, am 6ten kamen die ersten beunruhigenden Nachrichten aus G.

Du weißt, wie es weiterging; Du weißt alles, ich habe nichts zu erzählen.

Siehst Du, es ist nun für mich bei meiner kleinen Fehlgeburt des 2ten Dezember geblieben, das Werk, das Leben, das mich erfüllte, hat sich in ihr fortgegeben.

Bald waren es gute, ja seelige Zeichen, bald Bedrängnisse und Verzweiflungen, die zu mir herüberwirkten, – die Erschütterungen nahmen kein Ende, Du konntest sie nicht verhüten.
(Was halfs, daß ich wußte, ich dürfe nur noch in meiner Arbeit beglückt und erschüttert sein!)
Und auch später, auch jetzt, auch in diesen letzten Wochen, ich brachte es nicht zu jenem Bewußtsein meiner natürlichen Einsamkeit, aus dem heraus allein ich meiner mächtig werden kann. Mein Herz war aus der Mitte seiner Kreise hinausgerückt, an die Peripherie, dorthin, wo es Dir am nächsten war –, dort mag es groß sein, fühlend, jubelnd oder beängstigt, – es ist nicht in *seiner* Konstellation, es ist nicht das Herz meines Lebens.
In unserer süßesten und vielleicht gerechtesten Stunde, Geliebte, hast Du mir versichert, daß Du nun alle Arten der Liebe zu mir fassen könntest. Ach, nimm Dich zusammen, ..., zu jener, wie sie nun heißen mag, die mir *mein* Leben gewährt, die es mir womöglich bestärkt. Ich kann nicht los von mir. Denn, wenn ich alles alles Meinige aufgäbe und, wie ich es manchmal ersehne, blindlings in Deine Arme überginge, mich darin verlöre –, so hieltest Du ja eben einen, der sich aufgegeben hat: nicht mich, nicht mich. Ich kann mich nicht verstellen und nicht ändern. Genau wie in meiner Kindheit vor der gewaltsamen Liebe meines Vaters, so knie ich auch jetzt in der Welt und bitte die, die mich lieben, um Schonung. Ja, daß sie mich schonen! Daß sie mich nicht verbrauchen für ihr

Glück, sondern mir beistehen, jenes tiefste einsame Glück in mir zu entfalten, ohne dessen Große Beweise sie mich doch am Ende nicht würden geliebt haben.

. . . .

ANHANG

ZEITTAFEL

INHALTSVERZEICHNIS
⟨MIT ENTSTEHUNGSDATEN⟩

INHALTSÜBERSICHT

ZEITTAFEL

1875	Rainer Maria Rilke am 4. Dezember in Prag geboren
1882 - 86	Piaristen-Schule in Prag
1886 - 91	Militär-Unterrealschule St. Pölten und Militär-Oberrealschule Mährisch-Weißkirchen
1891 - 92	Handelsakademie in Linz
1894	*Leben und Lieder*
1895	Reifeprüfung nach privater Vorbereitung und Beginn des Studiums in Prag
1896	*Wegwarten* – *Larenopfer* – Übersiedlung nach München. Rilke lernt durch Jakob Wassermann Lou Andreas-Salomé kennen
1897	*Im Frühfrost* – *Traumgekrönt*. Berlin
1898	Italienreise im Frühjahr. *Advent* – *Ohne Gegenwart* – *Am Leben hin*
1899	*Zwei Prager Geschichten* – *Mir zur Feier*. Berlin, Prag. April bis Juni erste russische Reise
1900	*Vom lieben Gott und Anderes*. Mai bis August zweite Reise nach Rußland. Worpswede. Rilke lernt Heinrich Vogeler und Clara Westhoff kennen
1901	Rilke heiratet Clara Westhoff. Wohnung in Westerwede bei Bremen. Ruth Rilke geboren
1902	*Die Letzten* – *Das Buch der Bilder* – *Das tägliche Leben*. Umsiedlung nach Paris. Rodin-Studien
1903	*Worpswede* – *Auguste Rodin*. Aufenthalt in Rom ab September

1904 Juni bis Dezember Reise nach Schweden auf Einladung Ellen Keys. *Geschichten vom lieben Gott – Die Weise von Liebe und Tod des Cornets Otto Rilke* (1. Fassung)

1905 Januar bis Mai Worpswede. Juni in Göttingen bei Lou Andreas-Salomé, Paris, Prag, Weihnachten in Worpswede. *Das Stunden-Buch*

1906 *Das Buch der Bilder* (2. Aufl.) – *Die Weise von Liebe und Tod des Cornets Christoph Rilke*. Tod des Vaters, Frankreich, Belgien

1907 Als Gast von Frau Alice Faehndrich auf Capri. *Neue Gedichte* (1. Teil). Mai Rückkehr nach Paris

1908 Im Frühjahr erneut auf Capri. Reisen durch Deutschland und Österreich. *Der neuen Gedichte anderer Teil – Elizabeth Barrett-Brownings Sonette aus dem Portugiesischen*

1909 *Die frühen Gedichte – Requiem*. In Frankreich

1910 Bei seinem Verleger Kippenberg in Leipzig. *Die Aufzeichnungen des Malte Laurids Brigge*. April in Duino. Im August auf Schloß Lautschin als Gast der Fürstin Marie v. Thurn u. Taxis-Hohenlohe. Im Herbst Reise nach Nordafrika.

1911 Reise nach Ägypten. *Maurice de Guérin: Der Kentauer*. Danach in Italien und Deutschland. Ab Oktober in Duino

1912 *Die Liebe der Magdalena*. Bis Anfang Mai in Duino. Mai bis September in Venedig. Im November Reise nach Spanien

1913 *Erste Gedichte – Marien-Leben – Portugiesische Briefe*. In Paris, Göttingen, Leipzig, Weimar, Berlin, München, Dresden

1914	*André Gide: Die Rückkehr des verlorenen Sohnes.* Ab August in München
1915	April Versteigerung von Rilkes Mobiliar in Paris. Im November Musterung in München
1916	Militärdienst im Kriegsarchiv in Wien. Im Juni Entlassung. Rückkehr nach München
1917	Juli bis Oktober in Böckel bei Bieren als Gast Hertha Koenigs
1918	*Die 24 Sonette der Louïze Labé* – Novemberrevolution in München
1919	Juni Abreise in die Schweiz
1920	Venedig, Paris. Ab November auf Schloß Berg am Irchel
1921	*Aus der Frühzeit RMRs – Puppen – Mitsou.* Werner Reinhart aus Winterthur mietet Schloß Muzot für Rilke
1923	*Duineser Elegien – Die Sonette an Orpheus.* Dezember im Sanatorium Val-Mont
1924	Kur in Val-Mont
1925	Januar bis August in Paris. Ab Oktober in Muzot. *Paul Valéry: Gedichte.* Im Dezember Kur in Val-Mont
1926	*Vergers suivi des Quatrains Valaisans.* Im Sommer Rückkehr nach Muzot. Am 30. November in Val-Mont. Am 29. Dezember stirbt Rilke
1927	Am 2. Januar Begräbnis in Raron im Wallis

INHALTSVERZEICHNIS

mit Entstehungsdaten

ERSTE ABTEILUNG

Prosa

ZWEITE ABTEILUNG

Gedichte in Prosa

DRITTE ABTEILUNG

Kleine Schriften

INHALTSÜBERSICHT

PROSA
BAND III · 1

BAND III · 2

Anläßlich der Geschenkausgabe in sechs Bänden wurde die Ausgabe der Werke in drei Bänden, die hier zugrunde liegt, durch ›Das Testament‹ – aus dem Nachlaß und 1974 erstmals veröffentlicht – ergänzt.

1.–50. Tausend 1980
Printed in Spain
ISBN 3-458-04857-X

Wolf v. Niebelschütz
Der Blaue Kammerherr
Galanter Roman

Geschenkausgabe, vom Verlag zum zwanzigsten Todesjahr des Dichters vorgelegt. Vier Pappbände mit Dekorüberzug im Schuber. 1024 Seiten

»... unsere Literatur heute ist so ungewöhnlich nicht, daß wir uns den Verzicht auf den ›Blauen Kammerherrn‹ leisten könnten.
Niebelschütz hat viel über die Tradition nachgedacht und gemeint, Tradition bedeute ›dasjenige aus der Vergangenheit, was Zukunft ermöglicht‹. Und an anderer Stelle schreibt er, die Prüfung am Vergangenen sei nötig, ›wenn ein Werk in die Zukunft wirken will‹. Vor diesen Maßstäben hat der ›Blaue Kammerherr‹ längst bestanden. Schade nur, daß so wenige Leser es wissen.«
Deutsche Zeitung

»... eine Equilibristik, die Gestern und Heute witzig und anmutig in Beziehung zu setzen versteht, eine schwebende, federnde Intelligenz, die Historie und Mythologie wie nebenbei spielerisch meistert.« *Die Zeit*